送 行

袁哲生

著

后浪

四川人民出版社

我感到无助，当我们娴熟运用语言，辩才无碍；我以写作，来模糊语言，像一个儿童，在大雨天时躲在房间里，以一种不被名唤的窃喜之情。我以写作，来融入时光，希望一笔一画、一字一句，如同沼泽里的萍藻，或是静室内的浮尘，能够不着痕迹地沉浸在一片未知的世界里。

——袁哲生

一笔一画的希望

文／童伟格

我们对他人生命的猜想，当然难免武断，主要因为在我们眼中，生命很容易形成准确明喻——一如本雅明的这句名言：一名在二十二岁就死去的诗人，在他生命里的每时每刻，就是一名在二十二岁就死去的诗人。死亡总是复核一切，就此而言，或许，我们记忆与怀念的一切往者，在我们想象里，都像是一路倒退着，退回自己生命起点之人。死亡布散确定性，但对小说家袁哲生而言，可喜的却是未知。于是，我有时也会想象他，就如上述引言那样，已经在自己人生里，借由写作，无数次退回起点，用一种童稚欢愉，以细雨，借暗房光影，字字句句，证成了最自足的无解。

在这独特的隐匿里，小说家想必无数次临摹过死亡，倒退着想象过自己，如同自所记忆的往者。小说家必定也明了，所谓"文学"，如果有任何无解的不义，那也许只是因为，对创作者而言，它需索一种多么倒错的征敛：它总是要求你，无尽微分过往年岁，一次次成就新的起点，直到一切终成短瞬；只有作品，可能代替创作者长久地生还。

多年以后，重读小说家的作品，我猜想，荣获1994年，时报文学奖短篇小说首奖的《送行》，既标志正式起点，也可能，划定了较稳定的象限，帮助我们归纳他的思索与实践。《送行》全篇，并无单一而完整的情节，只在从午夜至傍晚的连续时间里，展示一道聚散人事的动线：从小镇月台、火车车厢、台北车站、雨港公车总站周遭、公车里，直至半山腰的寄宿学校前。这个顺时推移的场景调度，呈现了小说家最鲜明的个人风格：如同摄影般的冷距书写。

值得注意的是，一方面，虽然仿拟的是客观纪实，但袁哲生并不僵硬自限，而是以全知观点，联系角色内外，低抑地，勾描出他们的感知或梦境，使整个篇章，如同线索细腻的织锦，交错各色人物。另一方面，这些处境各异的人物，却又一体被席卷上路，进入了人类学所谓的"阈限"（liminality）里。意思是：移动中的他们，已从原有场域结构中分离出来，却又尚未重新融入下一结构里。于是，小说辐聚的，具体说来，是将登上远洋渔船的父亲、将返校的儿子、将被捕回军营的哥哥，以及已离家的老婆婆、少妇与女孩。在阈限里，他们逸出各自常轨，置身于身份暧昧的过渡期中。

这种身份松动，开放一种静僻自由，像要求秩序、因此亦必有所拘限的生活，所秘密赠予的余息。或者，那也许才是一种更其宽大，且更可喜的生命形式。大约因此，当《送行》结束于校警的"谁啊"，这句要求身份识别的提问时，我们不由得感到一种疾停之伤，像我们目送漫游结束，而生活建制，再次在夜暗前刻，捕获了我们在小说里识得的所有人，无一可免。所谓"送行"，也就在此释出丰富寓意。

以《送行》为核心，在袁哲生首部小说集《静止在树上的羊》（1995，即本书"辑一"收录的十五篇作品）里，我们可见，无论各篇章指向的类型与美学为何，上述生命形式，是小说家始终的关注。其中，《夏天的回声》这篇佳构，与《送行》结成同一系谱，以相似感觉结构，怀想童年，这生命里绝难再遇的逸离生命期：彼时，"我"奇特地，在一个"还不曾察觉年纪的年纪"里。小说依循孩童漫游动线，拉开村镇地景，浸润宏观生死，为这一狭小生活畛域里的日常；却又纯净地，将伤逝寄存在孩童的直观里，因此更见余响。这个系谱，在袁哲生创作里延异长存，直至2003年发表的《雨》。

另一佳构《眼科诊所》，则可视作是对上述"阈限"的变形摹写。在一个例行紊乱的早晨之后，主角林家成终于整好行装，带领老父、老母与幼女上路，前去诊所，却遇诊所午休，只得至附近城隍庙埕稍候。等候期间，虽然周遭依旧喧闹，后续情节发展却使我们明了，对林家成而言，这已是珍罕静憩——因当午休结束，诊所重新亮灯，世界接上既定秩序伊刻，关于生命，那真正严峻的定谳与哭喊，就要追上林家成，与他尚能保护的幼女，吞噬眼前，一切人为风火。

视自预画动线松脱、暂被闲置的时光，为严峻环境里的可贵豁免，就此而言，同样收录在"辑一"里的《进城的一天》，可与《眼科诊所》参照对读；前者，且也是袁哲生未来将投入探索的乡野类型书写，一个具镜像意义的先声。

当小说家更行聚焦，浓缩呈现上述"豁免"机制，我们看见《静止在树上的羊》。全篇文长仅两百余字，如自朦胧记忆里，重新定影的照片，显现"我"，对树上一只白羊，纹风不动的观望。整个篇章的重点，不在一切白描细节，可能有的准确寓意，因白羊自身，已就"像是停止在半空中的一个问号"；重点，毋宁正是这般神秘静置，使"我"，与"我"所凝视的，一同潜入不息时流里的避难所——是以，"当我和山羊都固定了以后，周围的景物便又开始转动

起来"。

拦停时间，凝止场景，宽许那些隐匿于生命里的无名孤岛，为广袤无定解的诗。这个极短篇，是袁哲生最为人称道的"抒情小说"的最精简原型，预告了《寂寞的游戏》（1998）里，对躲藏与消失的沉思。

关于"抒情小说"的追求，用袁哲生自己的话来表述，是他想让小说里的"一切"，"都照一个单纯的凝聚力，始于感性，终于神秘"；因为"一切作品，只要推至一个撼人的无奈，便是好的杰作"。在本书"辑二"，我们可见袁哲生对上述设想的绕径演绎：在逐篇短评各小说家的作品时，他亦表达了个人对小说所侧重的面向。其中最重要的，是他对德国小说家徐四金[1]名作《夏先生的故事》（1991）的数次解析。

《夏先生的故事》，原则上是一部成长小说，袭用此类型常见范式：以孩童视角，旁观成人世界，从而，也在对成人苦痛的疏离摹想中，获个人启蒙。袁哲生研析此疏离摹想，就叙事角度，为我们定义出"徐四金的长镜头"：他认为，"长镜头可以把人变小，我们因而可以看到更多渺小的人物被交织在一起，更不假言语"。就主题意识而言，袁哲生进一步跨越启蒙范式的规限，指出本

---

1 大陆通译为帕特里克·聚斯金德（Patrick Süskind, 1949—）。

书主角并非个人，而毋宁是"时间及其无所不在的苦难"。上述关于形式与内容的断言，事实上，都简要答复了袁哲生个人持恒的创作意向。

另一方面，这种重视叙事技术，但却并不将技术自身，视为小说家最重要成就的讨论方式，也直接反映了袁哲生对创作的精神设想。就此而言，袁哲生重赋作家的所谓"艺术之眼"，或"心灵"，以古典时代的灵光。在讨论契诃夫的作品时，他认为，"好的作品需要意外，当心灵启动的时候"，"技巧于是只好夹着尾巴逃跑了"。

在绝大部分关于写作之本质与目的论的言说里，袁哲生均保持上述设想，而以"通灵""境界"与"气韵"等不同词汇，定义一种突破技艺局限的个人格思。某种意义，袁哲生可能一如所有深受现代主义影响的创作者那样，以"反现代的现代主义者"之姿，更深彻地，回应了关于现代主义，本质上不可能终结的精神寻索。就此而言，袁哲生自《秀才的手表》（2000）起，变换至乡野书写的写作路向，可能并不仅是断裂或转折，而是既存设想的进一步实践。

也于是，收录于本书"辑三"的《温泉浴池》，是篇相当重要的作品。此作尽管在袁哲生生前，并未正式发表，可能，以他的标准，还有待再做修改，然而，从现存版本看来，我们已可见其简洁丰饶，一如袁哲生所有佳构。一方面，这篇小说可与"烧水沟"与"罗汉池"等系列创作并立，共同说明小说家在《寂寞的游戏》后，从个人早期作品已存的虚构原型，所绽放的完整光谱。另一方面，它也展现了袁哲生创作的新面向。

小说主角"J"，仿佛共享契诃夫对戏剧的后设感知：因为熟知凡人（包括自己）必难免的自我戏剧化，使他无法顺利入戏，承受不了"那种重大时刻降临的现场"。当人生里，一切庄严或悲哀的见历，对他而言，都无法黜免一种自嘲的画外音时，他已无法自我成就，或追寻人生定向。小说由此自我逸离之人，联系生活里，更无可修复的荒芜——包括坐了一辈子小办公桌，"庸庸碌碌地在工作与生活琐碎中消耗着，一生中没有半次灵光乍现的圣宠时刻"的退休老父；包括为了照料这样的老父，深觉自己在家"被关了四十多年"的老母；当然，更包括那名已然遁入时间歧径里的，往昔的自己。

泡温泉作为疗养，如此成为老父与他的共同兴趣，使他们身体健康，但健康，又带给他们"一种很结实的空虚之感"；这种空虚感，却又促使他们，屡屡回返温泉。终于，温泉疗程已不为治愈什么，而仅是一种悲喜莫名的慰藉：它让遥无止境的荒芜，成为可以计数的旅程。当温泉之旅僭代余生，袁哲生为旅途寄存的窗景，偶然所见、所梦与所忆，也就再次静谧地，封印他从来想望的豁免：再一次，当景物奔流，而"公车依然停在原地不动"，如凝视最初，那不可解之白羊，"J看得眼眶潮湿了起来"。

由此，小说家静停十年文学创作期，将最初与最终，叠合为本书。而倘若真如上述所言，只有作品，可能代替创作者长久地生还，那其实不无残酷地意味着：作品才是创作者的真切生命，因唯有它，有望背离死亡的单调复核，而将小说家自言的"萍藻"，寄托给未来的林泽——一字一句的未知，因此，也就是一笔一画的希望。

谨此再致哲生，并祝福《送行》新版面世。愿它为读者寄存重新的发现，一如一路行来，袁哲生作品予我的启迪。

辑一　开 始——转动的景物

辑二　途 中——联结的经典

辑 三　结 束——静止的时间

辑四　之后——告别的叹息

360 ——————————————————— 410

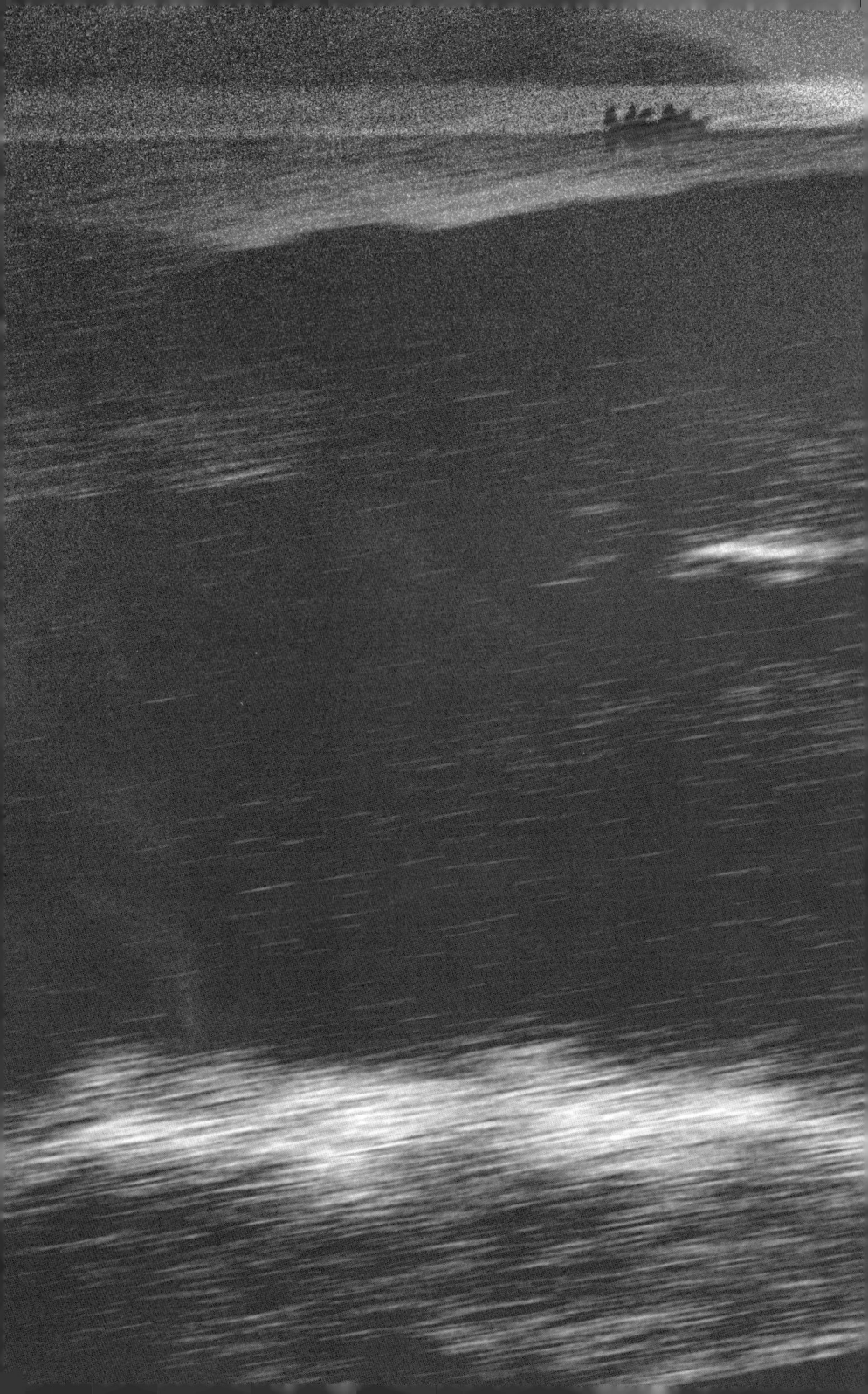

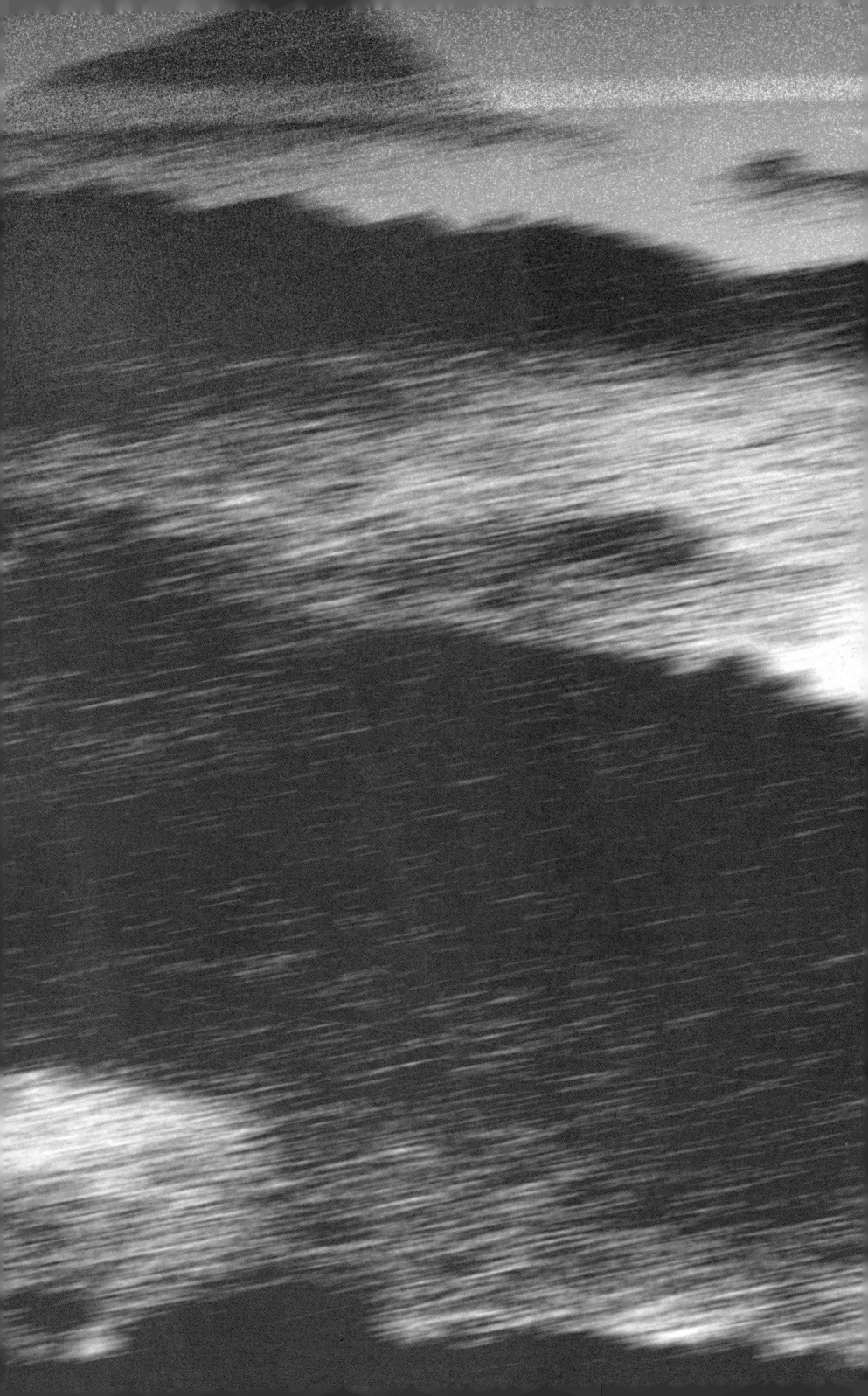

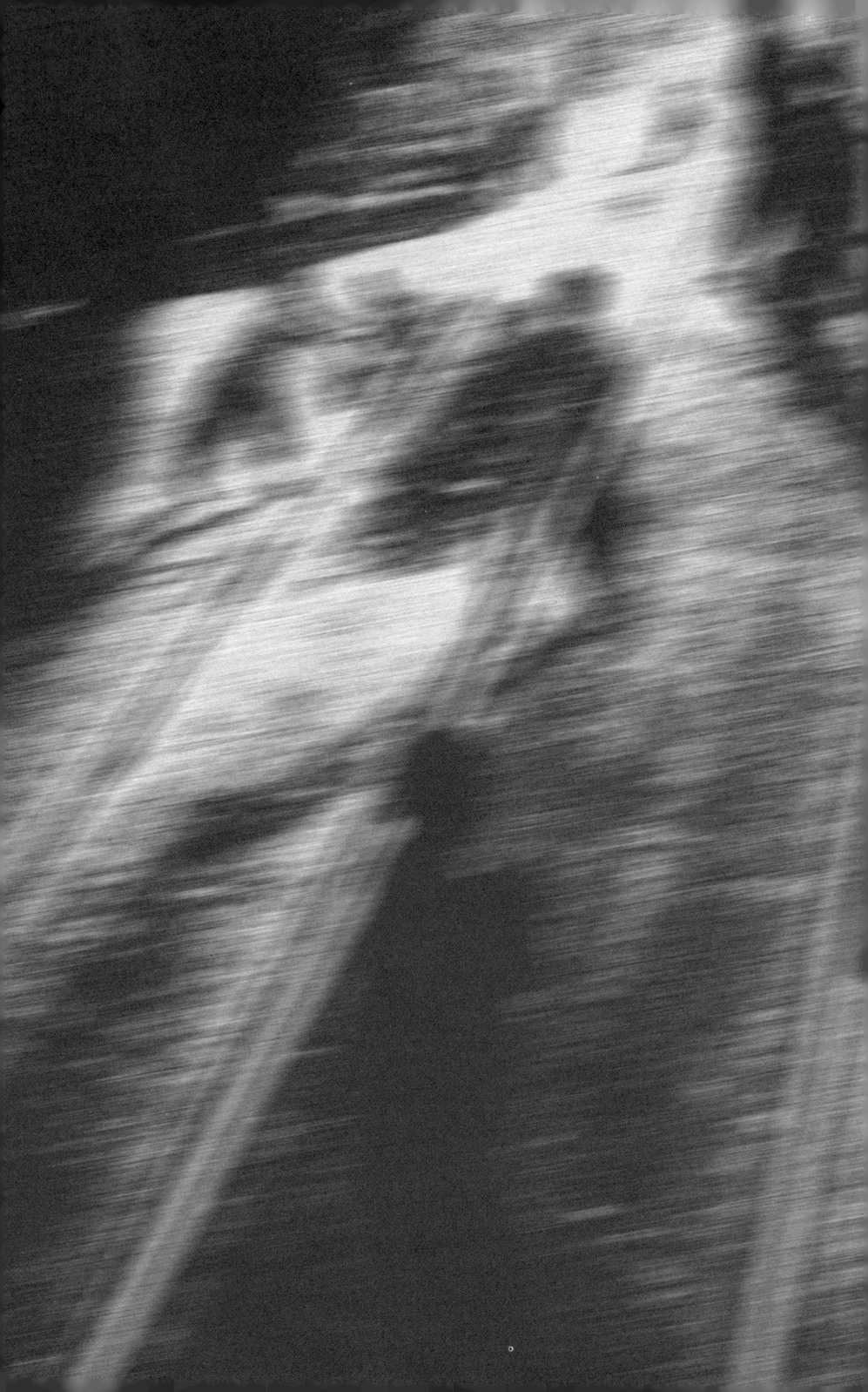

辑一　　开 始——转动的景物

．．．．．．．．．

"当我和山羊都固定了以后，周围的景物便又开始转动起来。"

作者序

这本集子收录的作品 [1] 完成于 1988 至 1995 年之间，随着学生时期的结束而休止。我写得少，也很少写，现在回想起来，主要的原因是见少识浅，无以为继。

最近因为校稿的原因，事隔多年，我把这些稿子又重看了一遍，感到一股"无言以对"的意识贯穿其中，恰与我作品的简陋形式不谋而合。在写作上，我无力深究"为何而写"和"怎么写"的问题，只是隐约觉得，创作上的"自由"与现实生活类似，大概就是由自己去摸索出那堵墙来。果然，创造力是非常少见的，我的感想是：如果人人都可以像莫扎特一般的话，那么地球周围必定会和土星一样冒出一道光环来。

"记忆"的世界宛如一座古老的坟场，枯而不竭的幽灵会在黑夜里浮出一双湿眼睛来眺望星空。我的小说便是近视的产物。选择《静止在树上的羊》这一篇作为书名就是想表达这个意思：化石也不会永远不改其色。

本书之所以能出版，端赖观音山出版社同人，特别是杨莲福社长的鼎力相助，在此致申十分的谢忱。杨社长在出版界一片低调的时刻毅然披甲上阵，可谓示范了一回"侠士之风"的后现代版。

谨以此书献给我的父母。

1995 年 6 月 13 日于台湾泰山

. . . .

1　袁哲生于 1995 年出版首部作品《静止在树上的羊》，本篇序写于当时，故文中所说作品指本书"辑一"文章。

雪茄盒子

　　父亲早起，父亲上班，父亲下班，父亲早睡。父亲很穷，父亲足不出户。但有一天例外。

　　儿童节来临的那天早上，总有一双擦得很干净的旧皮鞋整齐地放在我的床前，我一张开眼便能看见。

　　等我吃完早点，换上新洗过的衣服，套上大头皮鞋，稳稳地绑好鞋带，父亲便安静地出现在我小房间的门口，手上提着一个帆布旅行袋，里头必定有一个铝制的水壶、几个大馒头，一个装着香肠、卤蛋、素鸡和海带的圆形便当盒，一包苏打饼干、一条口香糖、一大叠卫生纸和两条手帕。

　　我们走进客厅里，母亲便仔细检点我的服装，再翻看旅行袋里的东西带齐了没有。

　　然后，像一件要紧的事，父亲挪过一张木椅子，抵在大玻璃橱前面，站到椅子上，费很大劲从橱顶上搬下一个木箱子。那是少数几件专属他的东西之一。

　　木箱是用零星的木板拼凑钉成的，日久之后，显出深浅不同的颜色和木纹，像我制服上的补丁。似乎只是随俗，木箱外的确挂着一个生锈的锁头，不知有没有钥匙。

　　父亲轻轻地掀开木箱，探出一个木纹优美浮雕花边的雪茄盒子，和一块紫色的绒布，兴冲冲地擦拭一番之后，才打开盒盖，取出一支深咖啡色的雪茄，插进衬衫口袋里露出一截来，像是一支顶好的钢笔。最后，盖上盒盖，阖上木箱，再扛回橱柜上。

出发的时候，母亲站在客厅里，隔着纱门和院子里的枇杷树向我们挥手。我不知道为什么母亲总是留在家里，也许是巧合，我没有想问。

我们步行前往火车站，父亲在票亭买票之后，我们便坐在黑油油的长木椅上等待往台北的慢车。我喜欢看他从宽大的西装裤口袋里掏钱买东西，那么胸有成竹的样子，就像一个顶天立地的军号手。我喜欢这个时刻，几乎感到一份光荣。

火车是装了滑轮的房子。在晃悠悠的火车上，我把鼻子贴在玻璃上，仿佛屋外正下着大雨不能出去玩的时候一般。父亲交叠两腿，上身略斜，轻轻地哼着小曲，并用指尖在窗台上打出鼓点。

下火车之后，我们穿过一个长长的地下道，到大马路对面的一个警察局门口等公车。车快停稳的时候，站牌下总是挤满了人，父亲不慌不忙，看准一个打开着的窗口，把我举起空中，"放"进车里的空位上，再将旅行袋传给我，然后才跟在人潮后面，成为最后一个上车的人。

坐在车后面的位置上，一路上我都低着头，抱着胸前的旅行袋，仿佛那是偷来的东西一样。到达动物园，公车靠站之后，父亲卡住公车的前门喊我下车，噪音盖过嘈杂的车声人语。我低头挤到前面，感觉每个人都盯着我看。

下车。

父亲掏钱，买两张入场券，从我手上接过旅行袋。动物园旁边是儿童乐园，从外面就能望见一个高耸入云的大摩天轮，就像外国月历上的风车一样耀眼。

河马、骆驼、大象、黑猩猩、长颈鹿，父亲一一按文解说，只有马来貘是例外，我们俩都不知道"貘"的正确发音是什么。每年，父亲都要我去问学校的老师，但是面对这个怪模怪样的东西，就先直呼为"怪物"即可，从此，年年如此。

快走到孔雀园的时候，父亲会在福利社买一种巧克力火箭甜筒给我。我小心地撕开一小圈纸封套，先欣赏几眼，再轻轻啃一小口。我们绕过鸟园周围的石子路，父亲好像并不想吃，我也没有分他的意思。

接着是父亲最高兴的时刻，驯狮表演就要开始了。

比房间还大的铁笼子外已围了好一些人，两只威猛的雄狮，脖子上挂着丰厚的一圈髦毛，不安地在笼子里交叉巡走着。驯兽师迅厉地往地板上甩一狠鞭，观众应声哑然。只见他一手执鞭、一手持棍，敏捷地在狮子的外围打绕，鞭子不断抽响，棍尖始终对着狮子的双眼，形成一个紧张的对阵。狮子暴躁起来，终于扯裂震耳的吼声如山洪，不断抬起前脚来耙那支棍子，庞大的身体往下低沉鼓绷，且奋力在地上磨爪……我心里想，爪子愈磨愈短，为什么要去磨它呢？

其余的我忘记了。只记得父亲总是在这个时候悄悄地抽出那根雪茄，扯掉玻璃纸包装，用门牙咬开一小孔，再划一根火柴点着。在狮子们磨爪的涩涩声中，驯兽师渐渐控制住场面，父亲脸上一团团浓烟像游霞般浮动扩散，消失在空中。有一年我注意到，在这个时候，父亲的脸上浮起了一丝丝惋惜的表情，不太明显的。

我不知道为什么总在这个时刻，父亲点燃他的雪茄烟；也不知道，那一盒雪茄是什么时候抽完的。这一年一度的"朝圣"之旅，一直持续到我初二的时候。

那年，大铁笼里的狮子野性大发，不听指挥，对着围观的人群狂吼，磨爪声特快特重，还不断朝驯兽师扑去，表演只得提前结束。从动物园出来，父亲似乎兴致很好，又领着我去武昌街看电影，父亲拣了华德迪斯奈的卡通电影《小飞象》，我其实想看《红粉佳人》，但是，父亲已经走向售票口，从宽大的灰色西装裤口袋掏钱了。

初三那年，为了高中联考，根本没有注意到儿童节的存在。隔年，我好像便不再算是儿童了。

父亲过世那年的儿童节，我带五岁大的儿子去动物园，驯狮表演已经没有了，甜筒的价钱也涨了好几倍。

儿子问我"貘"字的发音，我说叫它"怪物"就好了。

最近整理木屋的时候，我在父亲床下的破木箱里又再次看见了那个雪茄盒子。盒子依旧精致完好，大概是经常取放的关系，木质外表多了一层光润，一点灰尘都没有。那块紫色的绒布也还在，我顺手便拿起来擦拭几下，再掀开盒盖，盒子里的东西，让我难过了很久一段时间。

盒子内铺满了一层指甲屑，是父亲剪下指甲之后存下的。拨开指甲屑，底下是一叠动物园的入场券存根。我取出来翻看，其中有连续八年是买两张的，另外更多的是单张的。我坐在父亲的床上，几乎站不起来。

母亲进来收拾被褥和旧衣物，默默地将它们安排进纸箱子里。

我告诉母亲我发现了那个雪茄盒子。母亲背对着我，正弯着腰用鸡毛掸子扫灰。我问她要怎么处理这个盒子，母亲停顿了一下扫灰尘的动作。

"扔了吧。"她说，并未回头，继续往窗台上拂尘。

静止在树上的羊

　　我印象中的动物园是"圆山动物园"。

　　记得小时候，有一次到动物园，那天应该不是假日，因为园内几乎没有游客。记不得为什么去，也记不得是否和别人同去的。

　　那天冷清的园区令人难忘，四处是灰灰的石头和天空，找不到特别想看的目标，除了一只白色的山羊。我从远远的地方发现它站在一根横斜的树干上，像是刚刚才在陈列馆里看见的标本被人放到树上去的。我走近去看它，它的眼睛眨动了一下。

　　我不知道这个记忆是否真实，随着回想距离的拉长，记忆中的景物不是渐渐变淡，而是慢慢静止，不再移动，直到景幕中的我也变成了一个标本。树上的羊依然纹风不动，像是停止在半空中的一个白色问号。

　　当我和山羊都固定了以后，周围的景物便又开始转动起来。

送 行

　　零点五分北上的火车就要进站，一名宪兵推开军人服务台的绿纱门，另一个手上铐住一名逃兵的宪兵也跟着走出来。他们三人往地下道的入口走去，准备前往第二月台搭这班北上的普通车。这名逃兵看似已过兵役年龄，中等偏瘦的体格，身着一件白色背心和褐色条纹窄管西装裤，脚上还趿着梅春旅社的塑胶拖鞋，疲惫而黝黑的脸上，显现出一层重大挫折之后特有的麻木表情，短发下一双干干的眼球里透露出一种沉默，好像对周遭的一切已没有半点感受。不过，眼前迎面而立的两个人影却使他的脸部露出一抹讶异，只一眨眼，旋又平息下来。

　　伫立在地下道入口的这一老一少是他父亲和弟弟，他们也要搭这班北上的火车。他只低垂着头从他们眼前走过，那两位宪兵并没感到异状，以为他们只是一般好奇的旅客而已。待他们三人进入地下道后，老父亲肩上斜挂着一个航空公司赠送的旅行袋，左手拎起一只绿白相间宽条纹的大帆布袋，右手拉着小儿子，尾随在他们后方，大约保持十公尺的距离。小儿子刚读一学期中学，早已不习惯父亲牵他了，但眼前静肃的气氛使他没了主意。空空的地下道磨石地板传来两双长筒皮靴的叩地声，橐、橐、橐的声响强化了那副手铐所发出的冷寒光泽。他默默地跟在父亲身旁，这是他第一次见到真实的手铐，感觉像一堵墙。

小镇的深夜，月台上显得很空旷，间隔几公尺的圆形铝皮灯罩一共三只，从拱形的铁架石棉瓦顶棚投下昏黄的光束。下午的一场雷雨使空气中弥漫着一股带霉味的湿热气流，不知从何处钻出的大群白蚁围着灯罩旋绕冲撞，月台上不断响起嗒、嗒、嗒的撞击声，许多白蚁掉到水泥地上折断了翅膀，在原地绕圈子。大批的白蚁落下，更多的白蚁又聚集过来，遮去了更多的光线。

月台上唯一的长条木椅的一边，一位老婆婆和一位少妇带着一个小女儿各占据一头，靠背另一边的椅面已经损坏，木椅背上依稀可以从剥蚀的油漆中辨认出是绿油精和翘胡子仁丹的旧广告画。

火车还未进站，小男孩望了一眼铁棚上吊下来的一个方形精工牌石英挂钟，零点十二分。普通车时常慢分的，这他早有经验。他来到月台边，漫步在黄色的导盲砖上。月台的另一端有几截被漆成绿色的大水泥管里种了几棵酒瓶椰子。较远处的几线铁轨上停放了三辆柴电机车头，前方两个圆鼓鼓的头灯，好似睁大了双眼在观察四周的动静。枕木和铁轨四周的碎石在深夜中泛着一层锈渍的铁褐色，一直蔓延到铁道边缘的那排水泥栅栏，和淡黄色的丝瓜花连成一片。

零点二十五分，老婆婆似从钟面上感到了些异样，于是直觉地找上与警察模样差不多的两名宪兵要向他们询问，但是宪兵们木然不动，于是她转向那位逃兵，他的头往下低了一些，没有说话。老婆婆连问三次觉得莫名其妙，无趣地走开，走向手提布袋站在铁柱边的老父亲。老先生显得很热心，拉大了嗓门向她解说，但是他带着浓厚乡音的国语并不能让她听懂，折腾了一会儿，老先生叫来他的小儿子用台语解说。老婆婆不住地用手靠着耳朵，但他不愿大声说话，最后还是老先生用古怪的音调来模仿小儿子的台语才暂时安抚了老婆婆，让她坐回到长椅上。之后，她喃喃地向身边的少妇发出一连串的嘀咕。

火车停妥之后，包着蓝布头巾的老婆婆挽着一个花布包袱，拎起地上装了两只大公鸡的竹篮子，率先登上火车。她先把竹篮子放置在车门阶梯上的平台，然后再使劲地抬高细皱的双腿，跨上火车。那只篮子是她早上才削去竹皮临时编成的，表面还泛着一层湿而利的青光。

在少妇和宪兵都上火车之后，老父亲才领着小儿子上车厢，拣定靠近厕所的位置坐下。偌大的铁皮车厢，侧对座的两排绿色胶皮座椅，两名宪兵押着逃犯坐在车厢中间的位子。老太太拣在宪兵对面坐下，或者是感到安心。少妇在车厢另一端，正抱着绑了两条小辫子的女儿哄她睡觉。一些白蚁被车厢内的日光灯吸引飞了进来。有一只圆吊扇有些故障，每转到同一处就发出嘎啦、嘎啦的声响。

火车开动之后，老先生见对面的两片电动门没阖上，便上前检查，在车门边的红绿钮上瞎按了几下见无效，于是解下铁链拦门腰扣上。

火车平稳地向前滑行，车轮在铁轨上发出的登、的登规律的颤音，造成一种摇篮似的效果，老婆婆、少妇和小女儿不一会儿便歪着头睡着了。老先生想向前和那两位宪兵打个招呼，但却不知如何开场。窗外不停地灌进凉飕飕的空气，老父亲于是从布袋里搜出一件老式的大尖领花格子衬衫，向车厢中段走去，表明自己是逃兵的父亲，希望让自己的孩子套件衣服。其中未铐手铐的宪兵起身示意老先生后退，然后接过衬衫检查一番之后，交到逃兵手上。他没有抬头，接过衬衫，只把它卷小了放在腿上，和他铐在一起的宪兵也没有暂且解开手铐的意思。老父亲尴尬地站立了一会儿，想不出话来，还是回到小儿子旁边的空位坐下。

车窗外黑蒙蒙一片。老先生取出一条美制军毯准备让小儿子盖肚子，军毯中夹带的一瓶陈年高粱也一起取了出来，这是昨晚打包时放进去的。

火车又停靠进站了两次，老先生已喝去了大半瓶，就这么酒瓶凑近嘴巴往里倒，不知不觉便手握着酒瓶杵在皮腰带上阖眼了。寤寐中，他看见车顶上的白蚁愈聚愈多，一群群从车门边的隙缝飞出来，从坐垫的破洞里钻出来；接着更汹涌地从窗外成群撞进来，先是被电扇的叶片打下许多，接着由于数目实在太多，电风扇几乎动弹不得了，地上铺了厚厚一层白蚁的残肢，最后，白蚁啃光了车顶，开始啃食车厢内的乘客，爬了满身白蚁的宪兵惊慌地拔枪朝蚁群连续射击……

嘎啦、嘎啦、嘎啦，旧吊扇在沉默中发出突兀的声音，老先生揉揉眼睛，小儿子还躺在身边睡着，老婆婆、妇人和她的小女儿也都歪斜着身体，只有车厢中段的两名宪兵还直挺挺地坐着，他的大儿子坐在他们中间，手肘抵在半开的铝窗上，侧身面向窗外，看着很远的地方。老先生从地上捡起瓶盖，拴上酒瓶，收进大布袋里，感觉酒气打鼻孔里不断冒出来，头有些疼，眼角很重。直到老婆婆脚边竹篮子里的鸡啼第三次的时候，老父亲才又浅浅地睡着。

凌晨五点三十五分的时候，快到台北了，列车查票员从车厢的这一头出现，查到老婆婆的时候，她翻起衣角，从暗袋里拿出一张折得小小的纸条，上面写了一个地址和电话，叫查票员替她看看，确定这个地址是否在台北下车。

确定了之后，她又不放心，便走到对面那两个警察模样的宪兵面前，要他们带她去坐车。那两名宪兵并不作声，她以为得到了默许，便把鸡篮子和包袱移到宪兵的身旁坐下，等待和他们一起下车。

穿入一段地下铁道，火车停靠在台北车站第三月台，距离通勤的人潮还有一段时间，月台上只有零星的乘客，

14

还有几个用推车打包垃圾袋的清洁工人。老婆婆见宪兵起身要下车，便拉着其中未铐手铐的宪兵的袖子，要他帮她提竹编的鸡笼子，那宪兵没有理会她，径往前走去，老婆婆依然紧跟不舍。

老父亲从车窗内看着他们，倏地追到车外，他请求让他的大儿子穿上衬衫。这时老婆婆也上前来纠缠，她伸手拿着那张小纸条，说她不识字，要他们带她去找。老父亲见宪兵们停了下来，便上前拿起衬衫要替他大儿子穿上，穿了一只手，另一只有手铐铐着穿不了，这时，宪兵又开步往前走，第一月台上宪兵队车站分队已有便衣人员前来接应，两名宪兵加快了步伐，老婆婆也吃力地追上去，她边喘气边喊他们等她，竹篮子里的鸡因摇晃得太厉害而咕咕地叫了起来，月台上仅有的几个人影也都回过头来看着他们。逃兵回头望了父亲一眼，示意他回去车上，老父亲因为担心火车开走，便往回走，走了两步，又折回，快步赶上他们。他边走边动手将那件衬衫褪下来，再卷起，交回大儿子用手拿着。

当他们步入出口的时候，火车仍未开动，老父亲和他的小儿子从车窗里看着他们消失在地下道的入口。

又一个小时，火车开到基隆。出了车站，老父亲带着小儿子去公共厕所刷牙、洗脸。妇人抱着小女孩出车站之后，便直接穿过大马路到车站对面，在掬水轩情人礼盒的大招牌底下——基隆客运的候车站里等人。

他不止一次和父亲坐夜车上基隆了。洗完脸，他们并不直接到车站对面的海港大楼去，这时也还没到办公的时刻，他们穿过几个巷子往铁道边的老人茶馆走去，到了那里，已有其他三位上同一条船的老船员先到了。这儿的茶座像教室般排列着密密麻麻的竹躺椅，一直延伸到骑楼外面来，因为天光还不怎么亮，那三人正有一搭没一搭地看报、嗑瓜子，每个人身边的小几上都放了一个白瓷的茶杯。

老先生打过招呼，安置好行李，便领了小儿子到另一条街上喝豆浆，之后再到大菜场的老杂货铺里买了些牙粉、酱菜和干电池等东西，又给小儿子买了几件内裤。回到茶馆的时候，有人已去海港大楼的船务公司取回了一些个人的报关出海资料。老先生抽出上衣口袋里的老花眼镜和派克钢笔来填写，其中一名同事不会写字，便要小孩子代笔，他记得上一回也是他代填的。他用生硬的字体一栏栏地填写：陈遯，男，民国二十三年生；职务：厨工；紧急联络人……

填写过表格，接下来便是等船公司的九人座小包车载他们进码头上船了。司机小王待会儿便会开车过来茶馆这里，每回都是如此，也就成了不成文的规定了。他的父亲催促他赶快去搭市公车回寄宿学校去，虽然学校的规定是在下午五点以后才禁止学生进出，但是做父亲的希望他早些回去温习功课，而且上学期他在班上成绩一直落后，加

16

上请假过长，学校老师已有些担心。他很礼貌地向那三位叔叔伯伯告别，然后转身要离开茶馆。正要走的时候，他父亲想起上次跑船之前答应要送他一个高倍的望远镜，但是忘了买，他把小儿子叫住，从旅行袋里搜出他保管的公务望远镜，交给小儿子，心想，这趟到了美国再到海员俱乐部附近的跳蚤市场买一个赔回去。他嘱咐他不要用卫生纸擦拭镜头，还有不要对着大太阳看。

他将望远镜收进背包里，再重新背上背包，往基隆客运公车站的方向走去。穿过几条巷弄，两旁大多是黑玻璃窗加上压克力招牌的简陋茶室，门口多半或倚或坐一两个浓妆艳抹、年纪偏高的风尘味女人。他不否认自己并不排斥她们，甚或有些好感。打从小他就喜欢看见她们，但他知道自己年纪还不到走向她们的时候，他只是慢慢地经过这些晦暗中半掩的门扉。

雨港的早晨是灰色调的，整座城市的大街小巷都像被盐水泡过似的。中药房、咖啡厅、补习班、电器行都还未营业。他步上基信陆桥，从这儿可以望见整个基隆码头的大半边，他看着那些全部漆成白色，桅杆顶有个雷达的小型军用舰，还有另一边光秃秃的灰色铁壳船，再远一点的地方，商船停泊处有一艘已完成装柜的大约五万吨的货柜轮，那大概就是待会儿父亲要上的船。他取出望远镜来看那艘漆成半黑半红的大船，上面有一个看似管轮模样的人在走动，还有立在甲板上用大水管冲水的人，他可以想象得出父亲穿了雨鞋在那栏杆边打铁锈和刷油漆的身影。他也知道一些船员的工作守则和分科项目，但他从来不想当一个水手。

步下陆桥，往火车站的方向走去，途经一家体育用品店，他望了一会儿橱窗，便走了进去。陈列架上形形色色的棒球手套吸引了他全部的目光，他摸摸口袋里，今早父亲锁门之后给他的一卷钞票，打定主意，就走出体育用品店，找到一个公用电话，打给他一位上学期辍学的男同学，他想约他出来打棒球，这是他现在最想做的事。

接电话的正巧是他的同学，他们简短地谈了一下，同学问他是否有带手套出来，他说有。因为同学要搭公车过来，于是两人便约了十点半在基隆客运的候车处碰面。他挂上电话，心里快活了许多，想到现正在学校上数学或童军课的同学，心中更是浮上一丝快意。快步走回体育用品店，他很仔细地检查了球套的缝线及称手与否的问题，然后，他花了几千块的零用钱买了两个名牌的内野手套，他的梦想是做个滴水不漏的三垒手，他认为快传一垒封杀跑者是一件令人感动的事情。完成梦想的两个半圆现在即将聚合，这值得他再买两个职业比赛指定用的红线球。

他提着装球具的大胶袋来到候车处，不期然地看见早上搭同一班火车的妇人和她的小女儿，由于感到一些尴尬，他便避免眼睛朝她们的方向看去。他取出买给自己的那个深褐色手套，轻轻地将手伸进去，感到手套皮质上的

18

一层油光泛起一圈圈向外扩大的能量；他把球放到手套中，从各种不同的角度来欣赏它们，包裹在皮网格中的球就像摇篮中的婴儿一般舒泰而安稳。他知道这手套不久便会增添许多刮损的痕迹，但这就像战士的伤疤一样更增加它的光荣。

大约过了十五分钟，一名男子，大约是妇人的丈夫来到候车室，他的模样似乎是刚从工作中抽身前来的，脸上挂着一副不太愉快的神情，用简短和冷淡的话语和妇人交谈了几句。过了一会儿，他们一家三口便搭上一班101路前往和平岛的公车。

他又在候车处的椅子上等了一个钟头，同学仍然没有来。他想去打个电话，又怕同学在自己离开的时候到达，后来因为肚子实在太饿了，便决定去打电话；接听的是一个小女生，他很吃力地说明了自己是谁，还有要找的人，那个小女生停顿了一会儿没出声，接着说她和他要找的人早就没有说话了，便把电话挂断。他感到有些难堪，不知该怎么办。犹豫了一会儿，他又鼓起勇气拨电话，接听的仍是同一个人，由于紧张，他便倏地把电话听筒挂上。

他到平价商店买了一个热狗大亨堡，回到候车处的塑胶壳椅上继续等候。每当前方有公车驶来的时候，他便注意看车门后准备下车的乘客之中，有没有他同学的影子；大约等了十多班公车，他都失望了，他知道他的同学不会来了。

他提起球具，背起背包，晃到公车停车场旁的国际牌霓虹灯大招牌下，从这里可以很近地望见码头的船只。他父亲的船已经离岸了，另一艘更大型的油轮停在原来的位置。下午两三点的太阳依然热辣辣地从海面上反射刺眼的波光，稍远一点的地方就全看不见了。

由于昨天坐夜车没睡足，他感到脖子开始酸疼起来，眼皮也重重的。他决定回停车处去搭下一班公车，趁五点学校关大门以前回到山上的寄宿学校去。

一班和平岛回来的公车靠站，妇人和她的丈夫、女儿一行三人从车上走下来，那男的在前面怒气冲冲地下了车，快步地直往陆桥的方向走去，妇人抱着女儿慌忙地跟在后面，小女儿手上拿着一支在和平岛买的五色风车迎风快速地旋转起来。

他们一行三人上了陆桥，不一会儿，只见妇人抱了小孩神色悲伤地又从陆桥走了下来。他避免正视她们，但妇人已认出他来了，并且把他视为救星一般。她告诉他说她现在要去追孩子的父亲，因为穿高跟鞋又抱着小孩很不方便，希望他帮忙看顾一下东西和小孩，她去找一下马上就回来；她睁着两个红红的眼圈向他苦笑了一下，他点点头，她便让小孩站到地上，交给他牵着，放下行李，很快地转身往天桥方向走去。

他牵了小女孩在候车室的四周绕着，让风转动她的风车，她的胸前挂着一只奶嘴随着她不稳的脚步一左一右来

20

回地摆动着。走了好一会儿，小女孩不肯走了，他去票亭旁的摊贩买了两个火箭筒巧克力冰淇淋，两个人坐在座位上吃着，小女孩吃得慢，融化的冰淇淋朝下巴、脖子流到衣服上，胸前的小花边给染成一大片深咖啡色的水渍。吃完冰淇淋，他拿出球来哄她，他把球从地板上滚给她，叫她把球扔回来。玩了几回，她一个没扔好，将球向后扔到候车棚外，她想跑去捡的同时，一辆公车正准备靠站，他赶紧冲上前把她抱起来放到座椅上，在惊吓之余自己也坐了下来。

妇人回来的时候，或许是没追上她丈夫，或许是追上了又听了几句狠话，她眼眶周围黑色的眼影已漫湮开来。她抱起小女孩，不住地用哽咽的声音向他道谢。在他回学校的公车进站之前，她礼貌性地问了他一些事情，还有关于火车上的人跟他的关系，他很简略地回答了。待他上公车时，妇人再次道谢，小女孩也不断地挥动风车向他说再见。

搭上公车，他坐在公车最后面的座位上，把球具放在腿上用来枕着头，公车驶离市区在山路上绕了几转，他便睡着了。一直到了终点站时他才被司机叫醒下车，他必须往回走两站才能回到学校。

经过公车上的睡眠，他的体力和精神都恢复了许多，提着背包和球具往下坡路走，并不觉得累，山路虽有点阴森森的，但不时有车辆或机车从他身边驶过，两旁路灯也

21

还明亮。走到一处沿路种植高大龙柏的马路再向右回转，爬上一个斜坡，学校就到了。他从远远的地方就望见大铁门旁校警老黄的窗户从树缝里透出一抹晕黄的光线。

他走到玻璃窗下，将行李放在地上，敲了敲窗玻璃，老黄正喝着茶在收看晚间新闻，听到有人敲窗，放下手上那杯热龙井，扯着大嗓门问道：

"谁啊？"

差不多先生别传

差不多是我小学同学，他就坐我隔壁，因此我们成了最要好的朋友。差不多他们家很穷，他爸爸是修脚踏车的，从小差不多就学会修车的本领，他的手很巧，修起车来又快又好，连他爸爸都自叹不如，因此很多大人都指定要差不多修，大家不但爱让差不多修车，更爱看。差不多修起车来干净利落，而且绝不让人花冤枉钱。有人骑车撞到电线杆，把前叉撞歪了，差不多不叫人换新的，他操起一根钢筋两腿夹着车轮，硬是把它矫正了，之后还会咻地骑出一段距离，然后猛然放开双手，一面回头大声叫喊客人去看那不晃不抖的把手，平稳得可以在上面放一本书。修好车，差不多一定会弄块布给车子擦擦铁锈，给链条上点润滑的针车油，再紧紧刹车。这时，差不多他爸爸就会故意走进屋里去，以免老客人又要嘲笑自己比儿子还差劲了。

一出修车店，差不多可就差得太多了。老师教鸡兔同笼的时候，差不多的计算纸上面画了一大堆公鸡和兔子，可是一题也算不出来。轮到算植树问题，差不多不是多一棵便是少一棵。老师气了骂他，他搔搔脑壳，手指抠着鼻孔说："多一棵，少一棵，不是差不多吗？"全班都哈哈大笑，老师也忍不住一起笑。月考结束，老师发考卷，差不多考了零分，老师气得把考卷丢在地上，差不多把考卷捡起来，见老师写着一个 0 下面画了二横，便把考卷转一个方向，看起来就变成像是一百一十分，他很高兴，便偷偷跟我说："你看，零分和满分不是差不多吗？"从此，大家都叫他差不多，到后来，连我们老师有时都想不起他的本名是什么了。

除了爸爸、妈妈，差不多还有一个双胞胎弟弟差很多，他在别班上课。差很多不像他哥哥，他很爱念书，常常读到深夜，从小到大都考第一名，因此大家就叫他差很多。上中学以后，差很多更加用功，他爸爸看他一副弱不禁风的样子，就常常对他说："凡事差不多就好，不要太认真了。"

中学毕业的时候，差很多考上全台湾最著名的高中，连校长都跑到他家去放鞭炮，可是家里供不起他到外地去念书，于是他妈妈便一直劝他去念高工，她说："高工和高中不是差不多吗？"差很多铁睁着一双红眼睛，对他妈妈摇摇头。

差很多背起他的棉被袋，提了一只热水瓶，挥泪踏上火车，告别了爸爸、妈妈，和他那什么都没考上的哥哥差不多。

来到陌生的城市，差很多庄敬自强、处变不惊，他早上送报，晚上在自助餐厅洗碗和免费吃饭，差很多吃得特别多，因为他把隔天早餐也挪在一块吃了。他住在一间小公寓的贮藏室里，晚上看书看累了，就拉开椅子，睡在桌底下。

差很多从小就立志要当科学家，经过高中三年的苦读，他的想法改变了。他认为现在大家最需要伟大的政治家，所以，差很多决定要学政治，果然，高中毕业，差很多又考上全台湾最著名大学的政治系。

上大学时，差很多常常收到差不多写给他的信。信上说他爸爸生重病，家里的钱花光了，脚踏车店的生意也一落千丈，因为现在大家都改骑摩托车和开汽车了。差不多的信都写得很短，错别字也很多，可是，差很多总是看得泪流满面，彻夜失眠。差很多又在书桌下睡了三年，他悟出一个道理，那就是：改善政治必须先改革经济。于是，他又转而专攻经济理论，同时，他认为理论要配合实际，因此，他很积极地参加各种学生运动，闹出不少麻烦，学校也把他视为问题人物。

有一次，差很多头上绑着白布条，参加上万农民抗议农产品政策的示威大游行。半途上，差很多一改文弱书生的形象，与维持秩序的警察大打出手，结果差很多打输了。差很多头上的白布条变成渗了红药水的白纱布，看起来很像是日本国旗。可是差很多没有切腹自杀，他在拘留所里静坐了两天一夜，正要被释放的时候，他突然站起来对着天空大吼："改革教育才是根本之道！"连警卫也被他吓了一大跳。

大学毕业之后，差很多又再提起他的棉被袋和热水瓶，踏上返乡的火车。我开着我那辆二手丰田汽车陪差不多去车站接他弟弟，车站人很多，可是差不多隔着很远就认出那只棉被袋，于是立刻冲上前去替他弟弟提行李。差很多几乎认不出他的哥哥了，过去这么些年，差不多的眼眶凹了，手掌粗了，和他们的父亲一样，背也有些驼了。其实差不多也快认不得眼前这个苍白又憔悴的人了，要不是那只棉被袋，他恐怕也不敢确定眼前站着的便是他弟弟差很多——真的差很多了。他兄弟俩激动得抱头痛哭，差很多更是激动得连手上的热水瓶也滚到铁轨上砸碎了。

　　差很多回家见到爸妈又大哭一场，他爸爸躺在床上和他说话，说着说着流下欢喜的泪水。差很多看见父亲床边满满一面墙上，还贴着他自小学开始得的所有奖状，心中痛下决定，他首先要改善家里的经济状况。

　　差很多回到小学的母校教书，成为一个认真的老师。可是，上课上到一半的时候，偶尔他会突然对着黑板自言自语，有时还会指着窗外的菩提树骂人。遇到这种情况，同学们都吓得不知所措。差不多的小学老师去修脚踏车的时候，便把差很多的情况说给差不多听，差不多蜷在地上，放下手上的工具，抬起一双木然潮湿的眼睛望着他的老师，半天讲不出一句话来。很多学生的家长都议论纷纷，认为差很多比他哥哥还糟糕，他们常常在背后说："念不念书，还不是差不多吗？"学生们听多了，就常常拿来取笑差很多，故意在他背后大叫："差不多啦——差不多啦——"叫完不等老师回头，便一溜烟地逃了。

因为这对双胞胎兄弟愈来愈相像，有时连别人也分不清，于是，渐渐地，大家就一律叫他们差不多了。

许多年过去了，有一天，差不多和差很多到镇上办事，途经一大群人正在办丧事，原来是一位黑道的老大被人暗杀了。出殡的时候他的家属哭得呼天抢地，差很多痴痴傻傻地上前绕着灵柩走了一圈，突然对死者家属破口大骂："哭、哭、哭，有什么好哭的，活的和死的还不是差不多？"那群黑道弟兄听了很火大，以为差很多是他们的死对头派来的，于是吆喝着从灵桌下拖出一箩筐扁钻和武士刀向差很多砍去，差不多见情况不妙，便冲向前去保护差很多，结果，那群人也分不清谁是谁了，便乱砍一通，才一眨眼，差不多兄弟便一命呜呼了！

村人把差不多兄弟合葬在他们父母的墓旁。因为大家认为他们两个被人砍得血肉横飞，算是合而为一了，另一方面也为省钱省事，于是只在坟前立了一块"差公不多先生之墓"的石碑，生卒年月也恰只一个，日子一久，就连当地人也忘记其实差不多先生原来是两个不同的人。

差不多兄弟死后去见阎罗王，阎罗王查对他们一生的记录之后，便对差不多说道："你这一辈子完全没有努力，可是你心肠很好，那么，下一辈子你希望当人还是当畜生呢？"差不多想了又想，回答说："当人和当畜生不是差不多吗？"阎罗王觉得莫名其妙，便转向差很多，他称赞道："你这一辈子都很努力，下一辈子，你希望做大官还是做大事呢？"差很多听了立刻反问道："做大官和做大事不是差不多吗？"阎罗王见这两人疯疯癫癫、答非所问，心中又好气又好笑，于是决定把这两兄弟留在身边，与牛头马面并列在侧，专门管理和他们差不多的死鬼。

本来差不多兄弟从此可以过好日子了，可是没想到阳间和他们差不多的人愈来愈多，桌上的生死簿愈堆愈厚，每天都忙得不得了，比起生前的苦日子也差不多。

挚友差不多是我最怀念的人。小时候，他帮我修脚踏车，修了半天，我才请他吃半包王子面。现在追想起来，心中深感悔意。自从差不多死后，我便没有朋友了，不过，我知道，我们终有相聚的一天。有时，我会痴痴地想，说不定差不多现正抽出一本生死簿来，翻到其中一页，望着我那密密麻麻、徒劳无益的一生，会不时搔搔脑壳，发出一阵会心的憨笑呢！是为记。

尸布

"全安里里民活动中心"的白铁大卷门哐啷哐啷地铡下，为这一天的咆哮画下句点。"立法委员"选举在下午四点半结束，刚过晚饭时间不久，各投票所便迅速完成计票，结果立刻揭晓了，许多热心未降的选民仍聚集着不愿散去。对结果满意的人，认为这样特殊而重要的一天，不该留下个冷清的尾巴；而落选者的支持群众在一片"国之将亡"的悲调心情下，更觉得自己有义务留在现场传布这个启示，于是他们都不忍离去。即便基于身心健康的单纯理由，他们也需要一块狠狠地嚼嚼槟榔（菁仔、叶仔、剖半、双子星传来递去，火力强大），痛快地喝酒吃菜（活动中心门口便是炒海产摊），把政治上的艰难险恶，和人生里的悲苦郁结一股脑儿和进槟榔渣里，随着一口熏热的气流呸到地上。现场至此一片和乐融融。选举多么地重要！这样的大型活动应该按月举行一次，使身心得到舒展，使家庭虐待事件减到最少，使自杀人口降低，使纳税义务人得享正当休闲之乐趣。这样的预算可以列入社会公益项目立法通过。

人群至深夜方摇摆扶持离去。

这时候，他醒来，自活动中心旁土地庙里的长板凳上如僵尸般坐立起来。

并非躲避选举，或是可能早已丧失了"公民"投票权，这和他往常作息的时钟相同。他是遵循月球引力的，如潮汐。他比鸡起得更早，比失眠的人睡得更晚（太阳是他的月亮），比病床上的老人躺得更久。这"慈福宫"是他的"家"，长板凳是他的"床"，一条特长的浴巾是他的被（很久以前可能是白色的），他睡时用木乃伊包裹上尸布的类似手法，把长浴巾缠绕在身上。供桌上的水果、鸡腿或旺旺仙贝，他可拿了便吃。（酒还会少吗？）这庙又身兼"旧衣收集中心"，他不愁衣服，也懒得勤换，一身免洗衣裤，穿破即丢。庙后金亭边有公共厕所（竟还有间浴室和莲蓬头宛如神迹）。这真不愧是个落脚的好地方，别人也许同意，但绝不如他体会深刻。

他是何时开始定居此地的，众说纷纭。人说他是李铁拐的"契子"，我看倒不如说是鲁智深的堂兄弟。外形，像；年龄，仿佛；举止，不远；酒量，一样。我试着说说他例行"一天"的生活。

刷牙洗脸全免，伸手往长凳下一捞，红标米酒漱口且醒脑。看看供桌上，今天的水果是释迦和五爪苹果。昨天吃剩的半包孔雀饼干别浪费了。有烟有酒才搭调，抽了半根的时候，隔夜的尿已经憋不住了，先浇浇那几盆长寿菊吧——歪脖子一看，咦，活动中心门口满地宣传单、标语，昨天一定是选举投票日，于是还没尿完便决定先不烧供桌底下"库存"的金纸，随手往地上抹起一大把黑白、彩色的纸张，进"屋"里点着，扔进金炉里烧，烤火兼驱蚊。宣传单烧起来火力差，味道臭，将就着用。他摞起一大把政见文宣来，依照烧纸钱手势哗哗地先"点钱"，手上折好一叠扇形纸，间或拇指沾点口水防滑。哟！数着数着有夹带其中的钞票掉了出来，赶快折得小小的塞进裤腰袋里，要不然，暂压在那泉州"虎爷"座下也行，掉不了。（谁敢在太岁爷脚下揩油？）

继续喝酒、吃菜。

吃菜？海产摊的老板秃头阿义收摊时，便把客人吃剩的牛肉片、螺肉、鸭肠等菜尾[1]用几个保丽龙[2]盘子给他留在供桌后首的左脚下。运气好时，有整盘的咸酥虾（虾头部分居多，更好）。他也不白吃人家的，遇到摊子上有人掀桌闹事不知节制，胆敢对老板阿义动手动脚的话，他操起一根预藏的角木（前半截用铁钉插得像根狼牙棒似的），打伤了人他"顶了"进去蹲几天，出来了，马上有满桌酒菜等他，一切"家当"也有人替他看着。

他算是打出一片天下，站住脚了。很多外地游子对故乡的回忆中，他和土地庙是密不可分的两个二而一的鲜明景象。人们不记得他何时开始存在，倒是全知道他因何存

----

1 菜尾：残羹、剩菜。多指喜宴中大家吃不完所剩下的菜肴。
2 保丽龙：即泡沫塑料。

在。在很久很久以前（故事大多这么开头），有某位银楼的老板到庙里许愿掷筊[1]时，用斜眼瞅了瞅这个肮脏且睡相不佳的流浪汉，便"顺便"许了个大约是希望此人消失的附愿，没想到一掷掷出个哭杯[2]之后，杯筊落地竟生根了似的，"拔"都拔不起来。这下可怎么办？一连十天半个月没有人敢动它，银楼老板病倒了。有钱人病了，小老百姓们能不开心？故事从银楼传开来，隔好几村的乩童也跑来了，庙里空前热闹滚滚，香火油钱都满了出来，扶老携幼的信徒不绝于途。村长高兴了。

言归正传。现在他喝光了一瓶米酒，大约是"夜巡"的时候了。大水沟旁妓女户的老板土虱最喜欢他，说他是提了土地公的红灯笼来了，红灯配绿灯，大吉大利。有些年老珠黄的老妓女乏人问津风头不再，喝了闷酒便脱光了衣服四处拍门闹房。他见了一把抱起老妓女进房搞定，但从不过夜。这老妓女隔天便全身酸痛休业一天，忙着四下宣传说那男人是发春的公牛，话中暗示自己风韵犹存，尚有男人为她发痴的意思。双方各有所获，皆大欢喜。

当他出巡时，走夜路的人见着他并不觉害怕，反倒扫去了黑夜里森森凄凉的恐惧感。他是个生气充沛的重要人物，夜的神将。

. . . .

1 掷筊：丢掷以木头或塑胶做成两片半月形状的杯筊求神问卜，借此与鬼神对话。
2 哭杯：被丢掷的两片杯筊，都是有弧度的凸面朝上，代表神明不同意。

有人家里小孩不读书，大人打骂不听屡次不改，便说："明天带你去土地公庙注册！"俨然认同了他的谋生本领，而且好似他应该开班授徒了。他们赌气说这话时，心中并没有侮辱的意思。其实，极可能心中还有一丝羡慕的情结，暗暗藏在心的角落里。和老婆打架负气的男人，摔了门就往庙里去（这成了不成文的律例了），那儿有酒有菜有人闷声不响但了解他们的苦处，有极妥切的心灵安慰而没有恼人的是非与唠叨。男人们到这儿来释放自己的灵魂，呼吸一晚自由的空气。人心易放难收终须收，男人们终又无奈地回家去，从没有人如他们初出门时所发誓的从此不回家了。他们没这个命啊。不相信，你试试？

选举刚过的夜晚最是冷清，仿佛一个脱水的尸体。这一晚，例行的巡逻很快结束了，他两手空空回到长板凳上又复喝酒吃菜。酒喝得快，烟抽得慢，这是本事。

鸡啼三次了，照例睡前要再撒泡长尿。他不拉拉链，一手从短裤管里斜掏出来，两脚张开，丰沛的水柱霎时冲出老远不开水花，按喜好养壶的人说是"出水很好"。庙门外的红色号志灯一闪一闪映在尿柱上，活是一个喷水池上的尿尿小（老？）童。

天快发白，他要睡了。刷牙洗澡，不必。锁门关窗，免了。他稳稳地躺下，用那条长长的浴巾熟练地裹好身体，从膝盖到胸前都缠妥了，拿一块方茶巾往脸上盖，这一天便结束了。肚里贮蓄的酒精替他上足了发条，够他睡到隔天华灯初上的起床时刻了。

　　看着他倒头便沉沉睡去，我感到无比的孤寂。我没这命啊！学了半天还裹不好一双腿。月光下，我的浴巾还很新、很白。

牛奶和秋千

　　十一岁生日那一天，得到一笔可观的零用金，我用它订了一个礼拜的牛奶。因为数目刚好差一点点，所以只能订鲜奶，当我看着别的同学把粉黄色的果汁牛奶一口喝光的时候，我感到我心中的一个角落也被他们吞进肚子里去了。过了那一个礼拜之后，每逢第二节下课的时候，我就跑去荡秋千。有时候我会故意荡得很高，结果意外得到一个看待世界的方式。当我最接近天空的时刻，心中产生了一个奇怪的想法：我想让老天看清楚我这可怜兮兮的样子。

　　后来我变得喜欢溜滑梯，因为我觉得我很富有，老天把我造得这么穷是因为我需要得很少的缘故。当一个人站在高处的时候，他的责任只是轻轻往下一滑而已。

　　每当我想到过去与天空的关系曾经如此密切的时候，内心深感惆怅。现在天空退得那么远，云朵变得那么高，不论遇到操场里的任何一种游戏器材，我都无心再做尝试。即使是教室走廊上风扫落叶的声音，也令我惊悸不已。

眼科诊所

　　草绿色木格窗刚映上几枝树影的时候，林老先生睁开双眼，以为自己又在半夜里醒来，于是依旧这么躺在床上，两眼瞪着上方黑压压的天花板，脸上没有任何表情。此刻房内透着熹微曙色，只是对林老先生来说，依然是伸手不见五指一般。

　　若是在过去，天刚亮的时候，身旁的老伴便会起床准备早点，连闹钟都不必上。而林老先生则于稍后起床收看晨间新闻时，固定喝一碗加糖的热稀饭之后，才刷牙洗脸，接着到前院喂鸟、打太极拳。即便在刚退休的头几年，也还依然如此。

　　老先生在床上转了两次身，一些不愿去想的事情却益发清晰起来，思绪又回到三年以前。那时，林老太太忽地接连躺了几天不说话，后来，几个老邻居闹到家里来，成天哭诉没完没了，现在回想起来，老先生的脑海里还清楚地浮现出当时王迎春他老婆擎了把水果刀要死在这屋里的景象。想到这里，老先生蓦地弓着腰杆从床上弹起，对着屋角的衣架子比画着说："我林志昌不是欠债不还的孬种，该多少给你们的一毛也少不了，妈了个屄的统统给我滚——"说到这儿，林老先生收口了。那天，林老太太便如此时一般面朝墙壁躺在床上，像个尸体一般任人怎么问话也不应，直到现在都不曾再开口。

他将下滑的被子提上来，背对着林老太太又复躺下，口中念念有词道："造孽的东西啊，地下钱庄是个什么货色，能叫你碰吗？你个不知死活的东西，现在好了，上了天啦？"隔了半晌，又接着说："老天爷叫我瞎了眼，倒不死了干脆点。"

"不怕死的倒死不了。"他合上眼。

又思想一阵，脑子里像要骰子似的转得他头昏却毫无睡意，继而想到也许天已经亮了？这时窗外传来麻雀吱吱喳喳的叫声，他才确定天已经亮了。林老先生摇动老伴的肩膀，但是没有反应，便用手指去探林老太太的鼻息，感觉到一丝微弱的热气。他伸手在床头柜上摸出一把手电筒，又抄起一支藤拐杖往客厅走去，木头地板凹陷的地方发出吱呀的声音。晨光从落地窗外斜射进来，老先生隐隐约约看见墙上老挂钟的位置，因为光线穿过白内障在眼球内引起折射的关系，分明的一个挂钟在前方变成了两个，他打开手电筒的开关往左边那个钟面照去，结果并没有变得比较清晰，于是再移往右边照去，勉强可以辨认出时针指在7的位置上。关掉手电筒，他想到从前听过有一种会用人声报时的小型闹钟挺管用的，心里嘀咕着老是忘了叫儿子买一个回来。老先生碎步走到单人沙发旁要坐下的时候，刚满四岁的孙女小庭嘴里含着一只塑胶玩具口哨正好吹出刺耳的响声。老先生差点坐到她身上，摸摸她的头发，问说："小庭好乖，爸爸呢？"小庭吐掉嘴里的口哨说："爸爸在洗车车。"老先生坐到一旁的沙发椅上，伸出颤动的手在茶几上搜寻着，拾起遥控器，然后打开电视收听晨间新闻。因为怕吵到卧房里的林老太太，他把音量往下压，可是他的手不够灵活，等他调到适当音量的时候，已经错过了两条新闻。晨间新闻的男主播以疏密交错的平和语调播报各类消息，对老人产生一种安抚的效果。当播报到退职公务人员福利问题的时候，老先生警觉起来，继而间歇地怒声斥骂着："放狗屁……放你妈狗屁。"在一旁的小庭不明所以，便随着爷爷斥骂声的起落吹响尖锐的哨音，吹完便自个儿格格地大笑起来。

气象报告之前的广告时间，老人关掉电视，进浴室里去。刷牙时，他听见电话铃响，小庭拿起话筒说"喂"，停顿了一会儿之后，用很撒娇的口气说："妈咪你都不来带我去玩……"林老先生把牙刷放到漱口杯里涮了两下："放他妈狗屁，放狗屁。"

用拐杖顶开玄关的纱门，林老先生慢慢探下几级石阶，穿过几盆绿色植物向大门外走去。过了一段潮湿的梅雨天，他想尽量沾点阳光。

林家成正在红砖墙边给车子打蜡，见他父亲拉开红木门，连忙上前把门口的一桶肥皂水提到一旁，以免林老先生撞到。迎头而来的室外光线投射在视网膜上，产生很不舒服的感觉，林老先生举起一只手来遮挡光线，一面绕往树荫底下。一辆公车正疾驶而来，林家成见状立刻上前把他父亲领到靠近砖墙的安全之处。老先生双手支在藤杖的把手上，脸歪向路的远方看去："年头不对了。老子什么没见识过……放狗屁。"

林家成继续打蜡的动作。他今天很仔细地从头到尾把车子清理保养了一番，后车厢里的一些工具和杂物也收拾出来放在一只纸箱子里，其中包括一堆录音带、两把雨伞，和小庭捞虾子用的小网子。

今天吃早点的时候，林老太太显得精力特别充沛，并且似乎念念不忘打扫房子的工作，才喝了半碗豆浆，便拿了扫把开始扫起地来，扫了几下，又去搬动院子里那几盆笨重的鹅掌树和马拉巴栗，惹得草叶间的蚊虫不安地飞动起来。等到屋内更加凌乱之后，她又拉出三大纸箱的旧衣服倒在客厅木板地上翻来翻去，并叉开腿坐在地上，一件件折叠起来。小庭看到地上一大堆衣物像小山似的，便很兴奋地站到上面滚来滚去，木条地板被逼出快要断裂的声音。

电铃声响，林家成绕过那堆旧衣和院子里错置的盆栽，打开大门。公所总务课的王振邦探出一张半笑的脸，头上的灰发和脸上细密的皱纹都排列得很有条理，并且泛着一层薄薄的油光。他露出非常为难的表情，刻意把嗓子压得很低，说明他是受到主任秘书的压力，必须在月底以前把这屋子收回，并负责整修。他拿出一块折叠得很方的手帕抹去前额和下巴的汗珠："真是对不住，上面催得紧哪——"说完这话，离去之前他探进半个身体朝前院角落的那棵柚子树打量一番，仿佛正在目测该如何整顿这些布满杂草及青藤的角落和壁面。林家成连声抱歉之后关上大门。

林老先生坐在餐桌旁，听见林家成进屋之后开口问道：

"什么人？"

"王振邦。"

"怎没请人家进来坐？"

"没事。"

"什么没事！"林老先生拍响桌子。

"人家还在上班。"林家成把小庭从旧衣堆上拉起来。

"下午你拨个电话给他，就说是我说的，问问公所修缮房屋的补助金拨下来没有。还有你告诉他，浴室的屋顶是不是该翻一翻啦——"

上午十点。林家成戴上暗绿色墨镜，照例先将车子调头驶入那条沿海堤的柏油路。这条路笔直而单调，四周好像披上一层细小的盐巴结晶。他摇下车窗，让海风吹进车内，路旁巨大沉重的人造礁石参差散落一地，堤防的斜面上密密麻麻的海蟑螂逃命似的钻动着，由于过分密集的关系，这些细小的黑点在快速梭替之中显得好像是静止的一般。林家成把车速降得很低，点燃一支香烟，面无表情地想着中午的事情。

摇上车窗，打开冷气，他决定待会儿独自带父亲去检查眼睛，让小庭陪母亲待在家里。他想到，可以把早上收拾过的那些旧衣物倒出来，让小庭陪母亲再叠一遍，这段时间内，他便可以带父亲到诊所去做一次开刀前的例行检查。决定之后，林家成加快车速转入省道，往市区驶去。半年前，林老先生已故好友的独子赵逸民医师回乡继承父业之后，老人家终于下定决心要做摘除白内障的手术，从那时起，他常说："从小我就看他有出息，人家是读书的料。"

到了一家汽车厂，林家成熟练地直接把车开到修理间外边停下，从遮阳板后面抽出一个牛皮纸袋，走向一辆正在修理中的白色汽车。

"朱头，出来一下。"林家成朝车底盘下的空隙叫了一声，一位理着小平头、躺在轮板上的修理工从车下游出半个身体，看到林家成，他丢下工具钻出来。

林家成把牛皮袋里的营业汽车证件等资料扔到凌乱油黑的工具台上，朱头看了一眼说：

"不玩了？"

林家成耸耸肩摘下墨镜，从上衣口袋掏出香烟打给朱头一支，自己也点一支。朱头把香烟夹在耳朵上，脱掉工作手套，从车尾上的槟榔纸盒里掐出一颗放进嘴里，再把盒子传给林家成。

"你老头决定开刀了?"朱头说。

林家成嚼动嘴里的槟榔,点点头,往地上吐一口槟榔汁。

朱头摘下耳朵上的香烟点着,斜抬着脸说:"不是找赵逸民吗?他妈个屄叫他算便宜一点啦,老子也留学的话老子来开!"

朱头刚说完,两人便同时笑起来。

林家成把香烟屁股弹到门外说:"你他妈哪那么多废话。"

朱头把牛皮纸袋里的过户资料抽出来看,林家成又点燃一支香烟。

"晚上拿票给你。"朱头捞起地上的半罐啤酒往嘴里倒一大口,用手背抹一抹鼻子说,"操他妈的,同班同学他妈个屄人家的钱就比较好赚,操他妈的屄。"

林家成把车钥匙从钥匙圈上转下来,交给朱头说:

"我先闪人了。"

"真不玩了?"

"不玩了。"林家成走出修车间。

"要不要调一点?"朱头在他背后叫着说。

林家成摇摇手,没有回头,往车厂外走去,看看手表,戴上墨镜,招了一辆计程车赶回家去。

推开大门,林老先生正吃力地把院子走道上几盆笨重的盆栽移回原位。林家成见状两手各提了一盆靠到墙根上，叫他父亲不要搬了。林老先生头顶上稀松的几根银发间冒着一层细小的汗珠，口里兀自喃喃地骂着林老太太："死不了的还糟蹋人。"一边又咕哝着要喷杀虫药，便拾起刚才放在墙角的一罐喷剂来，冲着花树间的暗处四下喷洒着。林家成闻到一股刺鼻的柠檬味，才发现他父亲手上拿的是清洁家具用的喷雾蜡。林老先生每喷洒一下便吐出一句不悦的骂声，不一时已喷到庭院的另一角去。林家成把走道上最后一盆长寿菊拉回原处之后，便走上石阶，拉开纱门走进屋里去。

客厅地上叠了七八摞五颜六色的旧衣服，电视是开着的。林家成察看卧房内没有人，听到厨房那头传来竹扫把敲地发出的声音，便往厨房走去，看到小庭正拾起刚掉落的扫把，另一手举着一只塑胶畚箕，正在扫动翻了一地的那锅米饭。有些饭团洒落在洗手台下有污水的地方，林老太太正跪在地上用手抓着吃。林家成把他母亲扶起来，掸掉她衣服上饭粒，再打开水龙头，先抹了点肥皂在自己手上，然后拉着林老太太的双手，到洗手台上冲洗。他回头叫小庭先到客厅里去，不要再扫了，小庭偏着不肯，两个鼻孔鼓得圆圆的，重重地在地上跺脚，结果一脚踩在饭粒上，连人带扫把一起摔在地上，继而大哭起来。林家成一手牵着林老太太，一手抱小庭，带她们到饭厅餐桌旁坐下。林老太太才坐下便又起身往厨房里钻，林家成急追上前，把老太太再拉回到客厅沙发上。

林家成取消了原来的计划，现在他们必须全部一起前往眼科诊所。

林老先生为了找不到过去记忆中的一件香港衫而发了一顿脾气。林老太太也拖延了不少时间，她在旧衣堆里挖出一件猪肝色混纺披风来裹在身上，任他说什么也不肯脱下来，林家成只得再从旧衣堆掏出一丸手帕塞进西裤口袋里，准备等一下让老太太擦汗用。

小庭撑住客厅纱门，牵着林老先生的手，争在前头带路，林老先生不放心地把拐杖的一端伸给林家成握在手里，林家成则用另一只手搀住林老太太的腋窝。他们一行四人缓缓步下石阶，穿过院子步出大门，待林老太太走出来之后，林家成取出上衣口袋里的墨镜戴上，把腿向后伸去勾住大门带上，看看时间，正好是中午十二点。今天是星期六，他想诊所可能会把午休时间向后延一些。

小庭嫌大人们走得太慢了，便绕到后面推着奶奶走，走没几步，又回到前头拉着林老先生的袖子，催大家快走，林老先生不断气喘吁吁地叮咛小庭注意路上的车子。

越过一个十字路口，转入市场侧面入口。传统市场内的走道较为逼仄，杂货行的女店员远远见他们一行人走来，便把摆蒜头、花生的竹筛子往内收，等候他们穿过。卖鱼的老板也暂停清洗台面的动作，扭住水管的喷口往排水沟里冲。林家成一一向他们点头致谢。

出了市场向右直走，来到赵眼科诊所门口，铁卷门已经放下，林家成看看手表，十二点二十一分。铁门旁的压克力牌子写着下午两点才开始门诊。林老先生对于错过上午门诊的时间感到气愤："什么时候不保养车子，偏偏这时来凑热闹，从小就不长眼睛，新的到你手上也变成旧的！"林家成用手指拨开铁门上的投信口，摘下墨镜贴近去看，室内很暗，挂号室的日光灯已经熄掉。他再往右边的狭长通道看去，墙上还是那两块"仁医济世""妙手回春"的黑地金字匾额，署名的小金字虽模糊些，但还可以辨认。这是一幢老式二进的旧宅，居中有个天井，天井后方才是居家的正厅入口。林家成把身体蹲低往后望，他的中学同学赵逸民正蹲在天井内修剪那排日式盆栽，从走道这头看去，只见他露出半月形的背部，白色的医师袍垂在青石板地上，衣摆旁落了一匝苍绿的细小枝叶。

林家成合上投信口的小铁盖，戴上墨镜，向林老先生报告要等到下午两点才能挂号。林老先生骂过林家成，又转过身去骂林老太太拖延了出门的时间。

诊所旁几公尺便是本地最大的城隍庙，小庭看见庙廊前的石狮子吵着要去骑，便拉着林老先生往庙口走去。进到庙里，林家成让林老太太坐到长木板凳上，掏出手帕来给她擦汗，并且试着要替她脱掉那件厚厚的披风，可是林老太太用双手死死掐住衣襟不肯松手。

"棉花糖——人家要吃棉花糖啦——"小庭在大红木

庙门边掏着狮嘴里滚动的石球，忽地看见大庙对面戏台边的小贩摊子，便奔回爸爸身边吵着要买，林家成蹲下来抓住奔跑中的小女儿，告诫她不可在庙中吵闹，小庭不肯罢休，又跑向爷爷去告状。林老先生站在中厅那口大钟下抬头望着，听到林家成追来的脚步声，便要他查看这钟上铭刻的年代是否如他所记得的"清光绪二十年"。林家成摘下墨镜，抬起头来，看见斑驳锈蚀的钟面上只有几排凸出的小圆点而已。

小庭见大人们不理她，蹦蹦跳跳地跑去跟奶奶要。林老太太正逼在红木栅栏旁，伸出嶙峋的一只手臂去扯白将军的袍子。林家成快步上前去把老太太的手扳回来，老太太反抗了一下，才把手握着拳头收在胸前。出庙门经过排满香烛的大木柜台时，林家成向老庙祝点头表示歉意，老庙祝正伸开双手打哈欠，压压下巴，便又伏到案桌上去。

戏台旁的一排旧式住宅已被夷平，临时搭建的销售屋前尚见一辆怪手，另有一辆卡车改装成的歌舞团搭在水泥戏台旁，音控师和穿着高叉腿礼服的女主持人正在调试音响及灯光。林家成把老人家带过广场戏台那头之后，又折返回庙里借了三张胶皮折叠椅。庙里请来酬神的歌仔戏班也在戏台上打点起来，拉弦子的老人试了几声琴音之后，便蹀到后台去看人赌四色牌。林家成把三张椅子排在歌仔戏台前让爸妈坐下，便牵着小庭去买棉花糖。

现在正是周末下班的时间，歌舞秀的旋转灯打出眩人的七彩光束，渐渐有些不急着回家的机车骑士围拢过来。

小庭用小手支着一朵白云似的棉花糖，圆圆的脸颊绽放出笑容，又拉着林家成去逛卖香肠、烧酒螺和抽布袋戏偶的摊子，走了几步，看见一个矮胖的老人蹲在地上，一只绍兴酒的纸盒子里有几只毛茸茸的小狗互相咬来咬去，样子非常可爱。小庭要爸爸替她拿着棉花糖，兴奋地拉起其中一只小白狗来搂在怀里，林家成催小庭回去找爷爷奶奶，小庭说什么也不把小狗放下。

"小孩子喜欢，买一只回去啦，很可爱的啦——"卖狗的老人仰起头来对林家成说。

"好啦，人家要咪咪啦，人家要啦——"还不到两分钟，小庭已经替她的小狗取好名字了，咪咪安稳地窝在小庭的肚皮上，好像毫无异议的样子。

林家成怕老人家担心，便对狗贩说：

"一只多少钱？"

"一只才一百块，好像免钱一样。土狗仔啦，土狗仔赞，土狗仔卡[1]韧命[2]呢！"

林家成付了钱，小庭快乐得要飞起来，早把棉花糖给忘了，林家成索性将塑胶袋拆封，自己吃起来。

工地秀已经开始唱第一支歌了，歌仔戏班也不甘示

. . . .

1 卡：比较、更，或是"再怎么样也……"，此处意思为前者。
2 韧命：生命力、繁殖力强。

弱，老琴师带头一板一眼起奏，再经由号角形的扩音器放射出尖锐的声音，可却敌不过隔壁歌舞秀的两座超大立体声音箱，出场小旦的口白淹没在爵士鼓和电子琴的声浪之中。人群涌向卡车尾巴伸出的舞台，歌仔戏台前只有林家成一家人。林老先生口中念念有词，抱怨工地秀的噪音太大。秀场的女主持人正老练地串场和调戏歌者，她把女歌手的蕾丝蓬裙撩高，惹得观众鼓掌吹哨的声浪起落不已。林家成掏出手帕来给林老太太擦汗。

小庭坐在椅子上和小白狗玩着玩着，又嚷叫肚子饿，林老先生要林家成去买些面包回来，小庭抱着小狗咪咪从椅上跳下来也要跟去。林家成挽了小庭向面包店走去，路经诊所的时候，看见铁卷门还是放下的。

林家成心想不妨先去找老同学打声招呼，便带小庭绕到诊所的后门。这些巷弄是他极为熟悉的，他忆起中学时代找赵逸民抄作业时，也总是从后门走比较快，因为赵逸民的房间就在后门旁边，进了后门还有一个小小的后院，从前是养了几只鸡的。

后院的铁片门一如从前虚掩着，林家成轻轻推开门走进去，小庭抱了小白狗跟在身后。后院的水泥地已经铺上白色的地砖，原本在墙角的一棵大木瓜树已不见了。赵逸民的房间是暗的，窗户的窗帘也都拉上了，林家成站在房门外，听见房内传出赵逸民的唱盘正播放着古典音乐片子，唱针即将走到激昂的末段乐章，这个曲子林家成听来倍感亲切，是赵逸民自中学便钟爱的曲目，那时他时常向林家成推荐曲子，可是当时林家成根本听不进那样的音乐。

林家成在房门外叫唤了一声，没有反应，心想可能赵逸民听不见，便犹豫着该不该自己推门进去。他想，赵逸民还未结婚，跟他同住的只有赵伯母，应该没有关系，便拉开木门，带小庭进到屋内。室内非常地暗，另一面墙上的窗帘也是完全拉上的，小庭有些害怕，便抛下小狗，拉着爸爸的手。

林家成摘下墨镜，又叫了一声，还是没有得到反应。赵逸民的床前围着四扇雕花的古董铁木屏风，站在门边的人看不到床那头的情形。这是一个很大的房间，两排矮柜沿墙边围成一个直角，书柜上的唱盘正平稳地转动着，墙上吊了两幅人体医学解剖图，书桌上还有一个立体放大的眼球模型，和几本外文医药杂志。

林家成把靠近后院的那片窗帘拉开，让光线照进屋内，转过身，发现屏风脚下流出一股暗色的液体，小白狗上前舔了一下便缩回脖子逃往别的角落，小庭追上前去把咪咪又抱回胸前。

林家成绕到屏风后面，看见赵逸民侧躺在床上，左手垂在床沿，血液从手腕顺着骨节和指缝汩汩流到地上，一把手术刀斜卧在血泊中，刀柄泛出冷冷的光泽。

小庭抱着咪咪在屏风后叫唤爸爸，林家成匆匆自屏风后走出来，跨过地上缓缓流动着的血迹，拉上窗帘，抱起小庭，再关上木片门走到屋外，门内依稀传出娓娓的木管乐章。

　　绕经诊所大门的时候，赵伯母刚结束午间的小睡，她罩上一件白色的袍子，把铁卷门一一向上推开。林家成从上衣口袋里取出墨镜戴上，看见赵伯母正走进挂号室里去，把诊所内的日光灯全部打开。

农夫和兔子

　　从前有一个美丽的地方，那儿土地平旷，小道纵横；房屋整齐分明，一目了然，放眼尽是良田美池。村落之间可以相互听见鸡鸣狗吠的声音，不管是老人或小孩都很怡然自得。他们的田里看不见一根杂草，大家都早出晚归地工作着，只有一个人例外。

　　他的田地是全村最大片的，可是，他每天都坐在田埂边的一棵大树底下，等待飞奔过来撞上树根而昏倒的兔子，然后把兔子抓回去煮来吃。他的田里，连杂草都长得和人一般高了，村人看了觉得很不舒服，便纷纷开始责怪他破坏了四周的环境。

　　后来，许多人私下聚在一起讨论，决定要集合众人的力量，把他田里的杂草都清除干净。到了约定的那一天，大家带了各自的工具到他田里除草，他们挥动着锋利的镰刀，除着，除着，兔子开始跑出来，一只、两只、十只、一百只……愈来愈多的兔子盲目地飞奔出来，它们四处冲撞，破坏了许多快要收成的田地，还有的跑到更远的地方，连邻村的农田也都遭殃了。这些人看见自己的农地被破坏了，一一收拾起镰刀，失望地回家去了。

　　过了一些日子，他田里的杂草又长出来了，变得比从

51

前还更加高大茂盛，在夜晚经过时，可以看见一双双数不清的小眼睛在草丛间闪闪发亮着。他还是像以前一样，不论晨昏都坚守在大树荫底下。路过的人都在背后说："这个害群之马啊！"

这个地方又恢复了往日的平静和美丽。

进城的一天

天还没暗示点亮，同仁嫂起身打床沿取过厚棉袄穿上，老木床发出吱呀的响声，小癞痢从油黑的破棉絮窝里探出他的癞痢头，问：

"走了吗？"

"急啥，先弄些粥你吃。"

"今天喝粥啊？"

"哎。"

小癞痢于是很精神地钻下床来，费心地将他窝了一夜的棉团折叠好，又理了理垫在下面的干草梗子，再把滑突出来的床板，顺着垫在下头的火砖往墙缘抵。这床板的料子扎实，小癞痢铆起一股傻劲来挪动它，一口大蛀牙给绷得酸——心却想又多亏它生得硬沉沉，否则大概早被人劈了当柴烧，轮不上自己睡了。这床板是一额黑地横匾，正是本县前清举人所书"同仁堂"三个饱墨大字，贴金已昏蒙蒙变色了。小癞痢没上过学堂，可这三个字倒是认得的。这"同仁堂"的字号是小癞痢的祖父开药铺子时起的，用的是小癞痢他父亲的名字，有这么个子承父业的意思。小癞痢听他娘说，这匾被一大群手臂上绑着红布条的年轻人摘下来的那一天，他父亲便再没回来过，而小癞痢于是有了自己专用的"床板"了。

小癞痢罩上一件显得滑稽的大棉袄，一股脑儿地奔到房间的另一角落，挨着灶，蹲在一只连把的竹丝篮子旁。小癞痢往里拨开一层棉絮，环手抱起一只恹恹的病狗，那狗睁着一双无神的圆眼，原本黑油油的卷毛像褪色的干草一般，干巴巴的鼻子动也不动，骨架子整副浮了上来，原有毛茸茸的头也变小了。小癞痢从竹篮中翻出一块干瘪瘪的地瓜，愣着光秃秃的小脑袋瓜对他妈说：

"毛球儿还是一点都不吃。"

"先去舀点水来，乖。"同仁嫂疼惜地说。

她没有回头，用一截竹筒伸进灶里吹着，浓烟渐渐冒上来，几颗红色的火星蹦进她的头发里。他们住在这间厨房，因为屋顶尚好。可四面土墙已给熏得像个黑森森的废矿坑似的，竹篾墙泥灰剥落的地方才瞧得出里头一大片白底子。

这一天，灰云屏着曙色渗出一点点亮的时候，他们要进城去。前天，在河里摸螺蛳的斗鸡眼逢人便说："城里来了个啥子破天荒的同志，专给啥子猪呀牛呀鸡呀的下方子戳屁股的，城里人管叫'兽医'个啥子蛋的——真他娘的怪啥子。"同仁嫂把这话记在心里了，于是大清早这会儿，这河边上便有了这一大一小静静移动的蓝影子。

小癞痢顶着刀锋似的寒气，将毛球儿兜在怀里。趁着天未亮、人未起的时候，他们要赶到渡口去，过河，进城里给毛球儿看大夫。晚上，入黑以后，再趁着夜色回来。

同仁嫂从竹篮里搜出一块深蓝色的方布来，裹在小癫痫的光头上。小癫痫止不住兴奋的情绪，不断要问关于兽医的事情。

"毛球儿该好吧？"

"兽医杀狗不？"

同仁嫂怕冷风灌进他嘴里，不时告诫他："风大，别说话。"

到了渡口，船夫老头儿啄着一杆白铜锅旱烟，踞在岸边一块大青石上，船筏上已有两个工人模样的年轻小伙子，各自牵着脚踏车，面无表情默默地抽着纸烟卷。待同仁嫂招呼了小癫痫站定以后，船老头儿便从一尊蜡像似的模样，忽地像只鸬鹚般蹦上船，很精神地伸伸脖子吆喝了几声，将烟杆吊在腰上，老辣地撑起一根长长的竹篙划动起来。筏子往河心滑去，静悄悄地就只听到咕噜噜的水声抑或是那两位工人肚里发出的胃壁摩挤声。许是想打破这黎明前的沉默，老头儿两眼掂了掂同仁嫂母子俩和那只竹篮说：

"进城？"

同仁嫂没作声，只伸手护着身旁的小癫痫，小癫痫也连忙捂紧毛球儿，恨不得把它藏起来。一行人依旧噤声前进。河面黑黝黝一片，船行过处，漫漫的水波内翻扭着细弱的、白闪闪的水纹四散飘荡在河面，宛如犹豫似的，一会儿，又无声地潜入了漆黑的水底。

船夫佬使顺了力气，竹篙扬得老高狠狠地捅一家伙，

55

那筏子通人性似的服帖起来，老头儿向河面啐了口浓痰。

城外的围墙已被人拆去盖房子了，走进残存半边的城门里，大马路旁的两排铺子也都隔成小间小弄的住房，不复昔日风景了。同仁嫂领着小癞痢在一棵老榆树下歇息，她摘下小癞痢头上的蓝布，抹掉他的两行鼻涕，再收进竹篮子里，又翻出一块风干地瓜来掰成两半，母子俩分着吃。因为天寒，小癞痢几乎嗑破门牙才啃下一块来，连忙伸到毛球儿嘴前，诱了许久毛球儿都不睬，小癞痢这才塞进个儿嘴里，闷闷地嚼起来。

吃过地瓜，同仁嫂要小癞痢把毛球儿放进竹篮里，再小心地用布盖上……

同仁嫂向一个正在河边捣衣的小姑娘问路，小姑娘半天才抬头来，甩甩手上的泡沫，搞不清楚"兽医"是什么，没开口，摇摇头。毛球儿在竹篮子里蓝布底下搅动了一下，小癞痢很紧张地扭过身去。

张老头搔搔脑壳说在城东，到了城东李姥姥说在城南她七哥子家巷尾，到了城南，那巷子早已夷为平地。小癞痢恨恨地捡起地上的碎瓦砾来打远处断垣上的一只小花猫，打着打着，打中墙后一个蹲在地上、瘦巴巴、方口脸、皮肤很黑的大男孩。这男孩因为天生一双青蛙腿，没人愿意同他一块儿，这会儿正在墙角发闷慌。被人丢了石头，原以为其他孩子又恶作剧，便很生气地跑过来要打人，他跑起来膝盖朝外左右一拐一拐，两手哗哗地划着，动作很大也很快，但是前进的速度却有限。跑过来一看是陌生人，便又畏缩了。小癞痢顺口问他"兽医"的事，他便很热心要带路。原来"兽医"刚到城里时，青蛙腿男孩的母亲便逮着他去了几回。

他拉着小癞痢的袖子，很带劲地直向前奔，同仁嫂跟在后头。小癞痢一时还不能适应这个新朋友先往两旁摆、再往前进的行动方式。小癞痢走在他身旁，逢到踩过水洼子的时候，身上便被溅了特多的淤泥。

穿过几个巷弄，来到兽医家门口，青蛙腿男孩独自径往房里钻，把小癞痢母子忘在天井里的一缸莲花旁。不一会儿，大男孩拉着一个一头参差灰发、高高瘦瘦的老先生走出来。青蛙腿男孩边喘边神气地说："看吧，就是他们！"

老兽医不多话，人很客气，引他们进屋里去。屋里不大，但东西不少，一个木板床和一个高脚药柜便占去一边，另一边有一张老旧的白铁皮手术台，老先生扭亮一盏灯，用棉花沾了些酒精在台面上擦了擦，把毛球儿抱上手术台，用指头在它颈上的淋巴结捏了捏，掰开嘴，看看因贫血而泛白的牙龈，摸摸脚底，又取出一支温度计来量肛温。

青蛙腿男孩很热心地领着小癞痢，介绍他看那些稀奇古怪的试管、烧杯、酒精灯、注射筒、听诊器等等玩意儿。墙角那几只大白鼠最令小癞痢着迷，一对对红宝石似的小眼珠子煞是可爱。

老兽医拉出温度计，上面沾了些黑稠稠的东西和许多血丝，举高温度计朝光亮处看了看之后，又提起毛球儿脱水松垮的脖子。老先生拉下口罩，摇摇头："是肠炎，挺严重。"

听到这突来的宣告，小癞痢母子都怔住了，大夫又告诉他们，幼犬得了这病，一大半是活不成了，而照统计上看来，黑狗的死亡率还更高。母子俩说不出话来，老先生露出几许无奈，他说这会儿，也没药可用。说完又复戴上口罩，转身收拾物件，暗示他们算了吧。

走出兽医的屋子，小癞痢眼眶里泊着几颗泪珠，青蛙腿男孩安慰他说，从前他妈领了他来治腿的时候，大夫也要他们算了，现在他不也还活得好好的？小癞痢觉得他的新朋友说得不无道理，便活泼了些。青蛙腿男孩拉着小癞痢往渡口一座木板房奔去，边跑边介绍自己简短的一生。他说他叫赵福德，有一个哥哥老不跟他玩在一道，邻居小孩也不兴和他一块儿，见了他便扮鬼脸叫他"拐子马"。他又说，他爸没酒喝了便打他，说是："了不起也不过还是个残废的。"又问小癞痢他爸打不打他，小癞痢说"不打"，赵福德咽了口口水，又自言自语地说他妈妈倒对他挺好。

木板屋整间被漆成黑色的，风吹日晒雨淋的，斑驳蛀蚀外加野老鼠，大人们见着便觉碍眼，甭说进去了。倒是四周长了满地的火红小野花，油闪闪的似要烧上了木板屋。赵福德领着小癞痢进木屋里，这屋子是他的仓房，所有的家当宝贝都藏在这里。同仁嫂原正愁着离天黑尚久，不好就回去，见他们玩得起兴，便也不多拦阻。

　　木屋里除了木料地板缺了几个口子，倒比屋外干净得多。赵福德从梁木上取下一个断尾巴的风筝、几个古钱，一个陶罐往地上一倒，一把角柄小刀、一个竹头镂雕花鸟纹的黑蛐蛐罐、半片齿梳和一把干栗子散落了一地。他告诉小癞痢如何用放大镜在烈日下引干树叶着火，还有如何把发夹折弯磨尖了当鱼钩的方法（钓线上要绑一枝梧桐当浮子）。他们咬破壳极硬的栗子，吃完了便从破窗口把壳扔到一大片满是树桩的土坪上，这原本是树林一片，这儿的树和别处命运一样，在前些年便遭砍了，剩下如今这满目密密麻麻大小不一的树桩，距地尚有一两尺高。沿着树桩老长的一段河岸下去便是码头。赵福德说，若有其他小孩子追他，他一站上桩其他小孩便不是对手了。他合该活在树桩上的，彼时，他的腿不但进退得宜，且左右逢源如何如何。小癞痢听得发呆，立时对他这位新朋友起了敬意，便也不甘寂寞地贡献了一套用竹叶子编成大公鸡的方法，没想到他的朋友早腻了这雕虫的伎俩，随手摘了一心两叶的竹枝扎了起来，没一眨眼，便支起一只雄赳赳的大公鸡来，鸡翎子特鼓特绷，鸡冠特挺。

　　腊月虽是昼短夜长，离天黑倒也还有些时候。同仁嫂心中盘算着若回去早了，让人见着他们提了只瘟狗进城求医去，检讨起来，可是挺不妥的事。这回，小癞痢和赵福德打完水漂儿，又在树桩上争逐了许久，累了，便坐在干草窝上放那只断尾的破风筝，凌厉的北风毫不客气，风筝一上天便连连打转旋进河里一去不返了。同仁嫂在树桩尽头近渡口的地方默默地看着他们玩得起劲，心想若他们是住在一地当个伴也好，毛球儿看是不行了。又想，若孩子他爸爸还在就好了，或许便有方子可治。但也得药铺还在才行，否则有方子没药材也是没辙。这么越想越远，越推越回去，太阳又渐渐移到山后去了。

　　船夫老头出现第三次了，这是赶天黑之前的末班船了，同仁嫂招回小癞痢上了船，临行前两个孩子一在船上，一在岸边树桩上，约好了下回小癞痢把床底下那副铜锤臼带来捣栗子吃。先前，赵福德便已将那把栗子很公平地依照大小、数目两人对分了，又说，下次再见时定会存了更多。船夫一扬篙子，顺水推舟，船便沿着树桩河岸游去，速度很快，青蛙腿男孩在丛丛木桩之间虽不落人后，但可比不上船行流水，一下子便被甩得远远的。赵福德气喘吁吁没命地追船，只见船越来越小往河心里去了。小癞痢在船上不断挥手要他的朋友回去，别再追了。他的大朋友停下来了，不是因为他的手，而是赵福德他妈在木板屋那儿吆喝他了。小癞痢隐隐约约听见一长串妇人的咒骂声，他听见的最后半句是："看不往死里打，了不起也还是个残废的……"

　　船上没别的船客了，船行又疾又稳，船夫佬叼着烟杆，只偶尔往水心顶两篙子，不当一回事。小癞痢玩兴未褪尽，显得不那么怕生，便大大方方地看人撑船。

下船，船夫佬还在岸上绑船收竿，同仁嫂一手提着毛球儿，一手牵了小癫痫。傍晚的河岸，既寒且静，他们趁着一点光，沿着河岸树林子之间的小路往家的方向走。走到半途，同仁嫂绊了一跤，将小癫痫连毛球儿摔到地上。小癫痫很快站起来，他一把抱了毛球儿自个儿继续走，说不需要妈妈牵他。

今晚的月亮很大很好，入夜以后路上反而显得更亮。算吧算吧毛球儿不吃不喝已满四天了，身躯像干草似的轻而硬，小癫痫心里似也预感了些什么，而且开始准备接受它。他记起兽医的话，心想毛球儿怎又偏生得是黑的呢？走着走着，他们走进一个较疏朗的林子里，月光大笔洒下，小癫痫怜惜毛球儿因病而变得干糙失色的被毛，他用手指轻轻地给它梳着，梳着梳着小癫痫因一个天大的发现而大叫起来："妈——毛球儿不算是黑的呢！"原来先前毛球儿没病的时候毛色黑油油的，于是便见不着参差其中的白色杂毛，倒是现在让小癫痫瞧见了。

他们正走过的这片大林子，路两侧树条上到处布满了一对对泛着荧荧青光的小圆点，许是什么不知名的夜鸟正无声地成群栖着。它们的活动刚开始，一只只正张着耳朵，绿着眼珠子，鬼似的盯着人的一举一动。

同仁嫂听到小癫痫这么忽地叫了出来，伸手拦住小癫痫说："风大，别张口，乖。"

61

一件急事

冗长的夜路上，只有红绿灯和树叶还动着。

转入一条小巷，小男孩推开那扇通往地下室的玻璃门。他刚刚受了母亲的嘱咐，要他来这里通知他父亲尽快回家去。她挺着巨大的肚子，用很细小的声音对他说："阵痛已经开始了。"

他穿过两堆啤酒瓶和几张矮凳子，从大桌子旁围聚的背影中，认出他的父亲，然后站在他身后。过了一会儿，他缓缓伸出右手，用食指轻轻地勾动他父亲的后裤袋。大约过了两分钟，他又伸出食指勾了一下。

他父亲回过头来，布满红丝的眼球眨了几下，桌灯从他的右颊透射出来，照在小男孩细长的脖子上。他一面用手按住桌缘的扑克牌，一面伸出另一只手，把小男孩卷起的衣领往下折好。

他又回过头去加入喧腾的吵闹声中。小男孩仍旧站在原地，一只手伸进短裤的口袋，抓住一叠卫生纸撕了起来。

大约又过了五六分钟，父亲回过头望着他，然后用很轻快的动作，把一枚十块钱的硬币塞进他的上衣口袋里，又匆匆回过头去。

他推开玻璃门，从地下室走出来。电线杆旁翻垮了一桶馊水，巷子里漫着一股酸腐的气味，他加快脚步绕过去，走出巷口往右转，站在一家服饰店的骑楼上。

街上几乎没有人了，他向前走着，快到下一个巷口时，一个中年男子搂着一个浓妆的黑衣女郎从巷口冒出来，她的金色腰带非常显眼。小男孩调回头去，开始踢地上的一个空汽水罐，又回到服饰店前的磨石地板上。他很小心地踢着，并没发出难听的声音。

一会儿，一辆卖烤香肠的摩托车在骑楼前停下，卖香肠的老头儿摘下帽子，折进后裤袋里，再掀开炭火炉的铁盖，把手搓揉了几下，然后剪下几截香肠烤起来。

他于是不好意思再踢空罐了，就坐到服饰店门口的石阶上。

空气透着湿凉，烤架上的香肠蜷缩着发出吱吱的声音。一只慌乱的蝙蝠不知从哪里窜出来，扑扑地鼓翅疾闪，老头儿迅速从裤袋里取出小帽来赶它，一边不忘转动烤架上的香肠。

生意算差劲了，只陆续卖了两条香肠。老头儿索性不烤了，坐在机车上往石阶看了几眼。小男孩从上衣口袋掏出硬币，放在两手的手心里来回磨着，微微感到一股热气产生。

老头儿扭开小收音机的开关，在调幅频道上巡拨着，来来回回地拨了几次，又关掉。

他父亲的身影在巷口出现了，一只鞋子上沾了一片馊水浮油，两手插在裤袋里，看见他坐在骑楼下，便加快脚步走进去。

他没有站起来，只是伸手将硬币交给父亲。父亲僵硬地弯腰摸摸他的脸，然后拾起铜板，走向机车。

老头儿打了一个哈欠，取出碗公和骰子，放在车座的木板上。

他父亲抓起骰子在掌心搓了几下，掷了一个十点，然后回头对小男孩露出上扬的嘴角。

老头儿无精打采地抓起骰子，往碗里一撒。

小男孩缓缓从石阶上站起来，轻轻走到父亲背后，伸出右手，用食指勾动他的裤袋。他回过头来，布满血丝的眼睛过了许久才眨动一下。

除 夕

公园里开始有流莺聚集游荡之后，阔嘴财的生活不但起了变化，同时还培养了早起的习惯。

年三十这天，阔嘴财特地起个大早，刷过牙，又特别换上新的吉利牌刀片，舒舒顺顺刮了胡子之后，便把脸凑近木板墙上那半片镜子照照——快六十岁的人了，毕竟难得对自己的外表满意，于是，又从墙上吊着的塑胶袋取出染发剂、铜梳和从机车上拔下的照后镜来为自己改头换面一番。

脖子以上的部分好不容易整理满意了，阔嘴财又从床下拉出一个白兰洗衣粉的大纸箱，扫掉灰尘，取出一套灰色毛料西装和白色丝质衬衫，他把衣服整齐地摊在床上，极温柔地收拾着领角和下摆的线条，心中顿时觉得精神起来，眼珠子也亮了，不由得张开他的大嘴巴弹了几下舌头。

妥妥当当地穿上西装，阔嘴财接着又从一排铁钉上的各色塑胶袋里，陆续搜出一双定制的光面尖头皮鞋、日本进口的红色绣花领带和男用丝袜。逐一将塑胶袋挂回铁钉上时，无意间在木板上碰出许多声响，惊动了隔间那头的野鸽子，换来一阵咕咕咕咕的急促叫声，和鸽子猛力叠翅拍打的骚动。阔嘴财已经多年不养赛鸽了，但他很熟悉这是鸽子在交尾时发出的声响。这些野鸽子不知一共是几只，阿财不喂它们也不赶它们，数个月来也只在它们发出这种急躁的声调时才感到鸽子的存在，对日常生活的影响也很微小。可是今天的骚动好像过分了点，阔嘴财已经谨慎地穿好西装和皮鞋，正在调整他的大红领带了，这对鸽子还死命地拍击着翅膀，甚至追逐向墙边来，震得薄薄的三层板乒乒乓乓地在阿财的耳鼓里嗡嗡响，一时还没有停止的意思。阿财正因为领带和西装似乎不够协调而有些气恼，现又被鸽子吵得心里恨恨的，便用手在木板上重重拍了几下，墙顶的天花板应声掉下许多灰尘沾在西装上。鸽子们只稍停了一下，便又开始扑扑作响，阿财心想要不是自己已经穿上了体面的衣服，这回一定要钻进鸽舍去教训这些有眼无珠的家伙。他拿起衣刷在肩头上扫去灰尘，往鸽舍的方向唾骂一声："干！"

钻出屋外，看看角落酒瓶里的两枝万年青着实丑陋得很，便随手拾起一只破碗，小心翼翼地避过那一束束、杂乱无章的电话线和电视天线，接了一些水加进酒瓶里去。望着那些陈年灰垢的细长叶片，阿财不由得想起一二十年前，这个角落可是养了几盆名贵的国兰哪！彼时，阿财在赛鸽圈里也风光过的，鸽子频频拔得头筹，赢得猛的时候，上百万的比赛种鸽也狠心买过。好种就是好种，阿财痴痴地想着，那抓在手掌心的感觉硬是不一样……

那时，阿财便是为了专心鸽赛的活计，才在这个顶楼的鸽舍旁加盖了这间临时木板房间，好在重大比赛期间待在里面一边泡茶，一边守候归来的鸽子。

现在看看这比鸽舍还小的夹板屋，觉得自己刚刚好像让这几只鸽子给奚落了一顿，心里又浮上几句脏话来。

走出过往的记忆，阿财想起重要的事情来，便钻进屋里，从电视机下的架子上取出一份租屋契约塞进西装口袋里，直向通往四楼的楼梯走去，他要赶在今天和他的房客续签下一年的租约，毕竟这可是事关财源的要紧事。

阔嘴财理一理头发，站在四楼左间的白铁门前，按了一次电铃，久久没有人应门，索性便一直按着电铃不放。

一位很肥胖的妇人来开门，手上抱着一个正在哭号的小婴儿，身后还有一个瘦瘦小小、头发只留到耳根上的小女孩怯怯地露出半个头来。妇人看是楼上的房东，便开门让阿财进去。

阿财坐在客厅破旧的塑胶皮面沙发上，妇人正在为婴儿冲泡奶粉，阿财伸长脖子看，确定那是高价位的奶粉，便把租屋契约从西装口袋里掏出来，放在长方形玻璃茶几上，清了清嗓子说："最近菜价涨得吓人咧——"

妇人听出房东的用意，依旧静静地泡她的奶粉，泡好奶粉便故意去浴室接了几瓢水到厨房去烧，接着便开始检点这房子的许多待修的地方和需要汰换的部分，一长串数落下来，阿财有些后悔方才不该打开话匣子。

依照去年的契约再续签一年，租金仿照前年一般，阿财挂起一副不以为然的表情步出屋外，往楼下走去，愈想愈不甘心，没想到牺牲自己住到鸽舍旁，所得却是每下愈况，悻悻然之外不由得担心起下一年的生活来。

阿财本能地走着，走进一家便利商店，买了两个茶叶蛋，边剥蛋壳边又抽起一份早报来翻看，不时在报纸上印了许多指纹状的褐色水渍，看完又折好，塞回报架后排里去。走出便利商店，他取出手帕来擦手，看看路上人车渐多了，于是往公园方向走去。阔嘴财的一天开始了。

进公园后，依照习惯，每每路经杜鹃花丛的公厕时便有想小便的感觉，于是转入公厕去小解，顺便在洗手的时候对着大镜子梳理一下。梳理完，再向前绕经儿童溜冰场旁的秋千架，便来到三八阿彩仔的米粉汤摊子。

"哎哟，没底看，阿彩仔创[1]啥穿这水[2]，要嫁尪[3]是么？"阔嘴财顺势拣了阿彩仔对面的一个圆椅子坐下。

"嫁你死人骨头啦。"阿彩仔没停下舀汤的动作。

"创啥这迟[4]恶嘴，大过年时啊——话个讲倒头[5]，若要嫁死人骨头就对墓仔埔[6]去才有哦——要我乎[7]你报路啊

. . . .

1 创：做、弄。
2 水：漂亮的、美丽的。
3 尪：丈夫。
4 这迟：多么、这么。
5 话个讲倒头：话说回来。倒头，指颠倒地、倒反地，或是反方向、逆序。
6 墓仔埔：墓地、坟场。
7 乎：给。

免？"阔嘴财拉长下巴，扮出不解的表情。

阿彩仔不甘示弱，舀米粉汤的动作随而夸大起来："煞不知要等你这死阔嘴仔死没侬[1]垃，倒踮[2]公园做痟狗[3]时，我连给你送就山。"说着举起精钢光亮的菜刀向一块油豆腐斩去。

"哎哟喂，侬讲最毒妇人心，一点点仔拢没呀[4]对。像你这般的，全世界除了我阔嘴财仔嘛呀侬要啦——"

"我佮[5]你？我咧走呀知路！"

其他桌几个熟客人之中，有的已经忍不住笑起来，阿财稍稍满意了，方才的心情也得到了些许的滋润，便又往偌大的公园别处逛去。

早晨的空气却也不太新鲜，倒是还有厝鸟仔[6]、白头壳仔[7]和间或一只乌秋[8]显得很爽落。大树下各处空地上有欧巴桑和欧志桑在跳土风舞，也有少年仔在舞剑打拳。长条石

· · · · · · · ·

1 侬：人。
2 踮：在。
3 痟狗：染病发疯的狗，有时用来骂人；也指垂涎女色或者意图骚扰侵害女性的好色之徒。
4 呀：表示否定。
5 佮：和、及、与、跟。
6 厝鸟仔：麻雀。
7 白头壳仔：白头翁。
8 乌秋：大卷尾。禽鸟类，是一种领域性很强的大型鸟禽，会攻击鸢鸟等鹰类。在台湾农村里常可以看到乌秋停在水牛背上吃牛身上的牛蜱。民俗说法，要是乌秋在电线杆上筑巢，当年度不会有台风。

凳上，露宿一夜或彻夜未眠的流浪人，手上像变魔术似的又取出一整瓶的米酒来灌一大口，一会儿又搓起一条报纸点着了驱赶蚂蚁。

穿过假山隧道内的幽径，阔嘴财仔口中的那群"丢丢铜仔"已在逸仙亭内摆开了。胡须陈仔依旧是一袭黑色长披风，一副不苟言笑的模样坐镇在那架卡西欧琴键后面，恰恰突显了他不可动摇的地位。猪母乳仔今天大概早起了两个小时来整治她的头发，现正张着血盆大口，一手紧紧攫住麦克风，另一手随着乐声沛然招摇着，仿佛深恐手上的麦克风被歌声低劣的人给劫走一般。

番仔火旺可不甘心像其他一些歌友一样安分地用手掌打拍子，他特地到山叶音乐教室买了一个高级铃鼓，凡乐声一起，不论快慢歌曲，他便踩着乩童般的舞步摇出鼓点——沙、沙、沙、啵，这末一下就在猪母乳仔唱到"想要问伊是惊歹势[1]……"时，拍在她正晃动着的屁股上。

唱歌献丑并不对阔嘴财的口味。喝一杯寒香扑鼻的高山茶，嗑几颗酱油瓜子，阿财便又转往他处。

接下来的路线，则是脚力与眼力同等重要。穿过人工湖上的红木桥，网球场旁宽大的主道两侧，已有许多临时小贩就地摆开摊位，有贩售泡茶器具、老人内衣裤、烟具、拐杖、黄色录影带、钥匙圈和壮阳药酒的各色小贩一

· · · · · · · ·

1　惊歹势：怕不好意思。歹势，指不好意思、对不起、抱歉，或是害羞、难为情。

应俱全，其中应景的塑胶春联摊上围聚了不少人，卖壮阳药的妇人生意更好，她极会招徕路人，讲话时故意挤眉弄眼地压低嗓子，帆布折叠椅上的两只大腿从松垮的裙摆下张得大大的，一位老岁仔[1]故意挤上前去同她耳语，一双眼从老花镜片后面却瞟着某处看，阿财发现了惬意极了，便也挤上前去围观。妇人又喳喳呼呼一阵，有些人已开始掏钱了，阿财便趁机询问：

"头家娘[2]啊，这药酒乎你讲甲像仙丹同款[3]好用，敢有影[4]是呒[5]？"

"无影[6]免钱啦！"妇人对阿财嚷道。

阿财又说："按迟[7]哦，我买一罐佮你试一下好吥好？"

"要试去便所[8]边找啦——"

阿财和其他客人皆知妇人所指，便哈哈笑起来。阿财喜爱公园的原因便在这里，散步运动又可嬉笑打诨，一兼二顾，摸蚋仔兼洗裤[9]，况且又不花钱，还有更可爱的去处吗？

· · · · · · · · ·

1 老岁仔：指称年长者的说法，通常带有轻蔑的意味。
2 头家娘：老板娘。
3 同款：同样、相像，没有差别。
4 敢有影：是真的吗？
5 呒：句末疑问助词，用来询问是或否、有或无等，多读为轻声。
6 无影：不真实的，没有的事。
7 按迟：这样、如此。
8 便所：厕所。
9 一兼二顾，摸蚋仔兼洗裤：一举两得。

这会儿，如卖药妇人所说，三号公厕边真有流莺开始聚集了，阿财从摊位这头便可望到大凤凰树下已撑起三五支花阳伞了，于是便不多逗留，径往厕所方向迈步走去。

三号公厕位于公园侧门边，紧邻公园栅栏外面是一条黑稠稠的大排水沟，沟堤边尚有一长排茂密的柳树作屏障，与人家房屋相隔，地形上属公园内最隐匿处，一般女游客也多不愿来此方便，形同一座男厕。阔嘴财不疾不徐往这边巡来，像一只盘旋天空的老鹰睥睨着猎物，却不轻易划动一下翅膀。

阿财在距目标大约十五公尺处，拣定一个公园椅坐下之后，便鼓溜起他那双鹰眼瞅去……那三株大凤凰树下有六只撑伞的……厕所洗手台边还有一只正在濡湿手帕，她的花阳伞搁在洗手台上……机车停车场上，没有……公共电话旁也有一只，她穿着鲜红假皮大衣，手臂上挽着一只空菜篮，有点故作轻松模样还不太自然可能人缘不佳正被同行排挤当中……大多是老面孔。

公园毕竟是公共场所，比起红灯户的查某[1]，她们的穿着和装扮都刻意收敛了些，大概是想避人耳目，殊不知彼此因袭模仿的结果，却形成了一种风骚不足而古怪有余的标记，特别易于辨识，更别说要逃过像阔嘴财这样的行家之眼了。

第一波扫瞄完毕，阿财有了完成阶段性工作后的爽适

....
1　查某：女人、女性、女生。

感，于是慢条斯理地掐起一支香烟抽起来。这些流莺大多是私娼馆里年老过气的成员，陆续在此集结谋求晚年的生计。再过一会儿，与她们一桌之隔的树荫那头，便会围集一群前来"看货"的男人，有老有少。只见有的用手指和拇指细细捏紧烟屁股吸着，也有半合眼木着表情忽地却心绪激昂而猛吸一口的。自然更多的是嚼着槟榔的准消费者，他们碾着牙床，望着同一个方向，像一群正要分解尸块的野狼。阿财很爱看这幅静中取闹、极富喜感的对阵场面。尤其这些被人盯着看的老查某那份不卑不亢、气定神闲的模样更无疑是一幅公园胜景。

果然，两路人马渐渐壮大起来，今天双方人数都有暴增的态势，到了后来，连原本在侧门外的香肠摊子见市场有变，索性就把烤架移到两军壁垒之间的石桌上来。阿财也禁不住上前买了条香肠就着蒜头吃起来，并加入几位老岁仔的谈话之中。他们凭吊过去，谈论时局；品评时鲜料理，也调侃政治人物。时而话锋也引向彼方的某个较具姿色的流莺，互相汇集丰富的阅历，评头论足一番。

此时，有人已经相中了目标，于是只见他们一前一后保持距离，往公园附近宾馆走去。也有上前谈不拢价钱，又抽身退返原处的。阿财看在眼里，只是把那不喜不恼的一丝丝会心给窝在心底。其实，他最感兴趣的还是那些偶尔出现的兼差主妇，她们较不容易被一眼看穿。因此，阿财此刻还不时瞄向别处，特别是那些有单身汉独坐的幽静处，仿佛冷不防地便会错过群莺乱舞的场面。

偶而遇上一时真伪难辨的独身妇人，阿财便像一个撞上棘手赝品的古董鉴定家似的，心中升起一股务必一探究竟的好胜心，悄悄地尾随在妇人身后，直到在某个较隐蔽的角落，亲眼看见那妇人盯上目标，暴露了真实的身份之后他才满意地停止追踪，同时对自己毋枉毋纵的眼光更新添一份自豪。

当然，光用眼睛做游戏还不过瘾的。偶尔有风韵尚存的目标出现时，阿财也会凭借他对公园地形无比熟悉的优势，先绕道前往妇人必经之处，并故意找一处较合理的钓场，怀着一份忧喜参半的临危心境，等待那妇人前来搭讪，好把自己心头痒痒的那铺了一层炭灰的星星之火给扇上来，他更乐得预测那些女人会如何来开口说第一句话，还有她们的定价……

一个上午晃过。

阔嘴财回到阿彩摊子喝了两碗米粉汤，吃了一碟猪头肉把午餐打发掉。

下午的公园更是热闹滚滚，卖烧酒螺、李仔糖[1]的，画人像的、剪影的、卖红包袋的、测字算卜的，阿财一一细看过，但是依然只看不买。

走着看着不觉眼酸腿麻，阿财于是在羊蹄树下、喷水

1　李仔糖：冰糖葫芦。

池旁的一处石板椅上躺下舒展筋骨。他望着冬天晴空的云朵，听着卖椰子壳胡琴的老岁仔拉着伊伊呀哦哦的弦子，混合了一群小孩在拥挤的人群间追逐尖叫的稚声，觉得这馊馊的音调安适极了，难得的冬阳洒下暖洋洋的一张细网，阿财心满意足，不觉眯眼打盹起来。此刻，他只想好好地享受一下这个气氛，就像多年以前曾在一个渔船船舱内体验过的午睡，那么摇晃晃地甜美醉人，连美梦也觉得多余。

这一觉果然无梦，阿财醒来的时候，一只土黄色野狗正在舔着阿财方才午睡时甩落的一只皮鞋。阿财乍然睁开睡眼，见这一景象并不随即反应。他悄悄垂手在地面上搜着半块砖头，冷不防地稳稳往狗背上掷去，黄狗咆哮着哀怨的叫声夹起尾巴逃窜，阿财见此，笑得蜷缩在石椅上，把另一只鞋也给抖到地上去。笑了一阵，阿财突然感到好像缺少了什么，他坐起来穿鞋时才警觉到，正是少了看好戏的路人，和少了太阳光的照射。

穿好鞋，并用卫生纸擦了灰泥，阿财往三号公厕方向走去，一路上人烟稀少，卖春联的临时小贩正在用纸箱子分类收拾存货，准备明年再卷土重来。岁末天暗得快，公园里一排排的路灯也晕晕地亮着，阿财这会儿才意识到自己方才睡了许久。

公厕边那群查某和查埔早已烟消云散，在这个时刻，下午在公园内闲游的人也都回家去了。阿财绕过几条花径，竟然不见半个人影，向南侧门外望去，大排水沟柳树边的人家灯火通明不同往日，阿财感到一股大年夜的气氛从树隙之间穿透过来，令他一阵错愕，尿意顿时浮起。

阔嘴财走进公厕小解，之后又走到洗手台去洗脸、擤鼻涕，正要掏手帕擦干手时，猛地吓了一大跳。他看到凤凰树下有一个长发遮面、只有半个身体却满布鲜血的女鬼杵在石桌上，而且正看着自己。阿财半张着一只大嘴，连忙回头再打开水龙头，哗哗的水声又燃起他的尿意，他想关水，却又觉得留着水声较好，一时间方寸大乱。阿财火速做了一个决定，不要走得太快，以免那个东西以为自己怕了，还有，如果回头去看的时候，要连肩膀一起向后转……

阿财试探地挪一挪双腿，指挥自己往石阶走去。还没步下石阶，阿财眼角的余光便瞄见那半个身躯也跟着浮了上来，而且依然盯着自己。阿财心想这必定是个厉鬼，所以连除夕夜也不肯放过找替的机会。继而又想，年代古老的公园果然不干净，这会不会是从前被日本兵所奸杀的女子的阴魂，又或是在此地上吊自缢的遭弃妇人的亡灵呢？

阿财心想，这世间果然有鬼，且终于被自己撞上了。他感觉全身似被毒蜂螫遍，内冷外热、关节僵麻，连童年时被水牛追的经验，也不及现在一半恐怖。他勉强再向前挪动几步，但那女鬼显然不肯放过自己，正亦步亦趋地尾随哩！恶人没胆，恶鬼大概也类此。想到这，他深深吸了一口气，倏地用双手在地上拾起一块石头向那女鬼砸去。

"干！"这一砸砸得不偏不倚，正中女鬼胸口。

女鬼应声倒地，且凄厉地鸣空一吼：

"你赴死老猴[1] 你啊——"

阿财惊魂甫定，见女鬼发出人声，定睛一看，原来是下午那个身着鲜红假皮大衣、挽着一只空菜篮的老流莺。再一看，方才砸去的原来是一垛土块，现已摔落地上成了一摊黄土。但是这一记也着实不好受，那妇人痛得跌坐在地上，菜篮也飞进树丛里去。她刚才是被石桌给挡住了下半身的黑裙，所以才被人认作是立在桌上的"半身"女鬼。

阿财虽说松了一大口气，但是一股怒气倒要自己上前理论一番。他走近前去冲着那张浓妆却难掩老态的脸，劈头便骂：

"你不死去别处讨客兄[2]，怎在这扮鬼惊人！"

"你死死去路边卡呸臭啦！讲啥痟话[3]。你才是痟猪哥[4] 兼歪哥[5]。"妇人抚着痛处，恨恨地回骂阔嘴财。

"像你这般的，做鬼也免化妆啦——"阿财得意地说着，妇人没有再回话，只发出一些痛苦的声音。

阿财见她痛得站不起来的样子，心中感到自己失礼之处，便上前去扶那妇人。妇人本要将他推开，但是已没有

• • • • • • • •

1 老猴：蔑视年长者的粗俗用语。

2 讨客兄：偷汉子，妇女与人通奸。

3 痟话：疯话。说的话不伦不类，像疯子讲的。

4 猪哥：引申为好色的男子。

5 歪哥：贪污或以不正当的手法取得利益或财物。

多余的力气可用了。

阿财将她扶到一旁的公园椅上，再替她捡回菜篮。妇人不停地骂着：“死无俍哭的，死无俍哭的……”边骂边拍去大衣领上污泥，胸部随之起伏着，阿财便拿眼睛盯着那部位看，看出一点意思来，就拿话激那妇人，要妇人请他喝酒压惊。妇人一听果然怒气上冲，咬牙切齿地说：“你迮要请我啦！死无俍哭的。”

“好啊，你请我两节，我请你喝酒？”阿财顺着妇人的话说。

听到阿财开自己职业的玩笑，妇人气得从椅子站起来，坐到旁边的另一张椅子上，不再理会阿财。

公园里一片死寂，只有一地的落叶和纸屑烟蒂。阿财无聊地想着，这些垃圾要到初五以后才会有人来收拾了。凭自己丰富准确的判断力，眼前这个年老色衰的流莺必定一整天都没有找到愿意花钱的吧！望望外面，大路旁灯雨似的霓虹招牌旋动着，定睛一看，却是促销纳骨塔位的大型广告。阿财偏过头去看那妇人，见她好像一时还没有离去的意思。从妇人的位置往公园外望去，不知何时来了一个卖烤番薯的。

步下公园大门的石阶，阿财点一支烟，细细地选了两个烤得恰到好处的番薯，边挑边和卖番薯的老岁仔闲扯。

“没围炉哦？”阿财说。

“每日嘛在围炉。”老岁仔没精打采地回道。

"敢有影？"阿财不解地问。

"怎没影，围番薯炉啊——"

选好番薯过秤后，老岁仔索价八十块钱，阿财暗暗叫亏，真贵。虽然心疼，阿财还是爽快地付了钱，回到公园里去。

阿财回到妇人身边坐下，又说了许多预先设想的好听话来赔不是。妇人果然尽释前嫌，阿财于是取出热烘烘的烤番薯来，和妇人各分一个来吃。吃完烤番薯，妇人从口袋里取出一包面纸，抽出一张给阿财擦手，又取出小圆镜和口红来补妆。阿财边擦手边埋怨说："卡早[1]番薯吃到惊，现在煞真好价。"说着便拿刚擦过手的纸巾去擦皮鞋。

"敢有影？"妇人暂停了一下涂口红的动作。

"怎没影。"阿财擦完左脚，正要转去擦右脚，话还没说完，见地面上有个被路灯照得发亮的一块钱硬币，便喜滋滋地捞进手心，然后才仰头接着对妇人说，"两粒要七十九块咧！"语气中带有一丝丝不可思议的意思。

一晚上，阿财继续鼓动他那如簧之舌，逗得妇人频频发出夸饰且粗哑的笑声。不明角落里的一两只野狗间或也发出一长串啸声来回应这两个人。

这天深夜的时候，阿财隔壁的野鸽子在睡梦中被一阵阵骚动惊醒，整晚不时发出咕咕咕咕的抗议声，其中还混合了自阿财房内发出的，木头床板咿咿呀呀扭挤碰撞的怪声。

· · · · · · · · ·

1　卡早：以往、以前，或是早一点、提早。此处意思为前者。

窗

　　老画家觉得自己过不了今天了，于是他推开窗子，好让灵魂飞出去。

　　夜里，他做了一个梦，梦中他是一个国王，住在那种尖塔高耸入云的城堡里，陡峭的楼墙上布满荆棘。

　　做了这么一个不相干的梦，老画家悲伤地流下泪来。他相信，人死前做的梦便是他一生的写照。回想梦中的景象，幽深的回廊，黄金打造的王冠，日复一日，他孤独地在城墙上走着，城河彼岸丘陵起伏，羊群四散吃草，雁鸟自山脊无声划过，树丛中隐隐传出笛声，旋律极尽华丽哀愁……

　　隔天早晨，两名侍卫走进国王寝宫的时候，发现国王身着作画的服装斜躺在床沿死去了，一只手还僵直地伸出在窗外。其中一名侍卫说画家想要关上窗子，另一名则辩说国王是想推开窗子。

夏天的回声

在我很小的时候，还不曾察觉年纪的年纪，我最关心的是母亲和蝉。

有一次，母亲回味我的童年，我很惊讶地听到：我并不是个好奇的小孩。在我刚学会走路的时候，有一天，母亲牵着我的手在村路上散步，迎面走来一个农夫，拉着一头大水牛。母亲急忙蹲下，一手捂着我的圆颊，一面在我背上轻轻拍着。母亲说，那时我傻乎乎地看着她，看得她不知所措，于是便用很惊喜的表情，引我去看那头长了两只弯月大犄、土土灰灰的家伙。我静静地看着它从我们眼前迈过。

"牛——"母亲指着眼前一面墙似的灰影，在我耳畔说了这个字。隔了一会儿，母亲又说了一次。

"牛——"

"牛、牛。"

"牛、牛、牛、牛。"在母亲开始联想到我可能丧失了听力时，我学她发出这声音，然后愣愣地看着她惊吓的眼中流下了泪水。

母亲抹去我嘴角的口水，继续拉着我往村口走。村口上有一个废圮的岗哨，厚重的泥墙，两面开了小窗，水紫色的牵牛花爬满拱形的顶，蔓入邻近的一大片墓地里，像一大张绿网。太阳光将我和母亲的影子轻柔地叠在一块儿，母亲说，我还不会说话便懂得用她的影子来遮阳。

我们在牵牛花旁停下来，母亲从花蕊上掐下花粉，塞进我嘴里。

"花——"

…………

经过那片墓地时，我蓦地挣开母亲的手，走向那些高低耸立的墓碑。母亲急忙逮住我，蹲下，将我护在她的怀里，用她的手掌合起我的双手，上上下下地摇动起来。

我挣开母亲的手。

母亲并不放弃，改用她的大手压在我的脑壳，要我鞠躬。我木头似的僵着，大概她有些不耐，便加了把力气。她说，我很滑稽地，像个断线的傀儡似的栽倒在野草上，令她大笑不已。就在那个时候，我忽然用一种她从未见过的表情望着她，"咭、咭、咭、咭——"

她从来没听我发出这种声音过。

母亲也开始注意到这个声音，不知从什么地方，亮闪闪地钻进我们的耳朵。一种使耳膜顿时化成簧片，金属般颤动的嘎响。

声音此起彼落，霎时，我们好像获得一种新的听觉，点石成金一般，感觉满天震响起来。那是蝉叫声。

夏天的午后，满山遍野的墓木野草仍无声似的游动着，我和母亲就这样听得入神。

回家的路上，母亲觉得特别地愉快，不断在我耳畔学着蝉嘶。经过岗哨时，母亲意外地在树干上发现一只鸣蝉，便将我撑起半空中，贴近着听。我们走进岗哨里，薄薄的泥味混着薰薰的草气，还有极亮的蝉声绕着窄壁间的方格内弹转……

母亲说，那时，我们就像忘了自己一样，唧唧哼哼地被夹在流泻的擂响和我们的秘密之中。

母亲很喜欢回味这段往事，我们一起发觉了轰轰的蝉声。在她的印象中，许多有关我小时的往事，都衬着蝉叫声：我时常静静地坐在饭桌旁伴母亲和面；或是蹲在水泵旁的石墩上，看母亲揉搓衣服和泡沫。七彩的泡子不断涌出，被营营的蝉鸣震破，石墩下淹了大片污水和泡泡。母亲晾好衣服，再将我抱下来。我记得母亲和蝉的力量都是很大的。

关于蝉声，我还有别的联想。

在我升上小学四年级之前，邻居搬来一对老夫少妻，和一个小男孩，瘦瘦的、白白的。在养鸡场旁打棒球的空地上见过几次，他一个人在树荫下看我们玩耍和打架。我们采桑叶时，他就走开了，谁也没见过他采。

常常，在傍晚天气较凉爽时，他和他父亲就骑着一辆脚踏车，在四处溜达。他坐在车杠的小藤椅上，双手像鸟一样攫住车把；他的父亲则戴了口罩，两鬓有些灰白。

有一天下午，太阳把人头皮都晒松了，我从外面玩累了，奔进屋里找水喝，一进饭厅，便看见他静静地坐在饭桌旁看母亲和面。

没听见母亲说了什么，我低着头，忘了喝水的事。那天晚饭吃得特别静。

母亲偷偷告诉我，他父亲生病住院了，他母亲也待在医院里，没法照顾他，于是托母亲让他寄住在这儿。

隔天下午，母亲要我带他去打棒球，我说我们今天不打棒球，要粘知了。

母亲悄悄塞了一块钱给我。

到养鸡场要经过一条很长很宽的洋灰大马路，路两旁种了两列大榕树，树腰干以下漆成白色的，细长的须像晒丝般垂挂着。我们一前一后走得很快，蝉声哒哒响。我偶尔回过头去看他，他一直盯着地面。

一阵凉风吹过，刮下几颗裂口的树籽。

吉普车的引擎声从背后传来，我们靠近了些。

"你爸爸睡觉时也戴口罩吗？"

"没有。"

"他没骂过你吗？"

"有一次。我用他的茶杯喝水。"

"那有什么关系？"

…………

我们经过杂货铺买了两张粘蝇纸，和抽中一包泡泡糖。

土雄、阿山和爱哭鬼他们见我带他来，起初话都少了，只有爱哭鬼比较正常，立刻跟我们要泡泡糖吃。爱哭鬼是男的，也其实不爱哭，只是哭的次数最多，例如跌一大跤，或是被不起眼的野狗陡然咬了一口的时候。有一次，我们在防空洞里追打，当爱哭鬼的脑壳撞在水泥墙上时，我们清清楚楚地听见长长的一声回音。我记得很清楚，那次爱哭鬼自己也吓了一跳，独自摸黑走出防空洞外才哭出声来。大家急忙追出去看，只有我仍站在原地。那时我害怕出去之后，见到爱哭鬼的头裂成了两半，或是变得像路上被压扁的螳螂肚子。

我记得爱哭鬼的额头流下七八条血痕，血汩汩流下。爱哭鬼他妈妈又气又急，忙领他上医院，一路上不断扯打爱哭鬼的手脚。

那天回家之后，晚饭只吃了一点，我独自在房里的榻榻米上，练习跌倒时的反应。可是猛地装作跌倒，总觉得不够逼真，而且，我想换作是我，母亲也不会那样打我。

阿山取出预备好的竹枝，往粘纸上沾，便寻往蝉声浓密的地方。

我仿照阿山的方法，把粘纸沾在竹枝上撑得大大的，想增加捕捉的可能，没料弄巧成拙，一下就把粘纸"留"在一棵直挺粗大的树干上。

爱哭鬼和阿山、土雄在一旁讥笑我，我正为自己的处境生气时，他忽然走向那棵大树，闷声不响地往上爬起来。他的手脚不如阿山他们利落，倒是咬紧了牙，出奇地卖力。

看着他爬上滑下硬绷绷扣着树条，当时，我们虽觉得好笑，却没有人想要阻止他。

后来，还是阿山把粘纸摘下来的。

我注意到他的手臂内侧，和腿胫上浮着血青的擦痕。

我们又逡巡了许久，只有阿山抓到一只，爱哭鬼把它的翅膀折断，然后用竹棒压在它的肚壳上，再用线吊绑起来浸到水沟里，许多臭水沟里的线虫都围拢上来。

我无心再捉，便提议去鸡场帮张妈妈捡鸡蛋。这是一个好差事，一排排雪羽红冠的蛋鸡把蛋下在铁笼下的斜网上，然后顺坡滚蛋而下。刚下的鸡蛋握在手里温热热的，有的还沾着血丝。我们把蛋排放在铺了一层层米糠的竹篓里，有些太小的蛋，便可以装在糙黄的马粪纸袋里拿回家。

大伙儿于是收起粘纸，藏好竹枝，准备去捡蛋。可是一到了鸡场的空地上，我们都怔了双眼。

一长片的黄泥地上，挤满一排排雪花似的蛋鸡，全都给缚紧了脚瘫在那儿，像一片从天而降的云。

张妈妈陪着一位穿白色外衣、戴着口罩、医师模样的人在给鸡打针。打针？

鸡舍空无一鸡，只有一盏盏黄色的灯泡比邻亮着，好像天上的星星都掉了下来似的。

蛋没得捡了，爱哭鬼提议去老乌龟家玩。老乌龟家很大，院子凿了三口鳖池，里头有数不清的鳖。当时我们认为乌龟和鳖是差不多的，所以便叫养鳖的古老头老乌龟。古老头人如其姓，古怪无常。有人说他不识字，可他每天一早便坐在院子里看报纸（有时报纸还拿倒了）；他的客厅里只点一盏五烛光的小灯，可是大家都说他是全村最有钱的人。古老头把老婆打跑了，儿子偷钱给关进牢里，有人说，这是因为他在屋里乱挖鳖池，破坏了风水的缘故。

到了那儿，老乌龟正提着一个铅桶，用他从市场收来的死鱼喂鳖。

我们蹲在池边看，老乌龟丝毫不理睬我们，喂完了，又在一边弄他的花圃。我们鱼贯蹲踞在一旁看他铲土、剪枝、洒水。

"走走走——回家去。"古老头开口了。

"古伯伯，我们要看小鳖。"土雄代表我们开口。

终于拗不过我们，老乌龟走到小沙池旁，卷起泛黄的白衬衫袖口，捞起一只青色的小鳖放在手掌上，接着又用手指挟着它的腹背，伸出另一手的食指，引它去咬，然后将手摆在我们面前晃啊晃。那鳖咬得紧，就这么吊着。

"哪个敢让它咬一口，就送他。"

老乌龟的手像树皮一般。

大伙左顾右盼，都以鼓励的眼光看着对方。我催阿山试试，阿山叫爱哭鬼伸出手，爱哭鬼说土雄的皮比较厚，土雄说他一点也不喜欢鳖。最后，还是他忽地把古老头手上的鳖"拔"下来，然后伸出他笋白的手指，往鳖口挪近。时间刹住了一般。

说时迟，那时快，只见刚咬上时，他便抽手把鳖甩到地上了。

"咬到了！咬到了！"爱哭鬼非常激动地鬼叫起来。

古老头说不算，他慢条斯理把鳖捡起来，轻轻松松把鳖又挂在手指上晃啊晃的："这样才行。"

再没有人敢试它一家伙了。

从老乌龟家出来时，大家肚子饿了，于是便分道回家了。大家心中虽然惋惜，可是都为他的勇敢感到骄傲。

老乌龟家、村口的岗哨和防空洞所圈成的大三角形，就是整座村子大约的轮廓。村口处的坟场住着比整村还多的人口，入夜以后，就只路旁的电线杆上垂着一盏青荧荧的路灯。三角形的中心是花生田，瓦房屋舍排列在村口到老乌龟家之间。

我和他缘着花生田往村口方向走，感觉地面上正蒸散着热气，云层下的燕群，像一粒粒黑色芝麻撒在青天上。傍晚，接近尾声的蝉嘶，愈发急躁起来。我问他：

"你喜不喜欢听蝉叫声？"

"有的时候喜欢。"

"什么时候？"

"高兴的时候。"他想了一会儿才回答。

"那不高兴的时候呢？"

…………

我问他有没有抓到过蝉，他说只有一只，是他爸爸抓给他的。

"你爸爸很高啊？"

"对，他一踮脚就抓到了。"他笑了。

我们并肩走着，我注意到他腿上苍白的肤色，还有，太阳光将我们的影子交叠描在一块儿。

大概是持续的燠热，天空的浓云枯萎成卷絮的细浪一般。我提议到他家去看看，他说正好可以回去拿些积木和拼图。

他领我走他家的后门。他熟练地将手从木门和竹篱之间探进去拨开门闩，推开门，后院很小，唯一的一棵木瓜树正结实累累。我们合力顶树猛摇几下，砸下一颗油亮蜡黄的木瓜。木瓜栽地裂了口，里面似有许多小东西在钻动着。我伸脚去踢，木瓜霎时裂开，里面钻满了绿壳黑腹的牛屎龟。我们继而觉得恶心，再没有胃口。

他家也是用灰灰的甘蔗板隔间的，客厅里的藤椅座上也有绷裂的缺口。他从床下拉出一个印着一只骆驼的旧纸箱，抽出一只鞋盒，将里头的拼图倒在地上，迅速从中挑出一些支离的图块，不假思索，立刻凑出一幅小花鹿的图案。

纸箱盖上之前，我很惊讶地瞥见箱角的一个小洋铁盒（漆红色底，密密麻麻的黑字，还有一个金色的直升机图案），就取出来看。这种铁盒盖子很巧，要先往内压，然后再向上启。

小铁盒内只有一个茶褐色、半透明的蝉蜕硬壳。

我倒在掌心上看，背上一道裂痕，足爪、身形都清晰可辨。

"这里面本来养过一只真的蝉，"他说，"养了好久才死掉了。"

"我也养过几只蝉，"我说，"可是都是没几天就死了。"

"我养的也差不多啦！"他取过我手上的蝉蜕壳来看。

"那怎么算养了好久呢？"我不服气地说。

回家时，天色已暗了。母亲并未生气，唤我们去洗手，还为我们拆了一块新的肥皂。

吃饭时，我觉得所有的菜都很下饭，我将菜汤浇在饭里，狠狠地扒饭，桌上一个饭粒也没掉。

母亲洗碗时，我们把积木倒在客厅的水泥地上，打着赤脚，蹲在地上堆。夜风沁凉干爽，水泥地温温地贴着我的脚掌，好像在沙滩上。我们堆了一个没有城墙的城堡，它有一个尖尖的小塔。临睡前，我们都还舍不得收掉。

隔天，我醒得很早，水泵旁传来母亲梳洗的声音，我听着牙刷梭动的擦声，心中浮起一截白瓷色的牙膏。早晨很静、很白，只有蝉声早早就喧闹起来。我坐起身，没有下床。曙色从木格窗外透进来，空气中的游丝像细藻悬浮着，房内是一股榻榻米的稻梗味。他还未醒来，我看见他徐徐地呼吸，和母亲用布条捆在他身上的小被子。我默默看着那条布，和母亲所打的结。

母亲正好走进来，将我们身上的布条取下，解开被子，唤我们去洗脸刷牙。

我扳动水泵，他捧着脸盆接水。我问他要不要告诉母亲，让她不要再将被子裹绑在我们身上。他说不，他觉得很好。

早晨的湿气较重，草叶上的露珠被我们的脚掌踢落一地。防空洞那头的山褶，有烟岚沉在低处，飞鸟很小、很慢。

饭桌上，母亲用猪油爆成金黄色的葱油饼，一张张摞得好高。我们掀起一张撕着吃。母亲将做豆浆剩的豆渣，拌米糠、饲料和剩饭，撒在院子里喂鸡，纱门外传来鸡群呼呼扑翅的声音。我学他低头用嘴将蛋黄吸进嘴里，豆浆让我喝得好大声。我觉得不再需要母亲陪我吃早饭了。

吃完早点，我们到防空洞去和阿山、爱哭鬼他们会合。出门前，我看见母亲蹲在水泵旁洗衣服，肥皂泡子聚得很高。我轻轻掩上木门。走了两步，又回来把门敞开，母亲正从盆里拉出一件我的卡其裤。

土雄最先到，手上捧着几条红皮的番薯。爱哭鬼抿着双唇，鼻孔撑得鼓大（这是他哭后的专有表情），阿山的手臂上有齿痕两排，手上还拿着一个温度计。土雄问他们迟到的原因，阿山说他们在路上发现一个温度计，先是高兴，后来便打起来。"是我先发现的。"阿山说。

爱哭鬼的鼻孔又向外扩大。

土雄叫我们先去花生田捡泥块，要大块的，然后再到防空洞里烤。这样，在焖番薯时，就可以到别处去玩，不必怕被别人偷吃了。土雄分给我们一人一条番薯，阿山分到最小的那一条，便说爱哭鬼最矮，应该要调换过来。"换"过之后，两人又新添了一些伤痕。

我站在一旁，心中浮起早晨吃早点的情景。桌上有吃不完的东西，我们不像爱哭鬼他们这样蛮。

这时，他走向爱哭鬼，说他愿意和爱哭鬼换。爱哭鬼脾气硬得很，怎么也不肯。

"活该。"阿山说完便去捡土块。

土雄从口袋里摸出火柴盒，噗地一划把防空洞内照得很亮。空心的土窑搭好了，上头留个口，能烧的都往里塞，火舌很快从土垛的细缝间冒出来。土雄的点子不多，不爱开口（不知是否跟他的脸形很方嘴唇很厚有关？），但是手很巧。同样的沙子和水，土雄做的沙球就特别顽固，比赛时，把我们的沙球一一砸成散沙。放风筝的时候，大伙在草地上拔腿争先，没命地跑，土雄不慌不忙，理理绳线，扳扳竹骨，待大伙儿把风筝放得老长，正在争论高低的时候，才看见在天边的另一角，一个小白点轻轻游梭着。土雄挑线一个扯弹，把小白点逗得发抖起来。

火起得很顺，一下子便攻上来，泥块呛出许多白烟。火舌蹿上蹿下，阿山拿着他的温度计，将下端的水银球往温度较高的地方挪近。

"哇塞——升上来了！"阿山说着又往别处去试。

我们也靠拢上去看，只有爱哭鬼不理会。

"真的耶——六十几度耶——"

"再放近一点！"

"放进去烧烧看。"爱哭鬼渐渐走近来看。

"把你的头放进去烧啦，"阿山立刻收起他的宝贝温度计，"要休息一下，不然会爆掉。"

"烂温度计。"爱哭鬼又走回原位去。

防空洞内又湿又暗，土雄用一枝树枝拨火，大嘴从下一吹，无数的火星迸射冲天，像焰火似的，一阵金雨划下，大伙喜出望外，忙喊还要再看。

土雄又趴到地上，歪斜着脑袋，一连吹了十多下，呛得一把眼泪、一把鼻涕。

番薯从预留的缺口扔下，再把土窑踹平、踏实，出去玩一玩再回来，就可以吃了。爱哭鬼坐到土堆上，连喊："屁股好烫，好烫——"

"好烫还不起来，臭死了，谁敢吃！？"阿山拿出温度计往爱哭鬼头上敲去，爱哭鬼站起来，一把抢下，忙往屁股上贴去："量量看屁股几度。"

出了防空洞，眼前一片刺亮。

我们往老乌龟家走去，见大门敞开着，便径走进去。沙池里的沙岛上爬满正在晒太阳的鳖，一只只有气无力的样子。花圃上也不见老乌龟的踪影。

“奇怪，怎么没人？”阿山说。

“可能在大便吧，”爱哭鬼说得很认真，“赶快趁现在偷捉小鳖。”

土雄捡起一颗小石头，往沙岛上的一只鳖砸去，没什么反应。

“我们照昨天的方法跟老乌龟要看看？”他的话打破了沉默。

“你还要试？”阿山很狐疑的样子。

老乌龟正好走出来，一手拎着一把菜刀，另一手提了一瓶米酒和酒杯。

“走走走——回家去。”老乌龟把菜刀、酒瓶放在院子里做木工的长桌上。

我们很有默契地遵行“不合作”精神。

老乌龟不甩我们，打开浇花的水龙头，往长桌上喷。洗完桌面，便从一口沙池里揪出一只大鳖，黛绿肥厚的甲裙颤动着。

那鳖趴在木桌上，探出一点头，又缩回去。老乌龟示意我们不要出声。

我们屏息立着，那鳖探长了颈，老乌龟铆起菜刀，咂的一声尽根斩断，立刻抓起无头鳖往杯口就。

血汨汨浇下，鳖脚还不住地划。

鳖血兑了米酒，老乌龟用食指搅和搅和，咕噜一口，咬牙切齿的，脖子上的筋也极过瘾地浮上来。又呷几口，脸也红光起来。

"你来一口？"

土雄倒退三尺，避之唯恐不及。老乌龟极得意。

"喝一口，喝一口得一只小鳖！"

老乌龟今天改变战术了，我们没人敢动。

"好东西耶——"

看我们没有反应，老乌龟也乐得独享，边呷边将起菜刀剁起来。

嗖——嗖——嗖——嗖——四条鳖腿应声斩下。

我们差不多是落荒而逃的。

回到防空洞里，热烘烘的番薯成了我们唯一的寄托。大伙觉得，原本讨人喜欢的小鳖，现在似乎也血淋淋的了。

这天大家玩兴大减，早早便散了。

我和他走回家里，母亲唤我们去洗手之后，从水泵旁的木盆里，取出冷水镇过的西瓜，切给我们一人一大块。红色的西瓜汁从我们嘴角淌下，滴在衣服上。

这年夏天，日子像蝉声一样紧密相接，好像只过了一个长长的白昼。

我升上四年级，要上整天的课，他小我一年级，还是上半天。我们早上一起上学，在村口的岗哨与阿山他们会合之后，再走一大段路去学校。

有一天，放学后，我走进客厅，看见他母亲坐在客厅的藤椅上。

我有些畏生，于是默默站在一旁。母亲要我向客人问好。

他的母亲摸摸我的头，说我好乖。

他走到我身旁，拿他母亲买给他的玩具给我看。

那是一只铁皮做的蝉，表面漆了平面图案，腹部嵌着一个方盒子伸出一支小铁棍。他用手指掐住小棍摇转起来，发出簧片哒哒哒的响声。

我对这精致玲珑的小玩意着魔起来，像卖烤番薯的人弄出竹响一般，一直猛摇不停。

母亲叫我停手，我不听。

一会儿，我开始吵着要母亲也买一个给我。母亲不理睬我，我就把声音弄得更吵起来。

我开始憎恶起这个客厅，心中冒起一股无名火。在她们聊得好似无休无止的时候，我冲上前去，用尽全身的力气，向母亲大吼："我也要买一个！"

母亲先是怔了一下，立刻板下面孔，重重甩了我一耳光。

我气得想拼命似的，丢下铁蝉，冲进房间，把书包掼在地上，书本铅笔散落一地，然后倒在床上，拉开棉被，把脸盖起来。我的泪水流进了耳朵里。

他走进房间，轻轻摇动我的膝盖。

"你怎么了？"他掀开我的棉被。

"要你管！这又不是你家——"我慑于自己嗓门。

母亲闻声从客厅赶来，把他带出房间。

我一点也不想抹去脸上的泪水，反而留恋起泪水的温度。低头看着地上散落的书本，我最喜爱的铅笔盒被我摔裂了。

他母亲带他走了。

隔天早上，我赌气不吃早餐，提了书包往大门外走。母亲追上来，塞给我两块钱，要我去买玩具。

我走到岗哨，发现他今天没有来集合。

放学后，我在小铺买了一个一模一样的铁蝉，一路上摇个不停。阿山要向我借来看，我不准。

回到家，我赶紧到水泵旁，用水漱我的血盆大口，我有点后悔今天吃了太多的杧果干了。

盆里有好几个细皮的大水梨，淹在水里沉甸甸的、亮晶晶的。这种梨我只在以前生病住院时吃过。

我走进饭厅，看见他静静地坐在饭桌旁伴母亲和面。

我直接走进房间，把铁蝉关进抽屉里。我说要出去玩，母亲不准，叫我做功课，说晚上有台风要来。

我心里惦记着大水梨，晚饭吃得特别快，喝汤时，舌头上的破口特别疼。我先吃完，就捞了一个大水梨，独自到客厅吃了好久。

晚上，台风悍劲地吹，母亲把鸡赶进厨房，将门窗都锁紧。屋外响嗖嗖的，风雨抽打树枝的声音颇怕人的。

突然断电了，眼前罩下一片漆黑。

母亲叫我去取蜡烛，我摸黑走前几步，在橱子上找到蜡烛，又伸手探了几下。

"火柴在哪？"我问母亲。

"在第二个抽屉左边。"他很快地回答我。

我拉开抽屉，摸到一个小小的长方盒子。

我又慢慢拉开其他几个抽屉，再关上。

"在第三个抽屉啦！"我把蜡烛交到母亲手上。

母亲点上蜡烛之后，他拿出作业来写。母亲说台风很大，明天应该不用上学，叫他不用急着写。他说他只剩下一点了。母亲为他多点了一支蜡烛。

"假用功。"我心里想。

隔天我醒来时，看到母亲坐在我的椅子上，一边收拾他的衣服和文具，一边流着眼泪。

母亲告诉我，今天清晨医院来了人，匆忙带他上医院去，到医院时，他的父亲已经过世了。

我想起昨天吃的大水梨。

我独自坐在房间，从抽屉里拿出那只铁蝉，用手轻轻拨动，那声音变得无比地尖锐、刺耳。第二天上学的路上，我把它扔进了水沟里。

他父亲就葬在村口的坟场。出殡那天，我和爱哭鬼他们在村口，亲眼看着他父亲的棺木，被几个穿军服的人放进墓穴里。

他和他母亲一人抓了一把黄土撒在棺木上。我们清清楚楚地听见两种哭声。

爱哭鬼的嘴抿得紧紧的，阿山面无表情，土雄还是方方的脸、厚厚的嘴唇。我独自走进岗哨，从水泥墙上的小窗往外望。

我仿佛又看到一对骑着单车的父子。那小孩坐在车杠的小椅座上，两脚轻轻地踢动着，双手像只小鸟攫在车把上；那父亲平稳地骑着，两鬓有些灰白，戴着口罩，双脚一上一下，无声地从我面前骑过。

想到他和我一样没有爸爸了，我哽咽着抽泣起来，哭声混合了蝉鸣，绕着窄壁间的方格内弹转……

那天之后，我便没有再见到他了。

过了几年，有一天黄昏，我独自走在墓地的小径上，看着一些新旧墓碑上的刻文，布满苔痕的石狮、石象，路旁火一般的野花，以及一副废弃在路旁，散脱朽蚀的棺木。夕阳照射着金色的光线，行走间，我看着自己的手臂和膝盖，心中产生了一份莫名的恐惧。在这人迹罕至的地方，最让我诧异与不解的是我自己的躯体。

远处，天空的一角，几个白色小点无声地游梭着，抬头望着它们，我觉得自己已经做不出那么好的风筝了。

黄 昏

　　卖红土花生、茶叶蛋的老头儿打公园里的花径巡去。雨丝疏疏地划着，老头儿放缓了脚步，却也瞒不过树梢上的麻雀，当他走近时，便籁地成群翻落池畔，似一阵新枯的秋叶。

　　凉亭里伫着一个杏眼红唇的少女，倚在乳白色的云纹石栏，轻轻护着手上的翠玉镯子。她穿着黑色连身短裙，漂亮的一双长腿不经意地摇摆着，时而用鞋尖在地上划圈子。她抚着栏柱，黯黯瞅着雨水滴落池面的细纹。

　　似不觉有雨，老头儿在大榕树边拣了一个石凳坐下，将竹篮窝在怀里，入秋以后，荷花少了，池面上泛着青绿的荷叶。老头儿将生铁炭炉子搁在两脚之间，一面往上烘手。他望着那女子，那雨幕里的姿态，以及那新笋般的年纪……

　　老人揉揉酸涩的眼睛，从灰色夹克里取出香烟，拉开火柴盒使劲搲出一支火柴棒，一连划折了两根还未点着。

　　女孩许是等着什么人，抑或被雨给困住了，索性拿出一把半月形的牛角梳子，侧着脖子，从头顶披下来的长发将脸完全掩盖了。偶而搜着一根开叉的发梢，便细细挑出来，挪近眼前惋惜地看了又看……雨势将停时，她转而坐到池畔的石椅上，浅浅捞动池水，一会，又停下来看自己在水波里的倒影。

雨停了。女孩在水盈盈的草皮上慢慢地走着，低头时，看见鞋尖上沾染了灰渍，便取出一白底小碎花的手帕，踮起脚走过泥泞的石片小径，到荷花池里绞水，细心地把鞋抹净了，又把手帕往水里漂，漂了几回见涤不净了，索性便把它扔进一旁的矮树丛里去。

她望着沉静的荷花，和砌石上茸茸如新的青苔；她嗅着空气中湿湿的泥土混合了腐叶的味道，怨这黄昏的时光怎么也度不完。

哪里跑来的一只大黑狗，短而密的硬毛泛着水光，亮泽泽的，脚步轻盈浮躁却不惹人厌。它在女孩身旁四下嗅着，女孩捏捏它的鼻骨，它便乖顺地趴下，斯文地摇着尾巴，像个婴儿般望着人。女孩见了欢喜，便抚它的背毛，抚着抚着，它又翻转身来，四脚像划水似的招人摸它。

这狗深得女孩的欢心，于是她注意到卖茶叶蛋的老头儿了，便领着这狗，买了好几个茶叶蛋剥了赏它。大黑狗闻到蛋的香味，兴奋地来回奔窜着绕圈子，女孩手忙脚乱地喂它、骂它。黑狗怎么也不肯安分，才咬着地上的又跳起来叼手上的，大黑狗弄脏了女孩的袖口，她气急了直跺脚。老头儿见状向那狗叱几声，才让它大约坐下了。女孩对他笑了笑表示感谢。

女孩走了。天色已暗下，老头儿起身拎着铁炉，轻轻唤了一声，那狗便竖着尾巴跑过来，知道该回家了。这黑狗原在公园里流浪，现在，它每天早上跟着老头儿出门，傍晚一道回去。中午，老头的便当多带了饭菜，吃剩的自然便归了黑狗，自然，这黑狗便归了他。天气好的时候，老头儿便把它拴在池边的柳树上，从池里舀水，用洗衣服的肥皂粉帮它洗澡。洗完了，放它在草地上打滚，不一会儿，一身的黑毛便干了、亮了。

出了公园侧门右拐，他们沿着一条笔直的下坡柏油路往家走去。大约是刚下过雨，空气中漫湿了雾的缘故，抑或是淋了雨，老人的脚步琐碎而迟重，膝头僵且冷，似乎见着的人也会感到自己分去了一些重。他慢慢地走着，大黑狗不耐地走走停停，偶尔用后脚搔搔耳根；再一阵打抖，甩抖身上的水珠。

天边浅浅地钓着一弯月牙，雨水涨饱了山涧在坳谷里拍响着。老人寂寂地走着，以这样的脚步来说，这便算条长路了。黑狗打了个哈欠，在远远的前方等着。

卖酱菜车子的当当声从前方传来，照例，他是很可能停下来包点花瓜或嫩姜什么的，可今天似乎是不记得这要紧事了，直到留着山羊胡子的小贩很客气地向他打招呼时，他才怔着眼挤出一点笑。他脸上尴尬的样子，仿佛眼前走过的，是一个刚被独子骂出家门的老父亲，六神无主地避着他的邻人。

步上庭前的石阶，推开一扇灰色的矮木门，黑狗箭似的奔进院子里，四下嗅嗅便钻进狗屋里去。老人绷着酸疼的身体，洗过澡，下面条，吃了一半，便早早睡了。

隔天早上，老人起床到院子里要洗脸的时候，才发现昨晚忘了把装茶叶蛋的铁盆收进屋里了，大黑狗掀翻了铁盆，扒了满地的蛋壳和炭灰。老人从墙角抽出竹扫帚，黑狗以为主人要打它，倏地团缩到狗屋里，老人见状摇摇头，还是扫那一地的蛋壳。

早饭后，老人拿出狗链，拉开门，黑狗便机灵地跟了出来。老人照例把它拴在树上，用洗衣粉给它搓毛，再捉虱子，洗完了，放它去草地上跑。老人在树下抽烟的时候，黑狗从矮树丛里搜出了昨天的女孩扔掉的手帕，或许是手帕的气味勾起了黑狗对茶叶蛋的联想，待老人前来叫它时，手帕已被撕扯咬烂了。老人望着草地上的碎布片，叹了一口气。

这天，快接近中午的时候，老人独自拿着狗链回到家里，刮了胡子，锁上木门，一只旅行袋里收拾了几件衣服和一条香烟，出远门去了。

邮 票

我七岁以前住的地方大得不得了，现在回想起来，好比一个乡下孩子第一次看见的双层蛋糕那样惊人（那地方还真的有两层）。通往上层的是一条石级路，我家在下层。上层房屋中最重要的是一家抽糖果的小铺，那就是这个世界的顶峰（好比上层蛋糕上的樱桃的地位）。

那糖果铺还真的像樱桃一样是红色的：红色的门、红色的窗格、红色的信箱、红色的凤凰花、红色的梅饼和气球（多奇怪啊！）。还有，过年时一地的红爆竹屑。我说我从家里闭着眼睛也能走到那儿，偏偏我姊姊不信。她把脸颊吹得鼓鼓的，像癞蛤蟆一样，多出来的两条猪尾巴辫子，货郎鼓似的甩来甩去。

"少臭盖[1]！"

我懒得理她了。她竟然难以相信一个人要从一个地方到另一个地方就是这么地简单。

上石级路的时候，我故意走得像一只螃蟹似的，所有松脱的石板都让我轻易闪过。

· · · · · · · ·

1　臭盖：胡扯、吹嘘。

我们身上一共有八毛钱（其中六毛钱是我姊姊存的，另外两毛是我在妈妈的房间捡到的），挨站在红窗子外面（这种窗子是由下往上开的），饱览世界顶峰的美景。我姊姊最爱打算盘，八毛钱预备分开来买五样东西，即使我根本没意见，她也要条理分明一样样地说服我。

那天买的东西，我还记得很清楚：两根拐杖棒棒糖一毛钱，忙果干两毛钱，猪耳朵饼干再去掉两毛，剩下三毛钱的时候，我发现了一种很新鲜的东西（不知道算不算是东西），它是一大张布满各种怪图片的……怪东西，由纵横的许多小圆点空格子分隔开来。我竟然在世界的顶峰发现了莫名其妙的东西。

"这是什么？"我拿起那一大张花花绿绿的东西问我姊姊。我这辈子就没有看到这么多颜色凑在一起过。

"邮票贴纸啦——笨。"鸡婆脸色又出来了。

我很仔细地巡视那许多分隔的小图片，好像世界顶峰上突开了一扇扇的小窗户。我看见一些古怪的，诸如剑羚、狐猴、坦克……之类的怪物，终于决定我非买不可了（如果她敢不让我买，我至少有五种对付她的方法）。我想我是很喜欢这些图案的，因为我大概看了很久，当我抬头看店铺老板时，感觉他的灰胡子茬好像又冒出了一些些。我真心感觉他就像圣诞老公公一样，马上便要赐给我一个惊喜（虽然这份惊喜他要收费三毛）。

"不行！"

这个挡在我前面的小女人反应敏捷。

"为什么不行？"

"不行就是不行。"那张小小的馋嘴真令人生气。

"那两毛还我——"

"还你就还你。"

"那我要跟妈妈说你买杧果干！"

运气不错，我的第二种方法便生效了。

接下来的问题才更麻烦。我只有三毛钱，实在不知道要选哪一张图片才好。其中一张斑马很好看，可是还有一张有两个黑色的人坐在独木舟上也很令我着迷。

时间呼呼地跑走了，那些小格子也好像野狗似的打成一团了。我偷瞄了圣诞老人一眼，觉得他好像肚子很饿。正想痛下决心时，圣诞老公公把那整整一大张递到我面前，我的烦恼便消失了。原来三毛钱一大张，不是一小张。（该不是幻觉吧！）

回家的路上，姊姊好像不太高兴，只分给我一支拐杖棒棒糖和两片猪耳朵，我问她邮票是什么，她像一锅热开水似的回答：

"就是用来寄信到另一个地方的嘛！"她的鼻孔仿佛还喷出两道白烟。（我还没问她信是什么咧！）

"干吗要邮票？"

"废话！不然邮票要干吗——"

我才不管它什么寄信啦邮票的。

106

回到家以后，当姊姊还顾着躲在房里偷吃杧果干的时候，我把所有小格子一张张撕开来，在背面沾上口水，然后在铅笔盒、书包、碗橱和衣柜的第二格大抽屉上（专放我的衣服的地方），到处贴足了瘾。

一直到许多年后，我们搬家时，才察觉那些色彩模糊泛黄的小邮票还贴在许多家具上。

现在回想起来，真有点不愿相信，一个人要从一个地方到另一个地方，就是这么地简单。

辑二　途 中——联结的经典

"我觉得更重要的是，确立经典作品并不是为了区分你我高低，
它们所牵动的毋宁是更多彼此间隐而未显的'联结'。"

壹

徐四金的长镜头

电影导演有很多擅用长镜头来说故事的，小说家当然也不例外。

德国小说家、剧作家派屈克·徐四金[1]的作品《夏先生的故事》（*Die Geschichte von Herrn Sommer*，彭意如译）就是一个作家擅用长镜头来运镜来说故事的好例子。顾名思义，《夏先生的故事》主人翁自然是夏先生，不过，徐四金并不准我们走到夏先生旁边，近距离地观察他、揣测他，甚至了解他。徐四金把夏先生围在一个保育动物区里与世隔绝，不准我们打扰他。

徐四金并不直接描写夏先生的生活，而是透过一个身高一百一十八公分、体重二十三公斤的小男孩的双眼来让我们偶尔"巧遇"夏先生，就像我们在山里偶遇一只松鼠那样。《夏先生的故事》文长约两万多字，算是一个比较长的短篇小说，跨越的时空大约是十年，小男孩后来也升上了中学，身高长到一百七十公分。这十年之中，小男孩由一个纯真无邪的儿童渐渐长成初尝青春喜悦的小大人；从一个喜欢爬树眺望远方的夕阳和村庄的小鬼，变成一个经历失恋与苦涩的青苹果。

· · · · · · · ·

1　大陆通译为帕特里克·聚斯金德（Patrick Süskind, 1949—）。

但是，这个故事的主角还是夏先生。

不过，我们对夏先生所知甚少：从黎明到黄昏，夏先生总是在湖畔方圆六十公里的范围之内不停绕行散步着。一年三百六十五天，全年无休，无论下雪、降冰雹、刮暴风、大雨倾盆、阳光炽热如火或狂风来袭，夏先生永远是一双及膝的威灵顿长靴，头戴一顶晃来晃去的红色毛线帽，一个背包，手持一根细长带弯曲的榛木手杖，日出之前离家，月儿高挂天边才返回家去，每天走上十六个小时左右。

夏先生从不停驻，只有一次暴风雨又下冰雹，寒气彻骨，当年的小男孩和父亲把车子停下在路旁躲避。这时，夏先生经过了，父亲摇下车窗向夏先生大叫："您上车吧，我们载你一程！"夏先生连用眼角余光瞥一眼也没有，继续向前走，父亲急了，大叫："您会没命的！"此时，夏先生倔强地转向他们，说了他在这本小说里的唯一一句台词："那就请让我静一静！"

夏先生的台词少得可怜，但是，他还是男主角。

一直到多年以后，夏先生的"受苦"形象才在男孩的心中汇聚成一条意义深长的溪流。

这是一个长镜头的故事不是吗？夏先生很尽责地在镜头远方扮演一个黑色的落难身影，事隔多年，小男孩长大之后，想来不免怵目惊心，因为，夏先生的命运，已经渐渐与他自己的命运重叠了……

长镜头可以把人变小，我们因而可以看到更多渺小的人物被交织在一起，更不假言语。

姜德的针头

很多人都畏惧医院里的针头，因为它利利尖尖的，一副准备侵犯别人的模样，还泛出一层森冷的光亮，叫人不寒而栗，所以，针头经常是令人不悦的东西。但是，话又说回来，身为一根针头，它岂能不长得又尖又利的？如果它长得又粗又钝的，就能让挨针的人比较愉快一些吗？

有的短篇小说就像一根针头，它生来就无法令人感到一丝丝愉快，却具全了一根针头应有的美好品德。

普雷姆姜德[1]是印度20世纪最伟大的小说家之一，他的短篇小说《寿衣》[2]（*The Shroud*，收录在《印度现代小说选》，许章真译）就是一篇带有针头性格的作品。故事一开头，一对印度父子挨着小屋前的余烬坐着，屋子里，儿子的小媳妇布迪雅正在生小孩，痛得哇哇大叫。

爸爸吉苏说："搞不好快死了。咱们在外东跑西跑跑一天了，你也该进去看看她。"

儿子马达瓦快快地回答说："非死不可死了反而好，有什么好看的？"

这对父子是全村出了名的懒散之人，"吉苏做一天工，就歇上三天。马达瓦累得好快，干了半钟头活儿，非得抽上

. . . .

1　大陆通译为普列姆昌德（Munshi Premchand，1880—1936）。
2　大陆译为《可番布》。

一钟头烟不行。所以，哪儿都难找到活儿做"。可怜的布迪雅是马达瓦一年前才娶进门的媳妇，一过门就下了地狱，"不是给人家磨磨玉米，就是割割草，好歹想法儿挣把面粉回来，让这两个死不要脸的填填肚子"。现在，布迪雅在屋里难产了，这父子俩还彼此推托不愿进去看她一眼。父亲吉苏一再催促，然而马达瓦却深恐自己一进屋里之后，父亲会从灰烬里把一块偷来的洋山芋给刨出来独吞了，所以僵持不下……

隔天早上，马达瓦才终于进屋里去，"只见媳妇死了，冷冰冰地躺着，浑身的灰，脸上爬满了苍蝇，眼睛就暗暗淡淡瞪着"。父子俩到处哭诉，一共募到了五卢比，准备到市场上挑一件寿衣。父亲想要买件便宜的应付过去就算了，做儿子、做丈夫的马达瓦更绝了，他说："人还没搬，天就黑了，晚上谁瞧得见寿衣什么样子啊？"于是最后父子俩决定上酒馆买酒喝，又点了零嘴、几片炸鱼，没想到一下吃开怀了，又叫了几磅饼、一些肝、酱瓜、果子酱，最后索性一不做二不休，冲到肉铺里大口吃肉，把钱花得只剩几个小铜板了。"两人吃饱了，马达瓦把剩下的饼，递给旁边站着、看得眼巴巴的乞丐，一辈子头一次觉得，施舍东西给人家好高兴、好骄傲、好有面子。"

故事结尾，父子俩又唱又跳，"比手画脚，演戏似的。末了，终于死醺醺躺了下来"。

这肯定不是一个令人愉快的故事，它的药水还是苦黑的。

姜德的叙事口吻很冷漠，就像一个面无表情的护士，虽然你不喜欢他用尖利的针头扎进你的肉里，但事后，你仍然会忍不住赞美他的快、狠而且准。

马奎斯的铅笔

　　因为篇幅的关系，短篇小说里的人物通常都没有充分的时间来做一番自我介绍，他们一出场就忙着干活，根本没有机会躺到心理医师的长沙发上去。

　　短篇小说的读者可能比较像一个出国旅游的观光客，我们在短篇小说集里看到的人物，就像我们在异国街道上巧遇的人们，这些人形形色色，既不是我们的朋友，也很少交浅言深，甚至，连名字也没有。尽管如此，这些面貌模糊、线条简单、初具轮廓的铅笔肖像画还是深深打动了我们，在我们的心中留下了无法抹灭的形象。因为他们并不是以"个人"的身份出现在小说里。他们代表了某些人、一群人，甚至所有的人。

　　马奎斯[1]有一篇只有两千多字的短篇小说《这些日子中的一天》[2]（*Un día de éstos*，杨耐冬译，志文版），写一个牙医师为独裁而暴力的市长拔牙的经过，很明显地，在这里，地球人被分为两种：压迫者与被压迫者。予取予求的市长是压迫者，平民百姓的牙医生自然就是政治上的被压迫者了，

· · · · · · · ·

1　大陆通译为加夫列尔·加西亚·马尔克斯（Gabriel García Márquez，1927—2014）。
2　大陆译为《平常的一天》《最近的一天》《有这么一天》等。

不过，在这篇故事里好心的马奎斯要让年轻而富正义感的牙医师过过戏瘾，当一次压迫者。

在这个平凡日子里的某一天大清早，市长来到牙医师的诊所要求拔牙，他因为牙痛的折磨，"右边的胡子已经五天没刮了"。市长的大肿脸枕在拔牙椅的头垫上，牙医师调整了一下光束开始检查了。

"一定不能用麻醉剂哟。"他说。

"为什么？"

"因为你有脓肿。"

市长瞪着他。"好吧。"他说，并佯装微笑。牙医师没有报以微笑。他把消毒过的工具盘端到工作桌上来，用冰冷的镊子从水中把它们夹出来。而后，他用脚指头推动痰盂，再在洗手盆中洗手。他做这些动作时没有瞧市长一眼，但是，市长的视线却一直没有离开过他。

马奎斯的这一幕压迫者／被压迫者的场景真是选料极精啊！平日耀武扬威、滥杀无辜的市长，因为一连五个晚上牙痛而躺到了拔牙椅上，这会儿，压迫者切换成了满脸惊恐的受刑人，我们冷漠的牙医师慢条斯理地整理着他那一大盘冰凉的刑具，动作优雅，心情愉快。（一定不能用麻醉剂哟……）

可惜好景不长，角色互换的游戏很快结束了，拔牙后，市长觉得"前五个晚上那无以名之的疼痛现在全消失了"。牙医师收起他的快乐刑具，问市长拔牙的账单要给他还是给市政府，市长说："这种狗屁事给谁都一样。"连正眼瞧一下牙医师都没有，便扬长而去了。

然而，我们却忘不了这个可爱的牙医师，虽然我们对他的了解很少，因为他是我们心中的无名英雄。

　　事实上，我们的英雄是有名字的，他叫作艾斯科伐，是个习惯早起的人。

　　但是，谁在乎啊？

海明威的红笔

　　写作源自想象；但想象要根植于人生经验，如此描写起来才会真实。小说写作班的老师说到这里抬头看了台下的学生一眼，准备逃过这一段继续讲下去，可是今天他的运气不太好，台下有一位学生适时举手把他给拦了下来："老师，那我们要如何描写死亡呢？"

　　这事可不容易三言两语讲清楚，不如，就请一向善于长话短说的海明威来替倒霉的小说班老师代课一下。

　　海明威的成长小说选辑《尼克的故事》里有一篇《印第安人的营地》(*Indian Camp*, 杨耐冬译，志文版)就狠狠地带着少年尼克看了一回死亡，他是怎么描写的？

　　这一天，尼克和他的医生父亲前往对岸的一个印第安营地去帮助一位难产的印第安妇人，她已经生了两天了，还生不出来，"她睡在木板床的下层，盖着一床大棉被。她的头转向一边。木板床的上层睡着她的丈夫，他在三天前用斧头把脚砍伤得很严重，他正抽着烟斗"。医生只用一柄小刀为妇人做腹部开刀分娩术，然后再用九英尺的细肠线缝合起来，小孩顺利出生了，妇人却折腾得脸色苍白，闭上眼睛，"什么也不知道了"。此时，只用简陋工具完成一次生产手术的医生心情轻松了起来，他想到了那个还躺在上铺，不必忍受生产之痛的丈夫，"医生说：'我敢说他完全处之泰然。'

毯子从那印第安人头上拉下来，但是他的手却沾湿了……他（上铺的丈夫）的喉头自两耳之间割开了，躺卧的地方血流成池。他的头歪靠在臂上，一把打开的剃刀放在毯子上"。生和死同时进行着，同样用一把简陋的刀来完成；医生想要阻止尼克看到下半场这一幕，可是来不及了。之前，尼克看到了生产的过程，也了解了；现在，他也看到了死，可是他和读者，甚至作者一样无法搜寻经验，继续想象。

海明威的写作一向得力于他著名的"冰山理论"："水底下的部分占整座冰山的八分之七，凡是你知道的东西都能删去；删去的是水底的部分，适足以强化你的冰山。"也就是说，作品的内文（冰山露出海面的部分）描写的是作家未知、无知的部分，它是一个谜，因而可以描写一切，当然，也包括死亡。死亡只能想象，那么，要如何启动读者的想象呢？海明威选择了尼克来按下按钮。

故事结尾的地方，尼克和同样挫败与疑惑的医生父亲坐在船上离开印第安营地，"尼克把手伸进水里荡着，在早晨的清冷中，他感到水的温暖。在湖上的清晨，他坐在由父亲划着的小船船尾上，确实觉得自己永远不会死"。尼克的想法像一盏小灯，令周围的一切更加黑暗起来，它是那么样地没有说服力，因而读者只能纷纷潜入水底，去查看那关于死亡的"已知部分"（被海明威用红笔删掉的部分）是否能为倾斜的故事带来一点支撑——而这"适足以强化你的冰山"。

海明威说完立刻收起红笔，走出教室，根本不给那些将头探出水面的学生们一个举手发问的机会。

纳拉扬的天平

　　人生的遭遇经常是非关公平的，基于这个单纯的生命公式，小说家应该如何安排他笔下人物的命运呢？他应该要存心为善地济弱扶倾，务使所有苦难皆得抚慰？或是，他必须对自己的认知诚实，当这个世界不尽完善，处处残缺时，就原原本本地把它的诸般样貌与不平在他笔下呈现出来？

　　我们来看看国际驰名的印度小说家纳拉扬（R. K. Narayan）怎么处理这个"作者必须做抉择"的课题。

　　纳拉扬的短篇小说《那嘎》（收录在《国际文坛九家》，郑树森编，范文美译）讲的是一对印度玩蛇人父子的故事。这对父子住在公园墙边盖在一棵大罗望子树下的小茅屋里，他们的营生之道，就是每天带着蛇篮里的眼镜蛇那嘎到市集上去表演弄蛇，赚一点铜板勉强糊口。有一天，这对父子终于交到了一点好运，他们家的罗望子树上跑来一只猴子，猴子跳上跳下，男孩拿糖给它吃，一旁的父亲看在眼里灵机一动，把小猴子抓来饿了十五天，用尽威胁利诱，把它训练成一个可以表演赚钱的工具。之后，这只取名为拉马的猴子大受欢迎，"小学生一看到它，就高兴得高声喊叫。家主人招它入屋，欢娱哭闹的小孩。它表演出色，为主人赚取金钱，也为自己赚来花生米……他们远走四方，在各个市集表演。偶尔，还有钱上馆子享受一顿午餐。晚上，男孩的父亲会一个人出去，对他说：'你待在家里，我胃痛，去买点药回来。'半夜，才摇摇晃晃回来"。其实，父亲是跑到妓院去了。

有一天早上，男孩醒来，父亲已经带着妓女走了，猴子也不见了，"他往木屋里张望，看到蛇篮子安好放在角落里，盖子上还有些铜板。他数了数，共有八十佩斯，高兴得很"。男孩也学父亲到市集上吹笛舞蛇，可是到处被人轰走，赚来的铜板少得可怜，"日子一周一周，一月一月过去。他长高了，可蛇却愈来愈迟缓，肌肉愈来愈松垮，盘在那儿，几乎动也不动。男孩始终没有忘怀那猴子。他父亲偷走了他的猴子，这个打击，比什么都来得严重"。

男孩未来的命运可想而知。

纳拉扬如果让父亲带走蛇篮，留下活蹦乱跳的猴子给男孩，那么这个命运天平的两端就可以得到比较旗鼓相当的平衡了。

可是纳拉扬并没有这样好心地安排，他让无力谋生的男孩分到了一只赚不到钱的眼镜蛇那嘎，而非摇钱树猴子拉马。

纳拉扬终于还是没有讨好世俗正义的天平，他让男孩和蛇在天平的一端轻盈可怜地浮了上来——用小说家的加减乘除法运算出来的。

瑞蒙·卡佛的吸尘器

"我正失业。但我指望北部随时会有消息来。我躺在沙发上听雨声，不时会站起身，隔着窗帘张望邮差来了没有。

街上没有人，什么也没有。

距我上次张望五分钟后，我听见有人走到门廊上，等了一下，然后敲门。"

这是瑞蒙·卡佛[1]的短篇小说《集尘》[2]的开头，收录在《浮世男女》集中（*Short Cuts*，张定绮译），知名导演罗勃·阿特曼[3]的电影《银色·性·男女》便是改编自这本短篇小说集。

1967 年，瑞蒙·卡佛的短篇小说《安静一点好不好》（*Will You Please Be Quiet, Please?*）被选入《美国最佳年度小说选》，该书编辑玛葛江珊说卡佛的小说里"满是像玻璃一般锋锐的细节、意象、对话，精密的组合，为的是展现平凡而公式化的生活表象下，埋藏了多少痛苦、不快乐，甚至恐怖"。

· · · · · · · ·

1　大陆通译为雷蒙德·卡佛（Raymond Carver, 1938—1988）。
2　大陆通译为《收藏家》（*Collectors*）。
3　大陆通译为罗伯特·奥特曼（Robert Altman, 1925—2006）。

122

"精密的组合"这个词句应该会非常吸引喜爱短篇小说的读者和作者。

短篇小说篇幅短小，如何将有限的人、事、时、地、物等写作素材精密地组合起来，就成了短篇小说作者永远的难题。精密的组合必定有精密的机关，在《集尘》这一篇中，瑞蒙·卡佛挑中了"物"（一台吸尘器）来架设一个"精准而无奈"的故事。

故事一开头，失业的"我"躺在沙发上听雨声，一面焦急地等待邮差送来一些应征工作的回音，这时，敲门声响起，"我"起身开门。来人不是邮差，而是一个吸尘器的推销员，他从口袋里摸出一堆卡片念道："史莱特太太，东区第六南街二五五号？史莱特太太中奖了……她赢得一次免费代客吸尘和清洗地毯的服务。"当然，这只是一般推销员惯用的开场白，"我"告诉推销员史莱特太太不住这儿，"我"甚至不愿承认自己是住在这间房子里的人，以免麻烦，以除后患。

然而，提着笨重的吸尘设备，辛辛苦苦冒雨前来的推销员不愿放弃一丝丝卖出产品的希望，他不由分说立刻脱下雨衣，打开箱子的扣锁，将各式皮管、刷子、金属管组装好，开始示范如何打扫床垫里的碎屑，还把烟灰缸里的烟灰全倒在地毯上，用脚把烟灰和烟头揉开，再启动那台怪怪的机器打扫起来。推销员是一个老头子，肥胖臃肿，他做得满身大汗，"肥肉从腰带上鼓突出来"。他还要了两颗阿司匹林。

然而，"我"说："即使要我的命，我也拿不出一块钱。今天你只能当作是替我白干了，就这样而已。你在我身上下功夫完全是浪费时间。"推销员无话可说，这本来就说好了是一次免费清扫的中奖服务，只好收拾机器准备告辞。

妙的是，邮差送信来了，"信箱口哐的一声打开又关上……我们同时看着躺在靠近前门口地毯上一封正面朝下的信"。推销员临走前捡起那封信看了看，"他说，这是寄给史莱特先生的，我负责收着"，就把信折成对半，放进屁股口袋，走了。"我"一时愣住了，并没有提出异议——那是跟"我"无关的史莱特先生的信不是吗？

故事戛然而止。

两个同样只有一线希望的人还互相打消了对方仅存的一丝期待，就像那台笨拙却精密的怪物吸尘器，把一间原本就困窘、空荡荡的屋子吸得一尘不染、一滴不剩，只留下一片死寂。

当然，还有一个巧妙的短篇小说架构。

韩少功的人造雨

说故事的人偶尔会用他的妙笔下一场人造雨，为生离死别的景象增添几分凄苦悲凉。这场雨通常都颇有效果，特别是雨中人忘了带伞的时候。

韩少功的《马桥词典》里有一篇《老表》就下了这样一场及时雨，但是，这雨下得不怎么用力，通篇关于雨的描写就只有"那天下着小雨"和"霏霏雨雾"这几个字，更糟的是，剧中人还带了一把雨伞。然而，这场雨却下得极好，增一分则太大，减一分则太小。

要说这一场雨得先说说男主角的故事，他的名字叫本仁，也是湖南马桥人，约莫四十来岁，已经离家十多年了才第一次返乡探亲。他为什么离家出走呢？因为"大跃进""办食堂"的那一年，"他从集体食堂领回一罐包谷浆，是全家人的晚餐，等着老婆从地上回来，等着两个娃崽从学校里回来，他太饿，忍不住把自己的一份先吃了。听到村口有了自己娃崽的声音，便兴冲冲往碗分浆。一揭盖子才发现，罐里已经空了。他急得眼睛发黑，刚才一罐包谷浆到哪里去了，莫非是自己不知不觉之间已经一口口吃光了？……他觉得自己无脸见人，更无法向婆娘交代，慌慌跑到屋后的坡上，躲进了草丛里。他隐隐听到了家里的哭泣，听到婆娘四处喊他的名字。他不敢回答，不敢哭出自己的声音"。

为了不知不觉吃光了一罐玉米罐头，本仁躲到了草丛里，千呼万唤不出来，再从湖南流浪到江西去，过了十多年，才有胆回自己家"探亲"，成了家人口中的"江西老表"。这十多年，本仁在赣南砍树、烧炭，还有了新的一窝娃崽，而他原先的婆娘也已经改嫁，本仁返乡，她还接他去自己的新家吃了一顿肉饭。

过了两天，本仁探亲完毕要回江西去了。"走那天下着小雨，他走在前面，他原来的婆娘跟在后面，相隔约十来步，大概是送他一程。他们只有一把伞，拿在女人手里，却没有撑开。过一条沟的时候，他拉了女人一把，很快又分隔十来步远，一前一后冒着霏霏雨雾中往前走。"故事到此结束。

一场雨要下得好，通常是雷霆万钧才能痛贯心肝，然而在这儿却行不通，因为雨若太大，本仁应该会坚持请他的婆娘就地折返，别送了，那也就没戏唱了。雨如果太小，或是停了，那么，本仁的婆娘那把雨伞拿在手里却不方便撑开共用的尴尬情状就不会发生了。

这雨或许很短，不过故事却挺长；这伞或许很轻，拿在手上又极重。

真是一场好雨。

葛蒂玛的海豹

　　作品的意义必须由读者自己去发掘，作者自己可不能画蛇添足，在行文之中因为担心不被理解而忍不住夫子自道起来。就像一则笑话的趣味不能点破，如果硬要点破，聆听的一方或许会感受到某些屈辱也说不定。

　　就像诗人一样，短篇小说的作者通常会把他作品的深层况味埋藏在一个（或以上）的"意象"当中，这个含蓄做法至少有两个很好的原因，一是作者没有机会跳出来为自己作品的深度辩护；二是因为"意象"本身通常比作者还要聪明，还要巨大得多，所以不容作者强作解人。

　　南非小说家娜汀·葛蒂玛[1]的短篇小说《此情可待成追忆》（*The Need for Something Sweet*，收录在《树与女》，马森编，蔡源煌译）便使用了一个意味深长的意象作结，让作品更加余韵不绝，而作者本人也显得不着痕迹，功成身退。

　　《此情可待成追忆》讲的是二十几岁时的"我"和大我十五岁的谜样女子阿妮妲之间一段不堪回首的爱情经历，全篇采倒叙，此时"我"已经五十一岁，是一个饱经风霜与人事勾斗的建筑商人。故事开头，"我"在晚饭前从旅馆走出来想要离开老妻独处片刻。

．．．．．．．．

1　大陆通译为纳丁·戈迪默（Nadine Gordimer，1923—2014）。

"我"沿着海边散步，走了大约一哩路，心中突然忆起年少彷徨时的情人阿妮妲。

　　"有一次，我曾经设法要治好一个酗酒的女人……"小说一开头，二十岁的"我"就被阿妮妲的谜样风情所魅惑，"我"爱她，"我"用手将她的脚敷暖；"我"把阿妮妲带回故乡保守的农庄，与世隔绝，每天夜里溜到她的房间偷欢，以为这样便可以治好她的酗酒，给她，也给自己一个无限美的新生命。

　　终究事与愿违，两人的关系并没有持续太久，"那已经是三十一年以前的往事了。我并未常常想起她"。

　　这个短篇故事该如何结尾？又该如何留下一扇可供读者洞视意涵的窗口呢？

　　葛蒂玛自有本事，她把"我"带去海边看海豹。

　　五十一岁的"我"走到海边时，注意到那个存在多年的老海豹栏还在，"我沿着梯阶走下去，看看那些海豹是否还活着……雄海豹的影子长长的，躺在钢筋水泥地上；我的影子也是……两只母海豹的身体，在水里穿梭。夜来临了，将它们埋在黑暗的水里；不久，我几乎看不见它们了。雄海豹孤独地躺着，张着大嘴。也许是饿了吧？我不知道"。

　　这个结尾的意象很诗意，也很失意。

　　葛蒂玛让我们自己去想象注定孤单的两性和他们同样沉重、黑暗、饥渴的躯体。

　　而这份年少情怀到底会有多沉重，多么不堪回首呢？让我们看看这篇小说最后的结尾吧：

"阿妮妲，你对了，该发生的事总是会来的。你不可能漏夜独坐在那里，你总得起身走回旅馆去，有人在等你。不论你多从容，顶多在十五分钟之内，你就会赶到。"

　　这赶路的脚步走回去了，而读者的脚步却还留在那只雄海豹身旁漫步着。
　　那是葛蒂玛为读者精心设计的一幕停格画面。

大江健三郎的浪花

　　短篇小说篇幅虽短，有时却也容纳了不少的人物，但是因为容量有限，所以这些人物有时只得以"同质性颇高"的一个群体样貌出现，如此一来也就无须花费太多的笔墨来描写个体间的巨大差异性了。不过，个体的差异却又经常是小说家致力深掘的目标，这种差异当然不会在小说开头的时候就突显出来，它会随着小说情节的发展而在段落里闪闪发亮，制造对比与差异，因而成就了小说作为"时间感"的一种艺术形式。"相对感"是我们感受时间的重大凭据，小说自然不能外之。

　　大江健三郎的短篇小说《别人的脚》(「他人の足」，收录在《树与女》，马森编，李永炽译)描写了七个"同质性颇高"的少年，他们住在一幢建在近海高原上的脊椎骨疽疗养院里，白天并排躺在日光室的躺椅上做日光浴，偶尔窃窃私语，或大声呼唤要护士送便壶过来，终日静默以对，未来，也几乎都不可能再用自己的双脚行走。这些少年或男或女，但他们的身份和生活都几乎没有什么不同，直到大江健三郎为他们带来了另一个病患高志。

　　高志在大学的文学院就读，他跟其他人最大的不同是他还很想谈论自己的病情，而那些久住病房的年轻病人都已经不愿谈论或聆听彼此的病况了。不仅如此，高志完全无意和

"外面"的世界斩断关系，他虽也不能行走，却无时无刻不关心时事，且组织了一个名为"认识世界"的集会，积极反战，其他少年也渐渐受他感染，经常聚集在他的四周聊天，加入他的演说，且频频发出笑声。唯一不愿加入这个集会的，是叙事者"我"和另外一个曾经在病房内自杀未遂的少年，"那少年一直在日光室角落注视他们，学生（高志）叫他过去，他立刻封闭到冰冷淡漠的壳中，装着没有听见"。"我"虽然也拒绝加入，却"不仅感受到与少年们同样的生活变化，也感受到一种模糊焦躁"。（因为不觉得长期困顿的生活可以如此轻易改变、好转。）

高志在这篇作品中扮演着一个兴风作浪的角色，浪花有起，也要有落。来到疗养院的第三个星期，他第一次开刀，因为医生说他的双脚可能治不好了，所以非常泄气。叙事者"我"对高志默默颔首，似乎跟他之间的"同质性"又重新拉近了一些。然而，高志却意外地在手术后成功地站起来，并且在病房内行走，渐渐放大步幅，然后走出医院，走出这个无法站立行走的小团体了。少年病患们心中百味杂陈，叙事者"我"心想："我一直戒备他，他终究是假的。"

至此，通往外界的唯一一扇门又关上了。门内曾经掀起了浪花，一波三折，让我们看到了个体间的差异，然后才功成身退，让沙滩回复到一片沉寂。

沈从文的烟火

沈从文的短篇小说《柏子》是一篇很令人意外的作品，因为它从头到脚尽是欢乐与满足，丝毫没有半点悲伤的气息。

这话听起来怪怪的不是吗？快乐是大家所企求的，如果生活中充满了欢乐岂不大快人心？难道一篇小说满溢了兴奋之情竟会减损了它的文学成就？当然不会。事实上，这点疑虑其实也不会成立，因为世上并没有绝对的欢乐，在生活中、在阅读里都没有。

柏子是一个苦力水手，平日在货船上也许一待二十天才靠岸一次，他"日里爬桅子唱歌，不知疲倦，到夜来，还依然不知道疲倦，所以如其他许多水手一样，在腰边板带中塞满了铜钱，小心小心地走过跳板到岸边了"。靠岸的时间短，柏子手中拿着一段燃着火头的废缆子照路，他要到岸边某间熟悉的楼上去享受男欢女爱了。柏子找到了他朝思暮想的那间楼，吹着哨子拍门，"门开后，一只泥腿在门里，一只泥腿在门外，身子便为两条胳膊缠紧了，在那新刮过的日炙雨淋粗糙的脸上，就贴紧了一个宽宽的温暖的脸子……'老子摇橹摇厌了，要推车。''推你妈！'妇人说……"妇人像一个小心眼的情人般先检查柏子带了礼物给她没有，看见了雪花膏、手巾和罐上有美人儿画像的蜜粉方才高兴了。柏子粗鲁得像头小公牛，"肥肥的奶子两手抓紧，且用口去咬。又咬她的下唇，咬她的膀子，咬她的大腿……"纠缠了好一阵子，妇人用烟盘烧烟给柏子吃，柏子吃一口烟，喝一口茶，妇人还边唱孟姜女给他听，仿佛当皇帝一般地心满意足。

　　一连和妇人相好了两次，柏子的欢乐时光终于也接近尾声了，把最重要的事情办完了，柏子又燃起废缆子，脚踏泛冷的泥水地，独自回船上去了。可这一路上，柏子的脚是冷的，心却是热的。"他把妇人的身体，记得极其熟悉；一些转弯抹角地方，一些幽僻地方，一些坟起与一些窟窿，恰如离开妇人身体一千里，也像可以用手摸，说得出尺寸……今夜'吃'的足够两个月咀嚼，不到两个月他可又回来了。"

　　这段露水姻缘，被沈从文描写得极其绚烂夺目，像是一场美好得令人艳美的烟火表演。柏子就是那五彩的烟火本身，他欢喜得炸开来了，没有空间悲伤，但并不表示这篇作品就不带任何感伤气息。感伤自然是有的，但不在柏子身上，却在读者的心里。沈从文的这一招是极为高明的，他只需负责描写柏子的极端快乐就好了，读者分享了柏子的欢娱之后，就像欣赏一场国庆烟火表演完，谁能不为眼前随之而来的冷清与黯淡叹一口气呢？

汪曾祺的闹钟

声音可以描写吗？声音如果可以写出来的话，这世上也就不会有闹钟了。

关于声音的描摹，刘鹗写到老残在明湖居听王小玉说鼓书的那一段算是个绝唱："渐渐地越唱越高；忽然拔了一个尖儿，像一线钢丝，抛入天际……那王小玉唱到极高的三四叠后，陡然一落，又极力骋其千回百折的精神，如一条飞蛇，在黄山三十六峰半中腰里，盘旋穿插；顷刻之间，周匝数遍……正在缭乱之际，忽听霍然一声，人弦俱寂。"

从万马千军写到鸦雀无声，闹极而静，写得真好。

反过来，静极而闹也是一绝。

汪曾祺的短篇小说《晚饭花》有三段，为首的《珠子灯》只一千多字，写孙家的大小姐孙淑芸嫁给王家二少爷王常生，按当地风俗，有钱人家的小姐出嫁的第二年元宵节，娘家送了一堂灯（六盏）来祈求多子，除了四盏画了红花的羊角琉璃泡子、一盏麒麟送子，还有一盏便是珠子灯（"绿色的玻璃珠子穿扎成的很大的宫灯……这盏灯分量相当地重，送来的时候，得两个人用一根扁担抬着。"）。孙小姐是个才女，王常生在南京读书，思想很新，两人琴瑟和谐，不料王常生"在南京得了重病，抬回来不到半个月，就死了。王常生临死对夫人留下遗言：'不要守节。'但是说了也无用。孙、王二家都是书香门第，从无再婚之女……从此，孙小姐就一个人过日子"。（这盏灯还一直挂在她屋里，终其一生只点过一次而已。）

王常生死后孙小姐渐渐变得性情古怪了，她屋里的东西都不许人动。王常生活着的时候是什么样子，就永远保持什么样子，不许任何人进屋挪动半点，所有桌椅文具也一律不许擦拭。后来，她病了，除了逢年过节，其余时间都在床上躺着，"她就这么躺着，也不看书，也很少说话，屋里一点声音没有……她这样躺了十年。她死了。她的房门锁了起来。从锁着的房间里，时常还听见散线的玻璃珠子滴滴答答落在地板上的声音"。

在这小说结尾的最后一句，汪曾祺启动了他亲手调慢的闹钟。

珠子灯原本喑哑无声，点上之后，洒下如梦似水一片淡绿的柔光，然而，过了十多年之后，在一间尘封无人的少奶奶房里，它突然开口说话了——掉在地上的珠子轻轻地，可是在我们耳里发出了比凌晨三点的闹钟还要凄寒的声响。有趣的是，这两段有关声音的描写，从头到尾，我们仔细听了，却根本不知道：王小玉本人的声音到底是圆是方？当然也不知道偶尔散线脱落的玻璃珠子撞到地板上，到底会发出什么音质的碎裂声？

然而，怪的是，我们并不觉得有什么缺憾，因为那是上帝协奏的声音，信徒们都听到了。

契诃夫的尾巴

契诃夫是现代短篇小说的开山鼻祖之一，他最了不起的地方便是在描写小人物的悲喜时，同时反映了广大人类的共同命运。当然，契诃夫的写作技巧也是简练如诗的，不过，因为他的艺术之眼实在令人激赏，相较之下，写作技巧便只是余事了。

什么是写作技巧呢？它能脱离作品的其他部分被独立欣赏吗？写作技巧是那种像解答数学算式一样，冷冰冰的能力吗？

契诃夫的著名短篇《可爱的女人》[1] 回答了这个问题。

这个可爱的女人名叫欧莲卡，"她总在爱着人。没有爱，她就不能生活"。她的第一任丈夫古金是她的房客，也是一个戏院经理。他一连几天在她面前抱怨没有欣赏能力的观众只会看马戏表演，还有该死的雨天。"欧莲卡留心听他说。有时，也掉了几滴同情的眼泪。后来，古金的厄运终于打动了她的心。她爱上了他。"再后来他向她求婚，不久，他们就结婚了。古金意外死在外地，三个月之后，欧莲卡又爱上了木材行经理，并与他结婚，可是六年后，木材行经理也病死了。再度成为寡妇的欧莲卡六个月后取下了丧章，爱上了

. . . .

1　大陆通译为《宝贝儿》（*The Darling*）。

136

军队里的兽医，可惜"他们的幸福是短暂的。因为兽医随了他的部队，永久地到那遥远的地方去了，也许是西伯利亚"。

故事还没完。多年之后，头发灰白的兽医带着妻儿来投靠欧莲卡，她既兴奋又感动，不但不拿房租，还对兽医的儿子沙夏视若己出，呵护有加。

大文豪托尔斯泰为契诃夫这篇《可爱的女人》写了一则极为著名的评论。他认为契诃夫本来是要嘲弄欧莲卡的，"他用聪明而不用心灵来批评她"，"然而那个女人的忠诚，和她不管爱上谁就会献出她全心全意的忠诚，却不是荒谬的，而是奇妙的、神圣的"。托尔斯泰说，这篇伟大的小说有许多段落让他热泪盈眶。

我认为，托尔斯泰的这个观点也应该会让契诃夫热泪盈眶。

重点是契诃夫"本来是"要嘲弄的，他的写作技巧足以担当此任，可是写到后来他放弃了这个指指点点的"技巧"，转向"同情"与"珍惜"欧莲卡的方向去了。托尔斯泰举了一个《圣经》里的例子，先知巴兰走上山巅，准备诅咒以色列人，然而，事到临头，他却为他们祝福起来，一连三次。

这是作家的艺术之眼真正灵光乍现的片刻。关键在于托尔斯泰所说的"聪明"与"心灵"之别。写作技巧如果依附在聪明之上时，它是可以被单独欣赏的，一如算式解答，合理而没有意外。然而好的作品需要意外，当心灵启动的时候，作品自己会"本能地"要求作者不准用"偏见"减损它应有的光彩，技巧于是只好夹着尾巴逃跑了。

黄春明的马脸

　　据说年轻时初习小说写作的莫泊桑时常向他的导师福楼拜请益，当时，福楼拜给他这位极具才华的后进出了一道家庭作业：请他用文字描绘一百张人脸。

　　如果所传不虚，身为19世纪法国写实主义小说的泰斗，福楼拜开出的第一门功课可说并不过分；但是，用文字描绘一百张面孔，即使是天纵英才如莫泊桑者，也不能不叫人为他捏一把冷汗啊。

　　人脸确实不易描写。因为除了本来就很难用文字呈现的颜色、线条等等之外，更难捕捉的是脸孔显露的人性。人心不同，各如其面；一样米养百样人，福楼拜期许莫泊桑交出这一百样不同，不知后来结果如何？如果可能的话，我倒是非常渴望看看莫泊桑是怎样形容那一百张脸孔的。

　　相传，中国历代的画师都有一套家传的"百脸图"，顾名思义，就是把这世上形形色色的人脸分成一百种基本款，然后加减乘除一番，就大致能画个像不像三分样了。我想，莫泊桑当年不知道手边有没有珍藏这么一套"百脸图"，如果有的话，那么他的第一份家庭作业或许就可以变得轻松一点点了。没错，就只能轻松一点点而已，因为像福楼拜这样的名师一定不只要求"形似"而已，"神似"才是最吃力的地方。

自从听闻这段轶事之后，我就对描写人脸这件事产生了无以名状的恐惧，推而广之，到了后来，连给自己小说中的人物取名字都害怕不已。幸好，20世纪以后小说转弯了，现代人只是一群面貌模糊的家伙，所以小说人物的长相也就不再那么重要了，真是天降甘霖啊！此外，因为害怕摹写人脸，所以，每当读到作家提及人物长相的时候，我就会不知不觉为他紧张起来，好像这人马上就要因为考试成绩太差而被老师叫到讲台前面去用藤条抽打一番了。

　　当然，凡事都有例外的时候。

　　这事发生在我读黄春明的散文《相像》的时候。这篇文章收录在他的散文集《等待一朵花的名字》当中，文章一开头就准备描写人脸了，于是我又不由得倒抽了一口气。被描写的那张脸是黄春明的妻舅，因为从小就热爱看马的缘故，所以长大之后竟然长了一张马脸，见者莫不啧啧称奇，而他本人倒是颇不以为然。读到这里，我依然为黄春明感到很紧张。人脸不好写，马脸就好写吗？

　　老前辈果然厉害，人家不慌不忙，既不写人，也不写马，只说这位妻舅实在长得眼耳鼻舌身意都太像马了，所以，有一天走在路上，迎面走来一个想要问路的陌生人，一见他，竟不知不觉脱口而出，喊了一声："马先生，请问……"

　　真是够了。我想，即使福楼拜先生看到这份作业也不得不打个甲上吧？

　　黄春明的这张马脸更加深了我从此不再为小说人物塑像

的决心。

　　对了，黄春明的妻舅姓陈而非姓马，要不然这段悲壮的插曲也就不会发生了。也幸好他不姓马，要不然我们文学上的"百脸图"可就损失一页了。

贺伯特的鞭子

式毕纽·贺伯特[1]生于1924年，与流亡美国的1980年诺贝尔文学奖得主切斯瓦夫·米华殊[2]同为波兰现代诗的两大支柱。贺伯特有一首散文诗《海螺》收录在《当代东欧文学选》中（杨泽译，允晨版），全文中译只有短短的九十几个字：

"在我父母卧房的镜前躺着一粉红色的海螺。我常蹑足走近，突然地将其贴在我的耳旁。我想出其不意，抓到它并不呜呜然单调地思念着海的时候。虽然我当时还小，我却已懂得，即使我们深爱一人，有时我们也会忘记。"

这首诗经常让我想起"诗"与"极短篇"小说（也许还包括所谓的小小说、掌上小说、微型小说、瞬间小说，甚至广义的短篇小说等）之间浓厚的血缘关系；篇幅不长是这些文类共同的特征，简洁则是它们胸前的勋章。简洁是一种省略的艺术和技术，因为大量的省略，偶尔难免晦涩，然而这首诗却一点也不。它透明得近似一颗水晶球，因而折射出许

. . . .

1 大陆通译为兹比格涅夫·赫贝特（Zbigniew Herbert, 1924—1998）。
2 大陆通译为切斯瓦夫·米沃什（Czeslaw Milosz, 1911—2004）。

141

多动人的光芒。

　　一个小男／女孩拿起一个海螺，贴近耳朵去听那呜呜然的、不知发自何处的声音（奇怪了，海螺没有生命，也没有插电，那恒常之声的"动力"从何而来？），这是大家小时候几乎都尝试过的共同经验，也是这首诗的唯一素材，然后，在这个小小的立足点上，贺伯特要开始发动攻击了。首先，他将父母卧房（爱的场所）镜前的海螺（粉红色，泛着漂亮的珍珠光泽）所发出的声音转喻为爱（海螺对海的深刻执念），然后用"单调地"一词来暗示并双向切换"我"心中启蒙式的迷惘——人心可以恒久饱满一如海螺之深情不变？因为强烈的狐疑，所以我必须"蹑足走近，突然地将其贴在我的耳旁"，来跟"我"心中的悬念做一次决斗。如果"我"的心中依然有爱，只是早为世事所伤，那么海螺的声音将带来鼓舞，反之，它的冷寂也可呼应"我"的理解；如果"我"的心中已然无爱，那么海螺不变的呜呜声或可为"我"提供救赎，反之，它的静默亦将得到"我"的共鸣……

　　这是一首近乎"侦探小说"的散文诗，也是极为妥切的形式，因为"真爱"如同"真凶"，甚至更加刁钻，且居无定所，难以捉拿到案。当我们渐渐联想到这一切的时候，叙事者"我"（解谜人）的孩童身份则又冷冷地在读者心头按上火红的烙铁。

　　简洁是短文的灵魂，所以诗可以是小说，小说也经常是诗。然而简洁并不迟钝，它缄默少语，突然凭空抽下一鞭。

　　这一鞭，因为没有预警，也不带情绪，所以格外疼痛。

徐四金的秒针

　　小说里的人物和真实生活中的人物各自有其特殊意义，无法以简单的三言两语来概括陈述。话虽如此，我们在阅读一篇小说的时候，总还是忍不住去想这个人物代表什么意义？那个人物又象征哪一种典型？

　　人物的个性、样貌、行为会在我们的脑中留下深刻的印象，留待我们自己去理解（或曲解）他们在小说中的"功用"。

　　那么我们又该如何去理解徐四金在《夏先生的故事》里的那个主角夏先生呢？夏先生是一个古怪而奇特的人，一年四季不分晴雨地在湖畔方圆六十公里之内走个不停，日出就已离家，直到月儿高挂天边时才返回家去。事实上，徐四金只轻描淡写了夏先生的粗略轮廓，而且是透过一个小男孩叙事者的口中说出来的：

　　"当我们这些小孩在早晨七点三十分半梦半醒中漫步上学时，就会遇见已经走了好几个小时的路，却仍然一派精神抖擞的夏先生；当我中午又累又饿地走回家时，又会与踩着热情有劲步伐前进的夏先生碰面；就连在晚上睡觉前望向窗外时，我都可能看见夏先生他那又高又瘦的朦胧身影在湖滨街上匆匆走过。"

这样的小说主角可能会让读者颇为困惑，书名叫《夏先生的故事》，可是故事在哪里呢？

当然，徐四金不会把夏先生塑造成一个热爱自然的健行家。

其实，夏先生患了"空间恐惧症"，无法停下来或静静坐在房里，夏先生不断绕行湖畔，却被小男孩认为"热情有劲"。

如果说小说是时间的艺术，那么夏先生就是这篇小说钟面上的那根时刻不安的秒针。

这篇小说的时间跨越了十年，夏先生也一直在以湖畔为圆心的钟面上跳动了十年，而这位小说主角的重大意义，终于在故事结尾的时候突显出来了。那时，少年已经长成一个对人生的不完满稍有体悟的十六岁中学生了，有一天黄昏，因为巧合的缘故，少年竟然目睹了夏先生终于独自走向湖心，悄悄自杀的一幕："我看到湖水淹过了他的靴子，距离岸边已经好几公尺远……后来，就这么一次，他走了。只留下一顶草帽漂浮在湖水中……"

我们并不知道夏先生的一生到底发生了什么事，然而我们都会欣然同意夏先生才是这篇故事的主角：时间及其无所不在的苦难。

贰

留得春光过小年

记得大约是二十年前，曾经看过一篇美国当代知名小说家厄普戴克所写的文章，内容谈到的正是当时非常热门的一个话题：文学将死？

厄普戴克果然老神在在，在那篇并不太长的文章中，他举了一个例子来说明自己何以相信文学还会存续下去。他说，就像在科技高度发展的现代，机械手表不衰反盛的道理一样，文学也将继续存在我们的生活里。我不知道厄普戴克先生后来是否改变了上述的看法，不过，当年我无意中记下的这一段巧譬善喻，至今看来依然甚深微妙。

机械手表满足了人们对工艺与巧思的感性需要。时至今朝，在"匠心独运"的庙会里，整齐划一、精准无误的石英表与电子表暂时依然无法名列仙班。这是一个很有趣的事情，机械手表误差大，价格昂贵，防水、防震效果并不见得高明，而且，几天不戴大概就停针不走了，可是，人们依然热爱这份手工的趣味与价值。我想，或许就连它那不太准确的时间感也备受喜爱吧，因为，人们乐得自己手上的时光刻度与嘀嗒声和邻居、同事们手上的不尽相同。所谓"世事无绝对，另有新情趣"，不是吗？不管文学未来的发展如何，至少，厄普戴克的机械表又这么走了一二十年，走到了21世纪，暂时还没有停歇的迹象。

"文学已死"的论调不妨看作是一种定时出现的演习，譬如放羊的孩子每隔一段时日便冲进村子里去大喊几声"狼来了"，何以如此？或许是基于牧者对羊群的热爱吧。其实，就算真的来了几匹狼，大概也不至于把成千上百的羊群全数吃光吧；就算真的吃光了，牧羊人必定也会演变成牧狼人再重出江湖的。就像其他的行业一样，文学当然也会受伤的，可是说到消失，实在言之过早。故宫博物院里不也还有许多行业依然存在我们的生活周遭吗？买玉、看画的人照样多得是，至少，我们都去自家附近的小铺里刻过印章吧。

　　近年来人们对文学前景的担忧不无几分怀旧伤感的成分在里头。19世纪工业革命之后，中产阶级兴起、印刷术的发达、阅读能力的提升，文学，特别是小说这个文类的确有过一段好日子。在那段美好的旧时光里，电话才出现不久，电影、电视、广播尚未迎风长獠牙，电脑、电玩更是闻所未闻。现在回想起来，文学一枝独秀的好时光，与其说是因为它曾经那样地德沛天地，倒不如说是上帝一时不察的结果。世间"匠心独运"的人比比皆是，文字工作者自然不必始终鳌头独占。"留得春光过小年"（汪曾祺诗句）并不算是一个差强人意的结果。

　　同样也是一二十年前，走进书店里，环目四顾，的确不难发现那是一个文学书的黄金时代，然而，时过境迁，现在回头看去，那份风平浪静，似乎只是文学市场的一个台风眼，虽然久候多时，却也旋即远去。小众时代的来临，文学不再是草上之风，然而这也无甚可悲，文学市场虽然良辰不再，可是出版市场却是沸沸扬扬，每年三万多个出版品之中，文学类的出版数量不见得就比往年来得更少，文学科系、文学奖、文学网站的数目也是有增无减，这样说起来，或许会导出一个结论，说这萎缩不是量的问题，而是质的问题。如此说来便伤感情了，这不把毒箭又射回来了？

前几天，一位朋友突然兴冲冲地跑来拍我的肩膀，原来是要来告诉我一个关于文学的"利多"消息。他说，根据某位精神病医师的研究，文学之所以会存在，其背后真正的理由是因为"人类"要"生存"。我听后不觉莞尔，一方面因为这样严肃的议题仰之弥高，只好傻笑以对。另一方面，文学的脚步似乎也还没有走在深山夜路上，这样铿锵有力的结论不妨藏之锦囊，留待来日再取出壮胆。

就我个人的看法，近十多年来，至少在小说这一文类上，还是出现了一些令人称幸的吉兆。

譬如，偶尔会听到人说，现在每天报纸和电视上的新闻之百转千折，比小说情节更要精彩得多了。如果我没有会错意的话，这意思是说小说不再能追着现实人生跑新闻了，小说作者也不见得能以情节取胜了，果真如此，岂不善哉？另有一说是，这是影像思考的时代，而且，在人类大半的历史上，图像思考本来就是主流，未来的世界即将回归本源。如此说来，跟电视、电影、漫画、杂志等等媒体比较起来，文字在影像上似乎吃了大亏，也不再那么容易吸引人去阅读文学作品了，除非……除非这个作品本身写得好极了。文字工作者因而必须在文字上确有不可取代之处，方可容身。这岂不合情合理吗？时不时也会听到有人抱怨，这个世界太无聊了，我们从小到大没有经历过战争，没有饿过一天肚子，所以写不出任何深刻的东西。这个论调不无道理，有几分像战地摄影家的口吻。但其实这个状况颇为珍贵，先人流血流汗开创了几十年的太平日子，让我们置身于一个非常难得的处境：穷极无聊。当然，我们憎恨无聊，因为无聊使得写作难上加难，仿佛在大片白茫茫的雪地里寻觅一只神出鬼没的银狐。但我们不必小看无聊，无聊如此壮大，它的疆土必定不小；我们尽可以承认自己的才情浅薄，却不必责怪无聊的世界逼人太甚。铁和血不一定就能让人心更加深刻，一如无聊不必然使人感到悠闲。

不可否认地，近几年文学副刊与文学奖征稿的篇幅变短了（也变难了？），对于大部分的文字工作者来说，这无疑是一则坏消息。不过，往好处想，这个转折也适时地点醒了我们的文学环境长期以来对期刊的忽略，以及对简洁文体的低估。前人说"一寸短，一寸险"，又说"好的文章一定短，坏的文章一定长"，后者所说的"短"，应该是指阅读心理上的时间感，也就是简洁，而非关篇幅。现在，因为种种的因素，报纸上的文章必须要短，短而妙、短而精，但这谈何容易呢？再过几年，相信我们的白话文写作将会因为现实因素的催逼而别有一番滋味在心头。妙手偶得大概就只能偶得而已。

的确，几经周折，文学的角色也许已经不再是"信念与热情"的坚持者了，然而，这岂不好极了？强盛的信念难免伤及无辜，炽燃的热情往往花期甚短，文学本是无中生有的冲积平原，虽然肥沃，然则定期休耕也在所难免吧。

一代不如一代？

这个地球有一个非常奇特的灵异现象，那就是一代永远不如一代，依然是世界却一直飞快地前进着。

我知道，前进并不代表进步，写作也不例外。同时，我没有资格替任何世代发声；我只能说我自己的一点想法，而且是颇为别扭的。

新是否不如旧？到底是上一代的作家比较好，还是下一代的？这样想着的时候，我突然感受到出这个题目的编辑先生心中的慈悲之情：让我以一种虚拟的中立身份站在两大文学创作板块之间，而这个并不真实存在的坐标原点正是我所渴望的。这样我便得以免除于被归类的恐惧之中。

在我的想法里，"台湾作家是否一代不如一代"这个问题暂时是没有答案的。尽管一般常见的说法是：上一辈的作家比较有"深刻的人生体验与关怀"以及"说故事的能力"等等；而新世代的作家则是"没有人生愿景"，或是"只会看着自己的肚脐眼喃喃自语"，换句话说，也就是"虚无"的一代。但是，虚无一点都不渺小啊，它迟早会产生经典之作。

文学史上的断代或许是必然的，但那要过了很久以后，在经典作品几近确立之时。而经典作品的出现是没有时刻表的。此外，我觉得更重要的是，确立经典作品并不是为了区分你我高低，它们所牵动的毋宁是更多彼此间隐而未显的"联结"。（当我们极欲量测世代边际时，或许正反映了我们彼此间未能充分了解的焦虑。）在此之前，我们只能等待——

当经典作品像一座座动人的大桥被架起时。

沉静之狮

　　大概两三年前，一位好友向我郑重推荐南非小说家柯慈[1]的作品《屈辱》[2]，并誉为他心目中的"年度小说第一名"。听见友人话中夹杂着不寻常的庄严气氛后，我便很快到书局买了一本，看完之后，觉得唯一得过两次布克奖的柯慈果然名不虚传，功力深厚。印象最深的是，柯慈的小说布局就像出自一个深识幽暗人心之曲折无理的导游，他会以极富魅力的导览语言将人引入深巷，然后制造一场迷路，将你半途放下，直到你把原来紧握在手中的地图（或成见）撕成碎片为止……

　　这或许是南非小说家特有的敏锐，因为长期身处"种族隔离政策"社会的矛盾与冲突之中，练就出对"人性之残酷与尊严"的深刻同情与了解。《屈辱》一书中，五十二岁的文学教授大卫年近迟暮，离过两次婚，为了心中苦苦纠缠的一股"无法承受之轻"的浪漫余烬，与小他三十岁的女学生梅兰妮发生了不被允许的情爱纠葛，旋即失去大学教职，与原先建立在这个标签之下的一切来自他人，或来自自我的"认同"。接着，小说情节急转直下，大卫投靠女儿露西的农

· · · · · · · ·

1　大陆通译为库切（J. M. Coetzee, 1940— ）。
2　大陆通译为《耻》（*Disgrace*）。

庄期间，又亲眼目睹露西被暴徒集体侵辱却一筹莫展；更令人不寒而栗的是，事后，大卫渐渐悟解到，露西心中锥心的伤痛竟然不是来自那群暴徒，而是来自他的"介入与打扰"，因为，她早已从日常生活的经验与价值中引退，除了风雨中的宁静，这世间并无值得她把握之事。真正搅乱这一池清水的，竟是一再迷路还紧握手中地图不放的大卫自己……

这真是一个惊心动魄的小说架构。当然，我们一马当先的导游柯慈拥有的绝不只是胆量而已。

最难忘的小说场景
——与情人共枕的艾米莉

那个男人就躺在床上。

好长一段时间，我们站在那儿一动也不动，俯视着那深沉而没有血肉的露齿笑容。这尸体显然曾经一度以拥抱的姿态躺着，但那如今比爱情更持久，甚至征服了爱情之愁容的长眠……接着我们注意到，另一个枕头上有人头压陷的印痕。我们当中有一个人从上面拿起一些东西，我们欠身向前，那种薄而看不见的尘埃闻起来又干又辣，我们看见一束铁灰色的长发。

——福克纳《给艾米莉的玫瑰》

这是一个美国南方的恐怖故事杰作，艾米莉小姐高贵优雅，她交了一个要好的男友，但受到重大反对，她杀了情人，并把他保存在她的房间里，然后自我封闭了四十年。直到她去世，大家才目睹这一惨案，还有，艾米莉可能曾经长期与情人尸体共眠的可怕线索……

最难忘的小说人物

——夏先生

　　当我们这些小孩在早晨七点三十分半梦半醒中漫步上学时，就会遇见已经走了好几个小时的路，却仍然一派精神抖擞的夏先生；当我中午又累又饿地走回家时，又会与踩着热情有劲步伐前进的夏先生碰面；就连在晚上睡觉前望向窗外时，我都可能看见夏先生他那又高又瘦的朦胧身影在湖滨街上匆匆走过。

——徐四金《夏先生的故事》

　　夏先生就这么一年四季不分晴雨地在湖畔方圆六十公里之内走个不停，日出之前就已离家，直到月儿高挂天边才返回家去，过没多久，又带着他的背包，和一根细长的榛木手杖再次出门走个不停。夏先生不断逃避，走得很痛苦，但是在一个儿童的眼里，却误以为他"精神抖擞""热情有劲"。

辑三　结束——静止的时间

． ． ． ． ． ． ． ． ．

"时间突然静止了……时间就是在这个时候静止的。"

壹

温泉浴池

1 之后

1999 年的某个炎炎夏日午后 J 被他父亲从家里赶了出来。

J 两眼茫然，从八楼搭电梯到楼下，走出公寓大铁门。门外的小黄吊起眼珠子温柔地看了 J 一眼，好像在说："我陪你吧？" J 回报了一个谦虚的眼神，小黄伸出长长的舌头，摇摇尾巴（它的尾巴只有很可怜的一小截，像只兔子）。

那天下午，J 的母亲躺在客厅沙发上，一面吹大同电扇，一面收看电视上关于极地雪橇犬大赛的节目。J 和他的父亲在书房里继续完成一幅拼图，除了因为它比较贵，和比较神圣之外，更重要的是，它已经花了他老人家四个月的时间了。其实，J 也陪着父亲在这幅拼图旁边耗掉了一样久的时间，只是他觉得，这四个月对父亲来说是珍贵得多了，毕竟父亲已经七十几岁了。所以，J 始终安安静静坐在一旁，不随便说话，更不随便插手。

拼图被放在一张大会议桌的中间，大会议桌被放在书房的中间，而父亲的书房则是他的世界的中心。

这张拼图已经完成百分之九十九，剩下的空白处只有基督的头部了。J 不知道这是巧合还是刻意，他想，或多或少是有心如此吧？父亲留下这个画面中最重要的部分，主要是想把作品终于被完成的喜悦推到最高点。如果换作是自己肯定也会这样做的，J想。毕竟这是"基督"的最后晚餐啊! 人生有几个最后呢? 想到这儿，J的鸡皮疙瘩都浮上来了。J想要起身走出房间，因为他受不了那种重大时刻降临的现场。

时间突然静止了。

这天下午，J的父亲心中最伟大的作品即将完成的时候，也就是画面上的耶稣基督已经露出美丽的发丝，和坚定的下巴的那一刻，却突然出现了一个残酷的事实：剩下的最后一块拼图不见了!

时间就是在这个时候静止的。

原本期待喜悦的画面停格了，坐在大会议桌两旁的老父亲和J都不动了，只剩下各自的脑海里有许多微小的粒子在颤抖着。

桌上的拼图在基督的脸部有一个明显的缺口，缺口边上的弧线圈成一张丑陋的大嘴巴，好像是某个幸灾乐祸的一垒裁判正在用很夸张的肢体动作大喊一声："出局!"

父亲像一座恼羞成怒的石像压在对面的椅子上，J可以听到椅子的关节发出矿层崩裂前互相倾轧推撞的声音，那声音无情极了，好像一只红头发的狒狒在盛怒之下突然磨断了一排牙齿。

当父亲发现他最重要的作品竟然独缺一块而不能完成的时候，时间静止了，画面也停格了，只剩下两人的脑海里不停切换着许多简陋的想法。(不是你就是他,不可能凭空消失。找不回来了……)

J的心里快速闪过许多念头。他想,他是否该默默退出?(他受不了重大时刻降临的现场。)还是赶快装作很认真的样子趴到地上去仔细寻找一番?

就在J的心里惴惴不安的时候,父亲的椅子渐渐安静下来了。

J的心里松了一口气,这时,他忽然很想高歌一曲浦契尼的著名旋律《喔! 亲爱的爸爸》;可是他已经没有力气了,要不然他一定可以唱得很好的。

在椅子上沉默片刻之后,父亲好像变了一个人。他的头发变得灰白而没有半点光彩,他的表情冷漠,眼神透露出一个长期被劳役者的不满心情,好像一个精神苦闷的大厦管理员。

"你为什么不滚出去找工作,成天好吃懒做的在鬼混个什么东西?"

这句话迟到了一年多,现在终于出现了。

由于父亲的这句话实在说得太过中肯了,J只好从大会议桌旁站起来,准备回房间去换衣服、找工作。事情就是这样发生的,J被赶出家门了。世事难料不是吗? 当J的父亲发现他的拼图少了一块时,同时也察觉到家里竟然多出了一个人。

他按照父亲的话滚回房间,穿上白衬衫、黑色西装裤,套上一双黑袜子,准备出门去找工作。

J两眼茫然，从八楼搭电梯到楼下，大铁门外的小黄吊起眼珠子温柔地看了他一眼。

"休息是为了走更远的路。"这句话一定是很久以前一个被迫去找工作的人发明的。J想，找工作多困难啊（他并没有忘记自己拥有哲学硕士的学位），找间泡沫红茶店就容易多了。

J点了一杯大杯的珍珠奶茶（他坐在一群青少年之间，这让他觉得有些尴尬），事实上，它是那种加大分量的波霸奶茶，厚厚高高的玻璃杯好像是直接从果菜调理机上面拔下来，很有幽默感的容器，特别是对一个已经从军中退伍两年还没有工作的社会新鲜人来说。

J很满意地从厚厚的玻璃茶缸底下吸出几颗又黑又Q的珍珠。玻璃上冒出的小水珠看起来凉快极了，黑珍珠嚼起来甜滋滋。

"你好，可不可以耽误你一分钟的时间？"这个声音好像从鼻腔里发出来，咬字却很认真。"我是班长老。"一个长得有点像汤姆·克鲁斯的帅哥说。

握手。

握手的时候，J心里想：只耽误我一分钟啊？没关系，当然没关系，我有很多个一分钟哩！

J和班长老握手的时候，心中除了在想为什么这么年轻的大帅哥会是"班长"或"长老"之外，还感受到一股很强烈的自卑感。他们的年纪好像差不多嘛，为什么别人长得那样，而自己却只能长得这样？

"你好，我是路长老。"另外一个长得虽然没有那么帅，可是满脸的书卷气也足以让人开始反省的小帅哥说。

握手。

这两个人好像并没有坐下来耽误J一分钟的意思，于是J很有礼貌地从座位上站起来。他偷偷用眼睛瞄他们挂在胸前的一小块长方形压克力名牌，班长老，是班哲明长老吧……路长老，一定是路易士没错吧？

"你住在附近吗？"班长老说。

"对，我就住在附近。"我看起来像住在附近吧？J想。

"你住在西藏路吗？"路长老对道路真的很熟悉。

"对，对，我就住在西藏路。"J说。

"你们也住在附近吗？"J觉得自己应该说点话，以助这番谈话更顺利一点。

"我们住在淡水。"班长老说。

"淡水，嗯，你们住在中正路对不对？"J也很想扳回一城，于是就猜他们住在中正路，哪儿没有中正路呢？

"不是的，我们住在真理街。"路长老说。

J觉得非常惋惜，他们住在真理街，这应该很好猜的，可惜他猜错了，他很想请他们再给他一次机会猜点别的东西，可是气氛不太适合。

"请问你有宗教信仰吗？"班长老说。他说话的样子还是很像汤姆·克鲁斯，所以有一瞬间J觉得有点反应不过来。J的注意力还没开始集中。他觉得，一个长得像汤姆·克鲁斯的酷家伙在泡沫红茶店向你走过来的时候，你可能会期待他开口的第一句话是："别再让我看见你，滚吧！"或是"我保证，到时候你将会希望你从来不曾被生到这个世界上"之类的话才比较合理一点吧？

"我？我……我没有宗教信仰。"J说。

"我们想到你家里去，跟你和你的家人谈谈，因为我们的宗教带给我们的内心很大的喜悦，所以我们想要和你们分享我们的快乐。"路长老用他字正腔圆的鼻音对J提出一个很诚恳的请求，这样真挚而喜悦的声音，坦白说，J这一辈子也没听到过几次。路长老的表情是那么地和善，心地是那么样地柔软，有一秒钟的短暂瞬间，J的脑子突然变得一片空白（我们之前就知道了，J受不了那种重大时刻降临的现场），只剩下一群看似中暑的蜜蜂在那边飞来飞去而已。后来连蜜蜂也飞光了，J觉得非常无助。他心想，好，谈谈，谈谈吧，大家就来谈一谈，是该和我的家人，尤其是我父亲谈一谈，没事大热天的把儿子赶出去找工作，何必嘛？人生还有更重要的事啊，等父亲和班长老、路长老谈过之后就不一样了。

于是J把家里的地址抄在一张价目表的背后交给路长老，然后很诚恳地跟他们说，因为他跟人约好了要去面谈一个工作，为了拉近彼此之间的距离，J还用了"我要去interview a job"这样适当的句子。J说他谈完了，就会马上回家去加入他们。

J目送班长老和路长老的脚踏车离去，那是可以十八段变速的越野脚踏车。路长老带头，班长老紧随在后，他们两个都站起来用力骑着，很来劲的样子。要不是因为他们穿着雪白的衬衫和黑色西装裤（J自己也是穿着一模一样的白衬衫和黑裤子），J一定会以为自己遇见了荷兰或是法国的自行车国手了。

J走回到自己的座位旁坐下来，啜饮一口香甜浓郁的珍珠奶茶，QQ的珍珠填满了他的臼齿上凹凸不平的空隙。J的心情好极了，他有一股非常吉祥的预感。

就在沁凉的冷气吹拂下，J有点茫茫然陶醉了。他合上双眼，班长老和路长老在他的脑神经电路板上快速地往他家的方向赶去，宛若两丸彼此争先恐后的正、负电子。

想到父亲和班长老他们诚恳晤谈的严肃表情，J忍不住笑出了一点声音来，带有一丝丝黑珍珠甜味的。

2 给他一包苏打饼干

J一连陶醉了三个小时。

班长老他们走了之后，J就去书架上抱了一叠花花绿绿的杂志，准备把它们翻完之后就可以回家去了。

不知道为什么，J对班长老他们很有信心，觉得他们一定是上帝派来帮助自己的，或者，他们上一辈子就认识了。也许他们两个上辈子是在某个说书的茶馆里卖青箭口香糖的，而J呢？J可能是那个经常买口香糖还给小费的客官，所以，这辈子他们又找到了J，准备在他有难的时候助他一臂之力。

过了很久，等到J把那些杂志全部翻完了，桌上那一大缸珍珠奶茶也终于干光了的时候，天色也渐渐暗了下来。

J从泡沫红茶店走出来，准备回家重温天伦之乐。他的心情好极了，甚至还留了七十块钱的小费给服务生，为他的下一辈子积点阴德。

踏着非常轻快的步伐，J走在回家的路上，嘴上哼着一首叫作《征服》的歌："就这样被你征服……我的心情是坚固，我的爱恨已入土……"J心想，等会儿回到家里，一切又会奇迹似的回复到他离家前的恬静模样。好像《圣经》上也有类似的故事不是吗？老爸爸和老妈妈最后都会敞开双手迎接他们之前找不到工作的小儿子，然后从此过着幸福快乐的日子。写得挺好。

回到家门口的时候，J真的是有一点被吓到了。

那不是班长老和路长老的越野变速脚踏车吗？

J忍着饥肠辘辘，又绕到别的地方闲晃了半个多小时。他走进一间便利商店吹冷气，翻翻装潢杂志，吃了三颗茶叶蛋、一根布丁冰棒、两个火箭甜筒和一个鸡肉包子，还买了一包甜话梅吃了几颗，剩下的揣在裤袋里。

班长老他们已经走了吧？J心想。

快到家的时候，J的心情竟然酸酸地紧张了起来，好像正在跟踪一个邻家女孩的感觉。他倚着外墙底下的排水沟向前推进，到了公寓大门口的那一排正面之前，他倚在墙角，慢慢探出龟缩的脑袋……

班长老和路长老的脚踏车还是纹风不动地粘在大门上。

小黄走过来了，它发现J鬼鬼祟祟的模样，就拖着肥重的身躯迎上前来，粗短的一小截尾巴怀疑地游到左，又游到右。

这下J投降了，他从口袋里掏出钥匙，开门，走进电梯口J心想，这下子就算班长老叫他站到浴室的莲蓬头底下立刻受洗他也只好欣然同意了。

从电梯门走出来，J发现家门口的铁门是开着的，看起来有点不太寻常。班长老他们的黑皮鞋也没有放在鞋柜前面，莫非传教士是不脱鞋的？

J脱下黑皮鞋，换上室内拖鞋走进客厅。母亲不在客厅的沙发上，饭桌上也没有热腾腾的晚餐，只有大同电扇还不死心地转动着。

J心虚地向前走去，他实在猜不出这到底是怎么回事。

J的背脊凉飕飕的，他不自觉地踮着脚走向书房，然后贴近墙面慢慢探出龟缩的脑袋……

一片狼藉还不足以形容父亲的书房。

"妈。"J的眼角泛着泪光朝蹲在角落的母亲肥短的背影低唤一声。

母亲似在发抖，她必须先把自己圆胖的上半身扛起来，然后架在两根细细的大腿上，才能转过身来。

J心里第一个意念就是想要人间蒸发。他受不了这种重大事件降临的现场。

母亲泪水盈眶的眼神他永远也忘不了。

书房等于是被狠狠捣毁了。

一整排书橱，包括铝门窗户的玻璃全部被父亲用铁椅子砸碎了，所有的书籍（精制的、平装的、老相簿、结婚证书、食谱、《圣经》……）都被摞倒在地上，桌椅东倒西歪，破裂变形，在其间还散落了一地的"基督最后晚餐"那一千九百九十九片拼图残片、一个碎掉的白瓷盘和好几大块黄油油的哈密瓜。

母亲像一个迷路的小孩噙着泪水，满眼通红，她的嘴巴抿得紧紧的，还在抽动着，手上刚捡起一片弯月形的瓷盘破片，和一片被她无心踩扁的哈密瓜。然后，她撑开嘴巴，两片紫色的嘴唇牵动了一条口水丝：

"我被关了四十多年了……"母亲的声音还颤抖的。

这是J这一生至今听过最令他心碎的话了，他不知道该如何接下去。

"妈，你的头发乱了。"J说。

母亲无助地看着自己手上的哈密瓜和破盘子。她的手臂又短又胖，看起来一点都不灵活。

J带母亲去浴室洗脸，母亲乖乖地站在洗手台前。水龙头哗哗地响，J先帮母亲洗手，冲掉她手上黏乎乎的哈密瓜屑。有一瞬间，J 突然觉得很想笑，他觉得母亲好像一个幼稚园里的孩子被老师抓到厕所去强迫洗手。当然，他并没有笑出来，他知道家里发生不幸的事了，这种时刻是没有人会笑的。

"不要告诉你大哥、大姊和二姊……"J 帮母亲梳头的时候，母亲坐在客厅的沙发上，口中不断重复念念有词地说着同一句话，J 有点想哭了。母亲的举止好像 J 小时候在外面惹祸时向外人哀求的模样。"不要告诉我爸爸。""不要告诉我妈妈……我妈妈会告诉我爸爸……"这种话，J 小时候说过不少次了，用一种生不如死的乞怜口吻。

母亲告诉他了，今天下午他出去找工作之后，父亲就在书房不安地踱步着，口中念念有词，偶尔还像说书人那样流畅地说出一长串抑扬顿挫、古意盎然的词句，叫人害怕极了。这样的情形大约持续了一个小时，忽然间，父亲便失控抓狂了。他抄起一把铁椅子折叠起来，然后把所有玻璃窗户和橱子全砸了，接着又徒手把所有桌上的、橱子里的东西全部揪出来翻倒在地。

"不要告诉你大哥、大姊和二姊……他们在海外也很困难……"母亲的声音依然惊魂未定地发抖着。

"后来呢？"J 忽然觉得自己像是一个正在追问床头结局的小男孩。

"后来就有人来按门铃了，我以为是邻居去报警了，赶快去开门，来了两个外国人，看起来干干净净的，好像是

171

当官的……"母亲告诉了他，而两个外国人说的话她都不太记得了，只记得他们叫了救护车，车上的人把父亲背走了，说是送到市立医院去了。

"那两个外国人呢？"J问母亲。

"也跟救护车一起去了。"母亲说。她说救护车走的时候鸣声很吓人，她跑去客厅把电视机关了，然后坐在沙发上，不知道坐了多久才敢进书房里去打扫，然后，J就回来了。

J要母亲留在家中，由他独自前往医院去找父亲。

母亲没有反对的意思，她匆忙转身到厨房用一个小塑胶袋装了一包苏打饼干交给J带去医院。"你爸还没吃晚饭。"母亲说。

母亲的眼球发红，上面一层泪水。

J很想笑，也很想哭，这种奇怪的感觉在他的心里激起了一股很难形容的情绪，比较接近绝望、冷静、麻木、厌世等等感受汇聚在一起，最后，很奇怪地生出了一份轻盈的勇气来。

母亲很显然地手足无措了，她不知道该准备什么东西才好，她不知道对一个失去理智的老头而言什么东西会是有帮助的。（他们家也从来没有人被救护车载走过。）J也不知道，他只知道那不会是一包又干又硬的苏打饼干。

3 急诊室

J又搭电梯到楼下，班长老和路长老的脚踏车还在

172

原地。

　　J蹲下来摸摸小黄的眉骨，他觉得小黄从来不曾像今天这么好看过。他从塑胶袋里取出那包苏打饼干，扯破包装袋，然后全部倒在墙角的一只泡面碗里。

　　"吃吧，小黄。"J拿起一片饼干放在小黄的鼻子前面，小黄受宠若惊地轻轻张开嘴，叼住那片硬邦邦的饼干，然后回到墙角的碗边趴下来。油黄色的碎屑掉落在它脚边。

　　J拦了一辆计程车。

　　车窗外的风景真好。

　　这样的感觉很少出现，每当这个城市变得美丽起来的时候，那必定是有不幸的事情发生在自己身上了，J想。他意外发现自己的心情好极了，于是便和前座的年轻司机聊起来了。

　　"我老婆要生了，刚刚我丈母娘打手机来的时候，我他妈的正骑在一个小马子身上呢! 有够衰的，哈哈哈……"J咧嘴大笑。

　　"结婚之后，小孩子就变成最重要的了。"计程车司机说，"去年除夕我载到一个在赚的，她刚刚和妍头在路边大吵一架，上了我的车，车子从林森北路刚变到南京东路而已哦，她就问我要不要去她家……"

　　"你怎么说? "J显得很感兴趣。

　　"去啊，不然怎么办? 人家女孩子都敢开口了，我还不敢去啊! "年轻的计程车司机瞄了后照镜一眼，确定J很认真在听之后，才满意地继续往下说，"我说真的，以她的条件和行情来讲，我那天晚上至少赚了两万块，那个身材真是没话讲，皮肤又滑又紧的跟一条海豚似的……"

两人在后照镜里相视大笑。

这一段路程的聊天非常愉快，短暂而完美，J已经忘了他是来陪老婆生小孩的，甚至，他已经忘了他是来急诊室寻找父亲，以至于当他在急诊室的廊前下车之后，脑袋里出现了很短暂的一片空白。

他无意识般走到一排粉蓝色的塑胶椅上坐下来。

急诊室里光线昏暗，安安静静，除了一位柜台护士小姐和一个满眼惺忪的警卫之外，就只有一格格的床位了。那些排列得整齐的病床有的用浅绿色的窗帘布密密地围上了，父亲或许就躺在某一格用布幔遮起来的床位上吧，J想。

J并没有立刻开始寻找父亲。他不知道该如何走到其中一架布幔旁边，走进去，告诉父亲他来了。他两手空空，连一包苏打饼干都没有带。

J开始回想这天下午的事情。

这天下午，母亲躺在客厅的沙发上看电视，电视机的方格里是一幕受苦的画面，一大串极地雪橇犬在冰天雪地里卖命着，阵阵寒意袭来，暑气全消，母亲昏昏入睡，鼾声渐起。J和父亲在大会议桌旁拼图，那是一幅"基督最后晚餐"的大拼图，难度很高，共有两千片。桌上除了拼图，还有一大盘削好的哈密瓜，那是母亲削好端进来的。日光灯打在大桌上，"基督最后晚餐"即将完成了，只缺一个巴掌大的空白，看起来圣洁而伟大。

父亲常说，做人最重要的是要有一张好桌子，因为人的一生都耗在桌子上。对于一个一辈子都在开会办公的公务员来说，这句话大概是不错的。父亲的书桌是个六尺长三尺宽的会议桌。（他在办公室的桌子则是小得可怜的，小时候曾经去父亲工作的地方学游泳，所以看过那张漆成灰色的木桌，小小的桌面堆满公文，剩下的地方又摆了台灯、笔筒、印泥台、算盘、白瓷茶杯、英文字典、地球仪和一盆国兰。他要如何打开那些卷宗呢？）父亲的书房则活像会议室，四面都是一人高的大铁柜，从玻璃窗看进去，一排排密密麻麻的各色档案夹乖乖站好，除了重要文件之外，里面不过是关于食谱、旅游或健身的剪报，以及收了一辈子的照片及红白帖。

大铁柜上方本来只有一张圣母与圣子的西洋画片，没有贴在墙上，而是直接倚墙站在柜子上的，连个框也没有。自从父亲迷上拼图之后，那些完成的作品就以圣母玛利亚为中心，陆续向两旁延伸，现在已经连成一长排了。莫内的莲花、梵谷的星空、宫廷式的花园、夕阳下的情侣、米老鼠的派对、美国大峡谷，三百多片的、五百多片的、一千片的、一千五百片的……那些花花绿绿的拼图到处冒出来，大大冲淡了这个房间内原来因为圣母玛利亚的画像所产生的一丝神圣气氛。这大概是父亲不曾料想到的吧？J想，无所谓，反正父亲也不是什么虔诚的教徒，虽然他也有一本精装本的《圣经》，但没有人知道它是从哪儿来的，只知道它一直就站在一套中华食谱大系旁边，看起来还很新，很有价值。

父亲的书房的确像是一间会议室，他还准备了好些张折叠式的铁椅子，万一真的要开会的话，随时可以拉开来加在大会议桌两旁。

谁他妈的来开会呢？J 想。

早些年，J 偶尔会走进这间会议室找把剪刀什么的，每当无心中瞥见这些整齐堆放在墙角的折叠椅时，心中还会感到莫名的恐怖。

多么整齐干净的一间会议室啊，干净得令 J 觉得自己只是一颗在家里滚动不已的大灰尘。屋顶上的日光灯管也是经过计算的，坐在会议桌旁看报纸可以不必用到台灯，整个房间沐浴在干净明亮的光线里，没有任何的装饰，除了大铁柜上那张老旧褪色的圣母像。当时，父亲还没迷上拼图，J 看着那些折叠椅，和高高在上的画片，心想，一旦这些椅子被人打开来摆在会议桌两旁的时候，一定是因为某人即将去世了。

后来，有一天，父亲从百货公司带回了一盒"基督最后晚餐"的拼图，他的心情好极了，因为，当这幅两千片的大拼图完成之后，即将成为会议室里最大的一幅，然后再小心地用一块原纸板托住，拿去裱画店装框，最后摆到大铁柜上靠墙立着，取代原先黯淡无光的圣母像，届时，父亲的拼图大业就算完成了。

父亲一连花了四个月的时间在这幅拼图上。"基督最后晚餐"即将完成的那天下午，母亲躺在沙发上打鼾，客厅里的电视机继续传来雪橇犬在冰天雪地死命奔跑的声音，这个家沐浴在一种少有的、虔诚的气息之中。父亲从白瓷盘里抓了一大块哈密瓜吃了一口又放回去，然后，他用小毛巾擦了擦手，确定手指头擦干净，才挑起一小块拼图块，在那仅存的巴掌大的空白处上方比了又比，转了又转，终于找到了它可以安身立命的位置，才小心翼翼地把那不规则形的小纸块按进一个缺口，然后叹了一口气，伸手抓起另一块哈密瓜，咬了一口又放回去。

现在，盘子里一共有两块被咬了一口的哈密瓜。坐在对面的 J 想，父亲再这样吃下去，他就甭吃了。于是 J 赶快也拿了一大块哈密瓜整片塞进嘴里，好大的一块，吃得 J 好辛苦，吃完之后，J 不由得也为自己的辛苦而叹了一口气。这时，父亲又擦完手，捡起另一块拼图了，他像一个本因坊十段围棋大国手那样用食指和中指夹着一小块厚纸片，准备把它放在唯一不二的那个准确位置上……

在父亲寻找下一块拼图的正确位置时，J 默默走出会议室去小便。

发明拼图游戏的人应该得到诺贝尔奖才对，J 站在马桶前想。这就是拼图的好处，渐入佳境，苦尽甘来，每完成一片，就解脱一次，这是多么伟大的事情，这个世界有多少人因为拼图而获救啊！内心由衷的赞叹令 J 不由得浑身颤抖起来。想想看，一个人庸庸碌碌地在工作与生活琐碎中消耗着，一生中没有半次灵光乍现的圣宠时刻，没有一段令人刮目相看的激昂演说，也没有创作出半件美丽的事物，直到他发现了拼图，一切都不再平凡无奇了。譬如父亲吧，专注在拼好一幅荷兰风车的时候，他是一个坚毅不拔的工匠；当他埋首于一幅纽约市的夜景时，内心又踌躇满志宛如一个行政院长；然后，当那幅"基督最后晚餐"即将完成，父亲脸上的光彩竟不亚于一个枢机主教。

突然的一阵电力减弱，急诊室的所有灯光都暗了下来，在即将陷入一片漆黑之前，电力又恢复正常了，急诊室内也回到了原来暗沉无力的样子。站在入口处的警卫基于职业的警觉立刻转身过来，柜台后面的值班护士也抬起头来，他们两人的眼睛不约而同看向 J，J 也抬起头来，三人面面相觑了几秒钟，好像同时发现一颗悬浮饲料的三只热带鱼彼此注视着。

电力回复正常之后，值班护士首先低下头来，她的表情似乎因为刚刚注视着一个陌生的年轻人而有些羞愧。警卫也转身回去面对急诊室的自动门，他的身影映照在大片玻璃上，这个位置好极了，可以看见他背后的急诊室内部，也可以望见门外的风吹草动。

没有救护车的鸣声，没有车祸伤患的哀嚎声，也没有点滴瓶里的黄色药水往下滴淌的声音，J忽然觉得医院的急诊室是一个消暑的好地方。

J从塑胶椅上站起来伸伸懒腰，走向那些整齐排列的床位。有些床位是空的，其他的床位则是被浅绿色的窗帘包围起来，连一丝可以窥视的缝隙都没有。J算了一下，可能找到父亲的床位一共有五个。他没有伸出手指头去掀开那些厚厚的布幔，也许是因为他并不想破坏这份宁静而凉爽的感受。

站在其中一个可能躺着父亲的病床前面，J突然觉得自己是自由而愉快的，急诊室里是如此地稳重而平和，像是机场里的高级候机室，有舒适的空调、冰开水和陌生人的陪伴，所有的人都可在此暂停下来而不会觉得心中有一股无所事事的浮躁感。

J觉得自己需要一点点时间，在他找到父亲之前先干点别的事情。他往玻璃自动门走去，通道非常宽敞，警卫从玻璃门上的倒影看见他走过来时，也没有必要让出一个通行的位置。

急诊室门口是一个面向两旁延伸而去的车道，没有救护车开来，没有前来探视的家属，路灯明亮，医院周围静得出奇，只有马路对面的水果摊子透出街道的气息，J看到那些比拳头还大的韩国水梨和日本苹果，心想那些高级水果都卖给谁。走下斜坡车道，J往医院左边的角落走去，那里有一个不大不小的造景庭园，往棕榈树的枝叶缝隙望去，背后好像有一个小水池，那种会有一两只锦鲤、七八只吴郭鱼和一大群大肚鱼的破水池。

水池旁的石凳上有两个人在说话，正是班长老跟路长老。J发现他们的第一个念头是：父亲果然就在这间医院的急诊室，现正躺在布幔后面的某一张白色病床上。然后，他才想起下午故意放人家鸽子的事来。

J觉得自己应该走过去向他们致谢，或者致歉。

"这也是没有想到会出现的事情。"班长老说。

"快点喝一喝吧，回去的路还很遥远。"路长老说。

J感到非常意外，没想到班长老和路长老两人私底下竟然用中文交谈。他们两人面对水池坐着，并没有察觉J已经走到他们背后了。

J决定放弃和那两位长老打招呼了，主要是他并不想破坏眼前的这个画面。

班长老和路长老两人正在喝鲜奶，一人一大盒握在手上，1000cc的那种高高的纸盒子，上面各插着一支吸管。他们一边喝，一边吃苏打饼干，饼干盒子在他们之间传过来，又传过去。

J从来没有看人用吸管喝1000cc装的纸盒鲜奶，这种景象有一种熟悉的陌生感，令他却步，好像是有什么不寻常的事情发生了，而且是不应该被打扰的那种大事情。

J退回急诊室门口的斜坡上远远地看着班长老和路长老。他们又交谈了一会儿，然后起身，往医院大门走去。

经过一个白铁垃圾筒时，路长老把他们喝过的鲜奶纸盒和那包拆开的苏打饼干一起塞进垃圾筒里去。

J望着班长老和路长老的背影消失在一排七里香后面。

J眨了眨眼。

他从斜坡走道上走下来，穿过刚刚的鱼池和棕榈树，继续向前走，走在班长老和路长老刚刚走过的水泥小径上，四周弥漫着七里香散发出来的甜美气息，它们的叶子刚刚被医院里的人修剪过，空气中还有那种细枝被剪断后分泌出的乳汁味，酸酸的。

J在那个白铁的垃圾筒旁边停下脚步。

他看看前面，再转头看看后面，确定没有人盯着他之后，才把手伸进那个长条形的垃圾投入口，将路长老刚刚丢进去的塑胶袋拉出来。

两盒1000cc的鲜奶，已经喝得一滴不剩了，吸管还插在上头。

那盒苏打饼干果然还有半包，J掀开纸盒的开口，拉开内包装的铝箔，干干硬硬的四角形饼干露了出来，形状还很完整，没有破碎。

J挖出一片苏打，放到鼻子前面嗅了嗅，油油的、亮亮的。

饼干果然没有吃完，J心想。他把手上的苏打饼干扔入塑胶袋重新塞进垃圾筒里，然后往急诊室的方向走回去。他并不需要苏打饼干。

他只是想确定一下而已。

4 幸福的电视

J回到急诊室的塑胶椅上坐下来，他只走出去一下而已，一切都没有什么改变。

一个年轻的值班护士小姐，一个看起来大约三十五岁左右的值班警卫，还有J自己。

J从来没有走进急诊室过，要不是因为父亲忽然莫名其妙被送到这儿来，J也一直没有机会走进这个让他感觉既陌生又熟悉，既危险又安全的所在。

1999年，号称是世界末日即将来临的那一年的某个夏日午后，J被父亲从家里赶了出来。

那天下午，天气颇热，吃完中饭之后，身材短胖的母亲照例躺在电视机前的黑色皮沙发上，打开电扇对着自己，然后按遥控器打开电视，准备午睡。

这时，坐在急诊室里的J不知为何开始怀念母亲和她的电视机来，虽然，他并没有忘记前来找父亲回家，况且，此刻母亲一定还心急地在家里等他们回家呢。

好像着迷似的，J想起了电视机的好处来，或许是因为急诊室里有些太静了，需要一台电视机来为它补上一层底色吧。

于是J就想到电视机对人类（至少对他们家）的重要性。

如果没有电视机（J想起他很小的时候），大家就只能在晚餐过后跑到土地公庙前，然后一面打蚊子，一面看一个可怜的中年光头用大脑袋把一支长钉子撞进一片厚厚的木板里面，接下来，光头会把木板传给现场的每一个人（包括小孩，很有人情味吧），让大家试试看能否把钉子给拔出来。当然，现场没有一个能够徒手把钉子拔出来；大家一一试了，一一摇头（小朋友们会伸出舌头来），然后，有几个大人掏钱买了三罐"纯阳行气宝"（不会只买一罐的，买三送一，你买是不买？），再牵起他们小孩的手，在月色底下踏着愉快而充实的步伐回家。一路上，这几个买了药的欧志桑身体都轻飘飘的，想到妻子即将对自己更加顺从与尊敬，脸上不禁露出了神秘的笑容。

当然，这三罐药吃不到一罐就会被塞进某个抽屉的角落里，用来装药的塑胶袋都还是原来的那一个，然后，灰心的欧志桑绝对不会埋怨那个卖药的光头，他们会低下头来走路，怪自己的身体实在太不好了。（至少，他们吃的第一罐可是免费的啊！）

然而，J想，电视机的功能当然不仅止于娱乐而已。

就像这个J被父亲赶出家门的下午，母亲扭开电扇，心满意足地躺在皮沙发上，然后把电视机转到国家地理频道。画面上是一群倒霉的极地雪橇犬正在奋力向前冲去的景象，一群爱斯基摩犬使尽了吃奶的力气在零下的气温里拖一个看起来很享受的老外，一条条白色的冷雾从狗的嘴巴里喷出来，天寒地冻，有几只狗的脚掌被雪地里突出来的利冰给割破了，草原上留下了红色的足迹。可怜啊，这群刻苦耐劳的雪橇犬即使跑到脱肛了也不会退缩，任何一个像母亲那样的胖子只要盯着画面一分钟，就会感到不寒而栗，觉得应该把电扇转小一点。电视节目有时候比冷气机还管用。

电视机更妙的好处是：一个家庭里面只要有一个人在看电视就可以让所有的人心满意足了。

就像这天下午，母亲躺在客厅的沙发上，电视机的方格里传来一幅受苦受难的画面，一大串极地雪橇犬在冰天雪地里卖命着，一阵凉意袭来，母亲昏昏欲睡。鼾声渐起。

J和父亲在大会议桌旁拼图，那是一幅"基督最后晚餐"的大拼图，难度很高，共有两千片。这幅作品即将完成了，只缺一个巴掌大的空白，看起来圣洁而伟大。父亲用小毛巾擦擦手，捡出一块小拼图，在那空白处的上方比了又比，转了又转，终于找到了它可以安身立命的位置……这时，J突然很想上厕所，他受不了那种重大时刻降临的现场。

从厕所走出来，J听见客厅里的电风扇还哇啦哇啦地转着，他走上前去，发现母亲已经熟睡了，手上还握着遥控器。

电视画面上，一大群灰的白的黑的雪橇犬刚刚抵达一处雪地里的休息站，那个原先站在雪橇上的白人生起一堆营火还热了一大桶的狗食。他把食物分给那些脸上沾满风雪的好狗儿，帮它们在冻伤的脚掌涂抹特制的油膏。天色黑中带蓝，火光照亮了它们的半边身躯，在无垠的雪原上，这群努力奔跑了一整天的驯良狗儿缩成一小丸，像是一窝快要死掉的天竺鼠画面上，寒风刺骨飕飕地吹着，凡努力的必得到安息，咻咻的风声中还夹杂了一非常得体的、起伏规律的低音，声音的来源是母亲的鼻孔。

这就是J如此热爱电视机的原因，更棒的是，一个家庭里面只要有一个人在看电视就可以让所有的人心满意足了。

于是，在电视机前的小茶几旁坐了一会儿，享受了一段宁静祥和的气氛之后，J又起身走进父亲的书房，参与他那即将完成的、令人肃然起敬的拼图工程"基督最后晚餐"。

大会议桌上，拼图的空白只剩下巴掌大了，父亲的老花眼镜背后透出一股坚定的目光，短而稀疏的白发一根根竖立紧绷着。

J本来想再吃一块哈密瓜的，可是因为这时候的气氛过于庄严肃穆，所以，他没敢伸手，更没敢插嘴讲半句话，他知道，这个时刻对父亲来说可是意义非凡啊！（拼图已经完成百分之九十九了，剩下来的空白处只有基督的头部了。）

J知道，这是父亲这辈子唯一一件大幅作品了，现在，作品即将完成了，父亲心中的虔敬之心也在此刻达到了顶点。J看见父亲的手指几乎要颤抖起来了，他从仅剩的几块拼图中又挑出一小片来，仿佛一个正在领圣餐的老人那样恭敬谦卑。J心想，如果他自己是上帝的话，说什么也会为父亲在天堂里预留一个贵宾席。

然后父亲赫然发现少了最后一块拼图，于是他（还有J）

在最后一秒的时候被挡在天堂的入口处，像是一对遗失了电影票的父子在戏院的门口面面相觑。

"你为什么不出去找工作，成天好吃懒做的在鬼混个什么东西？"

当父亲发现他的拼图少了一块时，同时也察觉到家里竟然多出一个人。

J从会议桌旁边站起来，（他该鞠个躬再离开吗？）轻轻地将椅子靠进去，（可不可以再吃一块哈密瓜？）转身走出会议室。（神爱世人，所以派祂的小儿子去找工作？）

现在回想起来，J当时内心充满了流浪之前的感伤。（这么大一张桌子怎么就容不下自己呢？就算基督和祂的门徒再来举办一次最后的晚餐也还坐得下啊！况且，这大热天的，上哪儿找工作啊？经济这么不景气，把工作机会让给别人不好吗？人家可是有老婆孩子要养的，我去跟别人争个屁啊！）

J怀着一半悲悯人、一半恼羞成怒的心情滚回房间，从衣橱里拿出黑色西装裤，再挑了一件最干净的白衬衫换上，套上一双黑袜子，准备出门去找工作。

客厅里的电视机还开着，画面上，那群雪橇犬已经抵达终点了，大风雪像保丽龙屑一般沾在它们的脸上，原本出发时一共有十二只狗串在一起，抵达目的地时只剩下八只了。狗儿的主人热情地抚摸着那群白的黑的灰的伴侣，特写的镜头放在狗儿的脸部，睫毛上的雪滓子让它们看起来更加坚忍不拔，雪白的大地下泛起一层荣耀的光泽……（少掉的那四只狗儿现在何处? 它们受伤了吗? 或者更糟, 残废了吗? 如果真的是残废了, 那么以后会不会不容易找到工作啊?)

母亲在电视机前的皮沙发上熟睡着, 父亲还在会议室里为他缺角的神圣而挣扎着, 而 J 呢? J 必须开始出家门开始找工作了。(拼图不是一种很有意义的工作吗?)

J 走出家门, 楼下的小黄朝他摇摇尾巴, 它的尾巴只有可怜的一小截, 像只兔子, J 点点头, 直接朝附近的一家泡沫红茶店走去。

那种加大的波霸奶茶, 圆圆高高的玻璃杯好像是直接从大同果汁机上面拔下来的, 很有幽默感的分量, 特别对一个被赶出家门去找工作的社会新鲜人来说。

J 从那个很有人情味的大茶缸底下吸几颗香 Q 有弹性的黑珍珠上来嚼一下。(那支吸管也是特大号的, 是否服务生在暗示自己可以去应征水管工人?) 啊, 凉快, 珍珠好多啊!(如果工作也这么多就好了啊!) 接下来, J 到书报架上拿了一份报纸开始翻阅……

哥伦比亚咖啡涨价了。(大家多喝珍珠奶茶吧。)

全台罹患忧郁症的人口有逐年增加的趋势。(忧郁症是什么?)

屏东发现罕见种猪, 产精量大得骇人。(骇人, 骇人!)

大难不死, 一骑士从太鲁阁山崖摔下仅受轻伤。(不死, 不死……)

全台著名企业征打拼伙伴，具旺盛企图心，认真负责，反应敏捷，有组织战概念，且能听英语。（雪橇犬？）

急诊室里要是有一台电视机就好了，J想。此刻，J坐在冰凉的塑胶椅上，觉得自己似乎变成母亲了，那个躺在电视机前打鼾的母亲，几个小时前还沉沉熟睡的母亲，现在可能在家里收拾着残败的玻璃碎片，心急地等着J将父亲从医院领回家。

J忽然想起了幸福。

幸福是打鼾的声音，缓缓起伏如丘陵。

幸福是那个途经杧果树的下午，父亲骑脚踏车载着J，不知为了何事赶往何方，半路上，父亲被一棵结实累累的杧果树吸引停下脚踏车，树上成千成百的杧果绿皮泛黄，秀色可餐。父亲说："这树没有人的吧？"J点点头，那年他才十岁，不知怎么就判断那树不属于任何人的。父亲将脚踏车立在树下，先站到车后架上（J努力地把车扶稳，不使动摇），再扳住一根手臂粗的枝条，奋力猴上树去，开始扭下一颗颗油亮的土杧果。

父亲在树上摘，J在树下接，接住一颗颗杧果就集中在树下的一颗大石头上，有蜻蜓飞过来沾在杧果皮上，他还得分心用手去赶。

又甜又重的杧果在更远的地方，父亲又往上攀，上半身没入密麻的枝叶里，只露出两只宽大的裤管像一双空洞的眼睛。

"爸，你下来吧！"J抬头说。

"等一下。"杧果好油，父亲手脚麻利，杧果像雨点一般下下来，J应接不暇，手忙脚乱……

"小心接好了，别砸了！"父亲说。

"好，我知道了。"J满头大汗，抬着下巴张大了嘴回答父亲。父亲从树条间探出头来看看丰收的成果，一颗额头上的大汗珠从眉心上滴下来，正好滴进了J傻不愣登的大嘴巴里。

那滋味咸咸的，混合了浓浓的杧果香气。

父亲终于从树上下来了，他不知道自己刚才的一颗汗珠滴到了J的嘴巴里。

"走吧，别贪得无厌了。"父亲说。

车后架用来载杧果了，J和父亲于是牵着脚踏车走回来，父亲说："你妈妈一定会很高兴的。"

童年的J笑了，他想，母亲一定会称赞他的。

5 进去吧

J从塑胶椅上站起来，双手在脸上抹了几下，然后走到其中一个被浅绿色布幔围起来的病床旁。

值班的护士抬起下巴看了J一眼，然后端起桌上的白瓷杯来假装喝茶。

J用食指将窗帘布的边缘掀开一角。

不是父亲。

床上躺着一个干瘪的老太婆，满头花发。她的身体自脖子以下都被浅绿色的床单包裹起来，像一具正在吊点滴的木乃伊。

J收手，倒抽一口冷气。

父亲不见了。

J把剩下的四个病床也都看过了，一个双腿打了石膏的工人，一个坐在病床边发呆的老头，还有一个满脸淤青的小孩肿着厚厚的嘴唇睡着了。

最后一个床位是空的，床上的被单像片烂掉的空心菜的叶子垂在床边。

J走出急诊室外找公共电话。

"爸爸不见了。"J说。

"爸爸已经到家了。"母亲说。她的声音听起来非常彷徨无助。

"到家了？"J问母亲。

"他刚刚自己走回来的。"母亲终于压抑不住笑出一点声音来，那声音从鼻腔里溜出来，经过电话筒钻进J的脑海里，比抽泣声还要令人心碎。

J挂回电话筒，脑中一片嗡嗡声。

父亲已经自己走回家了，这个家会回复到以前的平静无波，还是从此鸡犬不宁？

母亲现在正在家里的某个角落发着抖吗？

J不敢多想。他多么希望时光能够倒回几个小时以前就好了；他和父亲坐在大会议桌的两旁，父亲专注在那幅"基督最后晚餐"的拼图上，画面上基督的脸部已经露出美丽的发丝和坚定的下巴了。此后，欢喜收割的时刻到了，父亲用食指和中指夹起最后一块拼图，像个本因坊的围棋大国手那样将拼图按进最后的空格里，即刻胜出。

J想到自己不是接老父亲回家的吗？现在，被送到急诊室里的父亲自己走回家了。原以为急诊室是一个层层关卡的铜墙铁壁，没想到却是一个最来去自如的冷气房。急诊室里的值班护士和警卫并不在意走出去一个恍恍惚惚的老父亲，或是走进来一个畏畏缩缩的J。

J两手空空地来，现在，又要两手空空回去了。

J想起了出门前母亲交给他带来的一包苏打饼干。

那包苏打饼干现在全都进了小黄的肚子里去了吧？

J感到莫名的慌张。他走出急诊室，四顾茫茫。走下斜坡车道，J眨了眨眼继续朝水池的方向走，走在班长老和路长老刚刚走过的水泥小径上，四周弥漫着七里香散发出来的甜美气息，它们的叶子刚刚被医院里的人修剪过，空气中还有那种细枝被剪断后分泌出的乳汁味，酸酸的。

J在那个白铁的垃圾筒边停下脚步。

他看看前面，再转头看看后面，确定没有人盯着他之后，才把手伸进那个长条形的垃圾投入口，将路长老刚刚丢进去的塑胶袋拉出来。

两盒 1000cc 的鲜奶，已经喝得一滴不剩了，吸管还插在上头。

那盒苏打饼干露了出来，形状还很完整，没有破碎。

J 把盒内的铝箔包抽出来，折好开口，将剩下的半包苏打饼干塞进长裤口袋里。

出门前，母亲交给他一整包苏打饼干，现在只剩下半包了。

医院外一片昏昏暗暗，卖水果的熄灯休息了，白天坐的红色塑胶高椅子也已经倒扣在摊位上了。

J 本来就向着街灯和来往的车子打出的灯光信步走回家去，可是他想起了母亲刚才在电话里含着泪水的声音，他知道自己非得赶紧回家里去陪母亲不可了。

走过两个红绿灯，J 拦了一辆计程车。

J 觉得车窗外夜凉如水，这城市美丽极了，如果时光能够再倒回去一点点就好了……

司机是个白白胖胖的老先生，头发稀疏但非常整齐，J 觉得他看起来更像是自己服役期遇到的那种老医官，于是更想找点话来说说。

J 说了他当兵时搭乘军舰到外岛，却在基隆外海撞船差点命丧九泉的故事。当时突然觉得船身被猛撞了一下，世上有什么东西力量这么大？阿兵哥们一个个躺在上中下三层的吊床上，有的人还被巨大的撞击力震得翻了一面，好像煎锅里的虱目鱼肚似的。好快啊。一股呛鼻的柴油味立刻涌

192

进船舱里来了，值夜班的海军弟兄在走道外鬼哭神嚎般惊叫起来，才知道真出事了。

可怕啊，船舱里热，好多弟兄都只穿着一条内裤而已，听到有人喊船要沉了，全都瞪大了眼睛面面相觑，好像一笼待宰的田鼠。有人带头往外冲，想要冲上甲板去离海面远一点，冲到了走道上，也搞不清楚哪儿通往上层，人已经比海水先涌出来了，大伙惊狂吼叫，推来推去，谁也不听谁的，还有人忙乱中竟然记得拎行李，旁边的人被他的行李挤痛了，一拳就打破了他的眼镜……

上了甲板，船尾已下沉了十五公尺了，天空飘着细雨，海风冷冷吹来，好像赶来送葬似的。人挤人站在倾斜的甲板上，远远地还能看到基隆岸边的夜市灯火通明，闹闹哄哄的，怎么自己就那么倒霉要死在这儿了？

救生衣发下来了，有人上前去抢，有人冷冷地说："抢了也白抢，船沉的时候会起一阵大漩涡，把所有人都卷到海底去，救生衣有个屁用！"有人倚在铁栏杆边看着陆地上的灯火点点，喃喃自语地反复说着："我游也游得回去……我游也游得回去……"

J说到可怕处从后照镜看了司机先生一眼，他面无表情，一脸不感兴趣的样子。J于是闭嘴了，如果一个男人对当兵的话题不感兴趣的话，那么他就是真的不想搭理人了。J觉得好可惜啊，他还没有说到他死里逃生的经过呢。

这一段路程很短暂，车停在大楼底下时，J的船难故事才说了不到一半而已。

快到家的时候，J的心情竟然酸酸地紧张了起来，好像正在跟踪一个邻家女孩的感觉。他沿着大楼外墙底下的排水沟向前推进，到了公寓大门口的那一排正面之前，他倚在墙角，慢慢探出龟缩的脑袋……

班长老和路长老的脚踏车已经不在了。

小黄走过来了，它发现了J鬼鬼祟祟的模样，就拖着肥重的身躯迎上来，粗短的一小截尾巴怀疑地游到左，又游到右。

海上下着细雨的黑夜真是恐怖啊，J想。

那时，船就要沉了，那么大那么重的一艘军舰啊，船上近千人从舱房里逃窜出来，走道上挤了满满的人像是从钢板裂缝里汩汩流出的海水。J当时穿着一条绿色的军内裤，人家忙着逃命的时候，他还得先忙着穿上迷彩服，把脚伸进迷彩裤里。（快逃命啊，你还有时间打绑腿?）快走吧，行李别拿了吧，J想。他打着赤脚，手上提着一双大头军鞋，袜子还塞在鞋筒里，顺着人龙在走道上推挤向前。正在处理紧急应变措施的海军弟兄像厉鬼一样尖叫着。

通往甲板的出口楼梯是哪一个? 没有人有把握，只知道跟着往前挤就对了。

挤什么呢? J想，再怎么挤不也还在海上，不也还在一艘破了个大洞，正在封舱不及，一直往下沉的一个又大又长的铁棺材上吗?

人龙经过厕所时,J脱队了,他不挤了,先穿鞋子吧。(大家都还在往前钻,希望钻出一线生机,J不理人,人不理J,是生是死都是活该。)

J坐在一根粗粗的铁管上,把黑袜子从鞋筒里勾出来,在手臂上甩两下,甩直了,甩平了,袜子发出一股酸臭的气味。

鞋子穿好了,接下来呢?(抽根烟吧?)

J张头四望,厕所边有一个往上的楼梯,心想,这楼梯通往哪里?再探头往上瞅,楼梯顶上是一个大铁门,这门通往哪里呢?这一步跨出去,是生是死……

J取出钥匙打开大铁门,小黄抢先一步钻进了屋里,坐在花岗石地板上朝他望着,好像在说:"我陪你吧?"

J摸摸小黄的头,露出一点尴尬的笑容。

电梯来了,J走进去,两片大铁门立刻合起来,只剩下他一个人了。

走出电梯,J一眼就看见家里的大门是开着的,父亲的拖鞋一如往常放在鞋柜前的那一小块地面上,整整齐齐的。

J站在家门口,没有走进去。

不知为什么,J突然想起了幸福。

他的身体微微发抖起来,膝盖的地方尤其抖得厉害一些。

1999 年的某个炎炎夏日的夜晚,J站在自家大门口,茫然不知所措。他从长裤口袋里掏出半包苏打饼干。可能是刚刚坐在计程车上受到挤压的关系，铝箔包里的苏打饼干已经有点破裂了。

J从皱巴巴的包装袋里抠出一片破碎的饼干，像一个领圣餐的信徒那样伸出舌头，把饼干放上去，然后合上嘴。

那片饼干颜色惨淡，周围裂成一圈不规则的形状，看起来好像一片遗失了很久都还找不到的拼图。

6 温泉浴池

2001年冬天。

阳明山。

潮湿而美丽。J想。

J从公车上走下来，迎面而来的是石壁上的一大片蕨类，青绿的翅，油黑的爪。

刚刚车行过中国大饭店之时，公车上的乘客就只剩下J一人。上午十时二十三分，大部分的乘客都是文化大学的学生，在山仔后站就下车了。

他们鱼贯下车时，J盯着其中一个女学生的背影看傻了。

她的皮肤特别苍白，一点血色都没有，J忽然很想走上前去跟在她身后。仿佛整个冬天都藏在她的身上。

女学生下车了，她将公车储值卡收进外套口袋里去。那是一件米色的防水外套，女孩将外套的帽子翻到头上，帽檐露出一点微黄的发缘，发质很细。

J听人说过这种发质的女孩将来很好命的。

米色的外套。

多好的颜色，可以在落叶满地的林子里漫步一整天都不被察觉。

公车开动了，女学生从车窗里消失了踪影，J闭上双眼。

女学生往文化大学走去了吧？J想。

文化大学没有校门，J念过这所学校的，一转眼已离开好几年了。

J仿佛看见她从山仔后公车站旁的华冈路转进去，映入眼帘的是糖果屋似的美军眷区，白墙灰瓦，瓦檐下的山墙漆成草莓红的。她不赶，J想，她会慢慢地走，任谁都看得出来她走这条路是为了贪看美军眷区的那两排平房，每户都有院子的，院子旁边是一棵棵粗壮的樱花，家家户户都一样，仿佛是当初盖房子的时候就说好了都种樱花的。

女孩漫不经心地走着，也许会看见有一户人家的草坪上放倒了一台脚踏车，是某个不守规矩的小朋友留下来的？大门口的鞋柜旁有一个泄了气的小皮球，从上个星期就在那儿了，是那只左眼上有一个黑色的大土狗咬破了吧？

穿过美军眷区，女孩应该会看到天主堂尖顶的白色十字架从一排大龙柏上方的空隙探出头来。这排大火把似的龙柏长得太骨实了，她气不过，执意绕到下坡处教堂的铁栅门前面向里张望一番。

樱花都掉了叶子了，蓄势待发，都还没开，她满意了。

不对，在西边角落上有一棵最幼小的樱花偷跑了，铁褐色的骨节上挂了几朵小花。

季节还没到不是吗? 上当了。

看过了房子, 看过了花, 女孩准备上课去吗? 还没有, 急什么呢? 蛋饼还没有吃呢!

卖蛋饼的山东老乡一直都客客气气的, 他老婆咒他死, 他儿子偷他钱, 他还是脖子短短的, 笑眯眯的, 做出来的蛋饼也客客气气的, 见着就叫人喜欢得捧在手心里。山东老乡一定还活着, J 想。

女孩吃了两口蛋饼之后, 上课的钟声就响了吧? 柏油路上的学生们大概都安安静静地想着自己的心事, 没人赶路。

下雨天, 怪谁呢?

J 从公车上走下来, 迎面而来的是从枫香树的枝条间飘下来的丝丝细雨。

J 不躲雨, 这种小雨躲什么? J 喜欢这种冬日的细雨, 让人有回到家的感觉。J 和那片蕨类一样终年潮湿。

山脚边的排水沟冒出了硫黄的气味, 氤氲的薄雾扩散开来, 看得见尾巴的。天国近了。

J 穿着宽头的登山靴, 看起来像是一个在山里生活了很久的人。他得意起来了, 因为这双靴子那样完美, 好像会带着人自动往上走似的。

J 往山上走, 经过一幢荒废的石头屋, 可惜了, J 想, 那么坚固的房子。

J 钻进那屋里去了。

他在浴室门口找到一把扫帚就扫了起来，屋里其实挺温暖，小书桌上的台灯还好得很，灯罩是橘色的。角落里有一张大木床，也是好端端的，挺结实。J实在喜欢这房子，于是，他只好把自己赶出来，继续往山上走，穿着那双厚重而美丽的登山靴。淡黄的皮革，生胶的鞋底。

阳明山的冬雨美极了，像一个自卑的少女。肥大油绿的姑婆芋从最艰难的地方长起来，在那些看得见、到不了的角落上。

经过一家卖面的小摊，摊上还没开始营生，一只塑胶洗菜篮倒扣在煮面锅上，J无心地看着摊子的价目表，发现了一个错字。

J苦笑着，他笑自己到现在还改不了找错字的习惯。

念大学时，J半工半读，晚上在一家报社当核对员，就这样核了几年的打字稿，核到后来熟烂了，几乎用皮肤就可感觉出错字。J核对过的稿子极少出错，因为他有一个好老师。

上班的第一天，J傻愣愣地坐在分配到的铁皮办公桌旁，没人理他，他也不知该怎么办。（他想到了父亲，想到了小时候去父亲上班的地方看见的那个乱中有序的，还摆了一盆兰花的铁皮办公桌。现在他也有一个桌子了。）

桌上堆着一小捆一小捆用各色橡皮筋扎起来的打字稿。J的师父坐在他旁边的位置根本不理他，让他不知所措，一坐就是一个小时，过了一个小时，才忽然说了一句话。他的头发花白，眼神锐利而无情："当核对员就是一辈子和错别字同归于尽，谁会想到你？只有错别字被印出来的时候，出了麻烦了，才有人会想到你。"就这么一句话，说完了，教完了。

一年之后，J的师父心血来潮，淡淡称赞了他一句。J成功了，他感觉自己终于消失了，一阵寒意从脚底升上来。

过了几年，报社裁员，J被资遣了。他想，也该是时候了，自己就像一个完美的错字终于被人挑了出来。

往前走几步，J又忍不住看了价目表上的错字一眼，它疏密有致，神采奕奕，看得J心虚不已，低下头来。

前山公园。

J感到莫大的安慰。他从公园侧门的入口走进去，将自己放倒在一条石板凳上。

篮球场上水光冷冷，只有一个还未上学的小男娃儿举起他的荧光色小皮球往篮筐的方向扔。他的力量小，怎么也扔不到。J找到一支香烟来抽，面对眼前冷清的景象，他笑了。

小娃儿一使劲扔歪了，球往J的脚边过来，他把球捞起来，一手夹着香烟，一手把球运到罚球线附近。

小娃儿看着他，傻乎乎的样儿，冬天才有的笑容，脸颊上两丸红红的，挂着一高一低的鼻涕。

J把球端到小娃儿面前，他却不好意思接下来。

"你住在哪里？"

"阳明山。"

"你没有去上学啊?"

"我爸爸去赚钱了。"

"你几岁?"

"四岁。"

小娃儿嘴上说四岁,手上伸出三根手指头,J笑了。他把球推到小手上,他接下来,又把球抱还给J。J了解他的意思了,他把球举到头上,装作很吃力的样子把小皮球掷出去,球砸在篮筐上弹走了,J连忙去追,快追到时,又被自己的脚给踢得更远了。

小娃儿看着咯咯笑开了,声音很脆,像只小猎狗。

他们又投了好一会儿皮球,你丢我捡,沉默无语,雨丝缓慢得像失忆的老太太,隔了好一会儿才自言自语一下子。

来了一票大学生,有男有女,精力充沛。球场很快便沦陷了,一个男学生还没热身便冲向前,奋力一跳双手插进篮网里,两脚张开在半空中划来划去,惹得全场都笑了。J也笑了,他带着小娃儿从球场上撤退到公园外边的小摊子上,要了两碗番薯汤。

小娃儿静静地吃着,大眼睛底下宽阔无边。

"我没有钱。"小娃儿终于想起了一件重要的事情。

"没关系。"J说。

小娃儿安心了,变成了一个很好的听众。他用铁汤匙把碗里的一块红心番薯切成两半,又想起了一些很重要的事:"你也住在阳明山吗?"

这个问题令 J 有些困惑。

J 沉默了好一会儿，因为他希望可以讲得清楚一些。

"你明天还要打球吗？"小娃儿问。

"要。"J 帮小娃儿把保丽龙碗丢进小贩的大垃圾袋里去，"回去吧。"J 说。吃中饭的时间了。

小娃儿拍着皮球走了一段，回头看了 J 一眼，球掉了，赶紧跑上前去，脚上的拖鞋趴啦趴啦响，一不留意把球踢得更远了。

J 看得眼眶潮湿了起来。

这一天，J 上山来洗温泉。

两年多来，这是 J 第一次独自上山来洗温泉，他都是陪父亲一起来的。

1999 年夏日那天晚上，父亲从市立医院的急诊室自己走回家之后，J 的生活便从此改变了。

父亲到底怎么了？两年多来，没有人知道到底是怎么一回事。父亲不说，母亲不提，J 的哥哥姊姊们都已移民海外，自然也就不知道那天下午父亲把自己的书房给捣毁了的这件事。这件事像是一个谜，只知道它确实发生过，但是到底怎么发生的？发生之后又将如何？则是一个未解的答案。

那天晚上，J 随后从急诊室赶回家之后，发现父亲的拖鞋已经摆在鞋柜前面了，整整齐齐的。

走进客厅，J 看见父亲安安静静地坐在客厅的沙发椅上看电视，一边看一个无聊搞笑的综艺节目，一边吃一盘桌上的哈密瓜，即是母亲重新为他削好的。

　　J走进书房，母亲果然还蹲在地上收拾着残局，这一收，就收了一个礼拜，其中还包括玻璃行的工人来把所有铁柜的玻璃窗和墙上的铝窗玻璃全部都补回去。

　　父亲的书房又回复原状了，所有之前花了大量时间和精神所完成的拼图也全部都毁掉了，只剩下那幅原先就立在柜子上的圣母玛利亚的西洋画片还在原处，时光仿佛退回两年以前J刚刚从军中退伍的时候。

　　令人惊讶的是，父亲完全变成了另外一个人，一个令母亲和他感到完全陌生的人。

　　从那天打急诊室自个儿走回来之后，父亲不再骂人了，因为，他几乎就不怎么再开口说话了。

　　那个从前一定得找点事做，见别人游手好闲便无情指责的父亲从此沉默寡言了，镇日守候在电视机前，看着那个小框框里不停上演的综艺节目、戏剧节目和电视广告。关于这个情况，母亲倒是不以为意，因为她本来就是镇日守在电视机前，累了就在沙发椅上睡一会儿，睡醒了又接着看。有时候母亲醒来的时候会因为节目重播的关系，刚好接上原先睡着前错过的部分，准确得几乎一秒不差，好像那一段长长睡去的时光根本就不存在过一样。

　　父亲病了，J知道。

　　父亲得了什么病，没有人知道。

　　事实上，父亲从此几乎不再走进他的大书房里，那张六尺长、三尺宽的大会议桌上空空如也，连一支原子笔都没有。有时候，当 J 走进父亲的大书房里去找把剪刀或一捆胶带时，心中还会无由惊悸，好像是什么人刚刚在他面前去世了。

原本父亲赶 J 出去找工作的，J 只到家附近的泡沫红茶站待了几个小时，然后，家里就出事了。

父亲没有倒下来，只是沉默无语。

现在，父亲、母亲和 J 一家三口就靠父亲的退休俸过日子。过了几个月，J 感到自己像一个多余的人，于是和母亲商量，准备出去找个工作，随便找点事做。

J 永远忘不了当他跟母亲说想要出去工作时，母亲惊惧的眼神，和她低下头来看着地上慢慢说出的那句话："家里不差你一个人吃饭，工作慢慢来就好了……我很怕自己一个人在家。"

"我很怕自己一个人在家。"这句话让 J 深受撼动。

如果自己出去工作的话，母亲便会觉得"自己一个人在家"，而那感觉很显然是恐惧的，当她和父亲两人坐在客厅里守着电视机时，到底是用什么样的心情在过日子呢？

后来，折中的办法是 J 找了一份送报的工作，每天清晨出去送报两三个小时，让自己有点收入、有点事做，之后还有一整天待在家里陪母亲。父亲大概是不需要人陪了，J 想。

为了送报的工作，J 原本打算买一辆机车的，可是，买车的那天，他经过一家脚踏车行，看见橱窗后面一辆越野自行车，突然心中莫名感动，于是便拿买机车的钱把那漂亮得近乎完美的变速越野车买下了。

那辆黑色铬合金车架的越野自行车，差不多就是一辆机车的价钱。

事后回想起来，J觉得，那天他之所以终于决定买下自行车的原因是：他突然想起了班长老和路长老。

面对玻璃橱窗里的自行车，J从玻璃上的反光看见了自己的身影，想起了自己的命运。

小时候，J也和所有的小孩子一样立下许多志愿，希望长大之后可以当科学家、飞行员、医生、律师或者"总统"。现在，长大了，除了当找错字的核对员之外，什么都没有做过。大学时，J也有过要好的女朋友，吴碧倩，一个外文系的女生，J喜欢她有明亮的一双大眼睛，和凡事明理又懂事的气质，从不乱发脾气，或是没来由地因为一些挫折而迁怒身边的人。J喜爱她，或者说，J其实是敬爱她。她不是个美人儿，可是J打从心底尊敬她，觉得自己配不上她。

J和她同居了一年多，享受过甜美的爱情滋味，然后，那个女孩毕业之后，打算到外国去留学，念个文学博士再回来教大学生。

他们平静地分手了。没有理由不分手，也没有理由不平静。J是敬畏她的，从来没想过在她面前撒野耍赖。一直到现在，J都还很庆幸自己直到最后一刻都在初恋情人面前保持了谦谦的君子风度。

最后一天同睡的那个晚上，女孩去天母的状元蛋糕买了好吃的起司蛋糕，还到日本料理店带了 J 最喜欢吃的鱼卵握寿司和烤鲷鱼下巴。在他们赁居的小套房里，没有半点分手的哀伤的气氛，倒是像小两口新婚蜜月的第一个晚上。女孩在屋里四处点上了芳香蜡烛，过去陆陆续续从精品店狠下心买回来的各色精美的造型蜡烛都拿出来点上了。

　　自行车的伙计把那辆越野车从橱窗里推出来的时候，J 知道自己一定会买下它了。

　　J 看着自己映在玻璃上的身影，那天，他穿着干净的白色衬衫、黑色西装裤和黑皮鞋，他想起了那仅有一面之雅的班长老和路长老。

　　J 跨上那辆可以用来环游世界的越野自行车，他想，只差在白衬衫的口袋上方别上一块写着"某某长老"的压克力小名牌，他就和班长老他们差不多一个样了。

　　原本该买机车的钱现在全部用来买自行车了，但是 J 觉得心里很舒坦。

　　买了自行车的这一天 J 觉得自己好像终于在原本晦暗的生活中找到一个私密的乐趣。他跨上自行车，双手握住漂漂亮亮的铝合金手把，试试刹车，灵光得很。

　　J 也没想到要去哪儿，便开始往前骑，遇上一个红绿灯，J 想象自己就像班长老和路长老他们那样优雅地停在斑马线前面，那样年轻而帅气，身体里面蓄满了源源不绝的信心和力气，嘴里嚼着一片青箭口香糖。

第一天买自行车，J就一路骑到了淡水。他向人问路，找到了那条真理街，当然，他并没有遇见班长老和路长老。J骑到老街去吃铁蛋鱼丸汤，然后很得意地买了虾卷，把自行车放倒在码头的堤岸上看夕阳。

夕阳下成群的男男女女走过，J觉得一阵寂寞。他喜欢这种寂寞，这个强烈的感觉让他完全没有余力去为形同痴呆的父亲和悲伤无助的母亲难过了。J很清醒地了解到忍耐和悲伤都是有限的，不是不可取代的。

在夕阳完全沉入海底之前，J决定暂时只为自己而悲伤。

这一天，J上山来洗温泉。

两年多来，这是J第一次独自上山来洗温泉，平常，他都是陪父亲一起来的。

父亲病变后，几乎竟日不语守着电视机，J和母亲都很担心父亲这样长坐在沙发上，身体恐怕会坏得更快。突然有一天，电视上的动物节目播放一群生长在寒带的雪猴泡在天然温泉水池里的画面。那群猴子像人一样在露天的蒸汽弥漫中一副非常享受的模样。

父亲忽然乐不可支，哈哈大笑，嘴里喷出几颗口水沫子。

J和母亲心头一紧，以为父亲疯了。

父亲转头问了："哪里可以泡温泉？"

泡温泉，J是很熟悉的，就在阳明山到处都有，他念大学的时候也偶尔和同学去泡过几次，有些同学泡得比较精了，还知道不同地点冒出的温泉含不同的矿质，各具疗效。

父亲这一问，便展开了 J 的泡汤之旅。母亲虽然不去，却很赞同 J 每个礼拜带着父亲上山去泡温泉，也许是因为母亲也期待着一些在家独处的时光吧，J 想。

之后，每星期总有个两三天以上，J 带着眼神呆滞的父亲上山去泡温泉，这一路上要转两次车，来回一次便得花去三个小时，但是这对 J 来说倒不是苦事。

一路上，J 和父亲几乎是无话可说的，但是并不难过。有时候，J 看见路上有人用轮椅推着枯朽的老人走过时，心中还不由得升起一丝丝的庆幸；庆幸父亲还能自己走路、自己洗澡、自己穿衣，或者，自言自语。

两年多来，不仅仅是父亲，J 的人生也因为温泉而完全改变了。

如果随便到书局翻开一本温泉胜地导览的书，就可以知道什么样的温泉各具何种不同的疗效。含不同矿物质以及酸碱性不同的泉水，可以治愈的病症：筋骨酸痛、五十肩、坐骨神经痛、痛风、高血压、痔疮、香港脚……这些疗效全都是真的，一点也不假，J 想，如果有人需要作证的话，他随时可以举起手来发誓，阳明山的温泉天下第一。温泉是神爱世人铁证之一，那群泡在露天温泉里的日本雪猴也可以作证吧？

父亲的身体就这样一天天地好起来了，虽然他依旧沉默不语。

J还年轻，他的身体本来就不错，现在陪父亲泡了两年多的温泉，更是觉得骨壮筋强，如果时间上许可的话，J觉得自己一定可以骑上心爱的越野自行车，环绕地球四处旅行的。

身体健康所带来的感觉，一般人是很难了解的。

那不是快乐，而是一种很结实的空虚之感。

这种空虚之感，父亲一定也感受到了，J想。

后来J才慢慢了解到，为什么山上这些泡温泉的老人会发展一套如宗教仪式般繁琐的流程，因为，泡温泉对他们来说像上教堂礼拜上帝一样，是充满了虔敬之心的。

有时，J会默默坐在大众池的一隅，静静地看着和父亲一样苍老又健康的老人们耗去一整个上午的时光。

温泉使人健康，健康使人空虚，越健康越空虚，越空虚越该泡温泉。真正会泡温泉的人会在温泉浴池里耗掉一整个上午，直到空虚疲软无力为止。

现在，J也学会了。他学那些老人们把肥皂、洗发乳、毛巾、牙刷、刮胡刀和保温瓶里的热茶都带来了。只要带了这些东西，J也可以和父亲及老人们一样，一大早走进浴池里，快中午了才走出来。

走出来，找一个阴凉的树荫下，用冷冽的山泉水泡过的毛巾来擦脸、擦身体，直到红通通的皮肤渐渐变回原来的颜色为止，然后喝一碗番薯汤，再和父亲一起从从容容地坐车回家。

到了最近半年，J 和父亲几乎是为温泉而活着了。

每个礼拜从星期一到星期五，除了周六周日两天假日避过人潮之外，每周五天，J 和父亲都会在用过简单的早餐之后，很有默契地回到各自的房间里准备好各自泡汤必备的"工具"，就像准备去钓鱼的人一样，然后再一起出门去搭公车上阳明山。

在某一处温泉的大众池里，曾经有一个老人问了一个问题。他问 J，在温泉浴池的水龙头上方常常有一个澡盆似的扁圆弧线，上方升起三条 S 形的，热乎乎、雾茫茫的水蒸汽，那个符号代表什么意思？

J 想了想，那不就是代表"温泉"的符号吗？

老人摇摇头，表示 J 有所不知。

那三条向上升起如蒸汽的线条，表示出泡温泉的方法，也就是告诉泡汤的人要浸三次热泉，冲三次冷泉，如此三热三冷，才算真是完成了泡汤的程序。

J 当时不置可否，心想这个说法倒是新鲜，该是老人胡乱编说的吧？

而现在，J 和父亲却不知不觉跟那些精熟此道的老人一样遵循着这个泡汤守则了，或许原因无他，只是经过如此反复的程序之后，刚好可以耗掉一整个上午。

泡汤之后，喝碗带姜味的甜番薯汤或一碗热腾腾的米粉汤之后，J 便和父亲步行一小段山路，到下一站的公车站牌去等公车。这也是一个不成文的规定，也许是因为泡汤之后的步行有如人世间最享乐的一种经验，也许只是因为下一站的公车站牌旁种满了文雅的白色海棠，让人看着舒服。

这世上应该没有人可以形容出泡汤之后从容步行下山的感受吧？J想。经过一上午扎实的泡汤，把自己的肉身像打铁一般捶红之后再丢进冷水里，如此三热三冷地锻炼之后，那种无法形容的感受，大概就像经历了一次死亡吧。

只有死亡之后的步行才能让人如此飘飘欲仙不是吗？J想。

除了泡汤后的步行之外，坐公车下山的过程也很令J着迷。

上了公车之后，J和父亲会各自拣选一个靠窗的位置坐下来看窗外的山景。平常的中午时间，公车上人很少，位置很空，气氛很闲适。

J喜欢看山，窗外连绵盘踞的丘陵，使人的想象力也蜿蜒起来。

山川纵横交错的地形使得台北盆地在人的眼中变成一块很大的地方，J从来不觉得自己生活在一个小岛上，他很难想象，如果淡海的夕阳美景少了那令人静穆的观音山，如果擎天岗变成一片平原上的青草地，那会是多么无趣的事情？大概就像一棵光秃秃的盆栽，或是万里黄沙的大漠荒地吧。

坐在车窗旁，身心疲软而敏感，J喜欢望着那片起伏缓慢、憨憨颟颟又浓浓绿绿的带状丘陵，一副自给自足、不知老之将至的莫可奈何。这样除尽锐利的山峦，若说是已经到了老僧入定的境界，却也未必，在平和的陵线下，那些未尽的一丝火气，也还时不时地从某个山坳里喷出一股浓浓的、气呼呼的黄烟来，仿佛还很焦急地想表露那点不减当年的热情来。J喜欢山，更喜欢那些蕴藏了滚滚温泉和弥漫着一股硫黄气味的山。

J注意到了，在一些报道深度旅游文章或书刊上，常常会有一种饶富童书趣味的插画彩绘导览地图，拙稚的线条和饱满的色块，令画面丰富而甜美，让人在温暖的笔触中稍稍逸离了现实的冷硬。

在安排得疏密有致的地图上，最令人感到心旷神怡的便是那广泛用来标示温泉的符号。那是一圈澡盆似的扁圆弧线，上方升起三条S形的，热乎乎、雾蒙蒙的水蒸汽，好像在呼唤着心力交瘁的旅人前来涤尽尘劳，同升天国……

蕴藏了温泉的山区常常有一种特殊的景致和气味，J想。这些熟悉的气味常常在他心中唤起一种清新又迷蒙，温暖又清凉的对比式感受，就像一种谜样的启蒙经历一般，温泉山区那份多愁的感性，仿佛就坐落在特别容易打动人心的那几条等高线上；在其中，夏天的清晨冷冽如一口深井，冬日的澡堂热腾如一壶热茶，因此J渐渐相信，人生最幸福的事便是在一个温泉山区的僻静角落，一间简陋的日式木造平房里，一股沁凉的山风伴随一夜冥思枯想，然后在露湿大地的曙色中泡进青石板砌成的温泉水池，就在身体的酸涩渐渐缓解的时候，寤寐中，看着自己那已无任何思考能力的灵魂，随着水蒙蒙的热气从石窗口飘到屋外林荫斑斓的晨光里，魂飞魄散，一笔勾销……

J喜欢山，以及山上的温泉，那些在地图上冒烟的地方。

温泉治疗了父亲，也治疗了J和母亲。

J对温泉的感激和喜爱无法言喻，它是如此地重要和强烈，或许只有恨的感觉差可比拟吧。

J不愿去想他对温泉浴池的感受，因为他害怕那些蠢蠢欲动的联想，那些躲藏在迷蒙的蒸汽背后许多暧昧不明的情绪，那些肉身如花朵一般期待绽放，又渴求枯萎的矛盾冲突。

两年来，J已经学会了和温泉和平相处，像那些老人一样把身心都交给温泉，泡在富含矿物质的浴池里，只露出一颗闭上双眼的头颅……虽然，有时候他会突然感到一阵心惊而睁开双眼，看着热气弥漫、人形模糊的浴室而红了眼眶；就像他在父亲发病之后独自走进书房里去的那些个夜晚，J会没来由地悲伤自己还活着的这个事实。

温泉同样地也令人畏惧，那种一朝睁开双眼垂垂老矣的想法甚至令他在浴池里感到一阵冰凉刺骨。

渐渐地，J开始害怕这平静无波的生活和那池无悲无喜的温泉。在那浸泡二十多具人体的浴室中，J是唯一一颗浮沉在水面上的，年轻的头颅。

J又无止境地思念着温泉，期待着将身体泡进热腾腾的池水中，直到身心都疲软无力为止。

这一天，J上山来洗温泉。

两年多来，这是J第一次独自上山来洗温泉，平常，他都是陪父亲一起来的。

虽然是独自上山来，但是，这一天，J约了人的。

J和大学时的女友吴碧倩约了。

就在昨天，J接到吴碧倩的电话，非常意外。

吴碧倩还在攻读文学博士，最近返台探视父母，一切都按照她留学前的计划进行着。她问J的日子如何，J苦笑无言，他的日子可以说一分钟，也可以说一个小时，或是一整天。从哪儿说起呢？

于是J跟她说起了温泉，J开玩笑说自己攻读的是温泉博士的课程，而且，已经拿到文凭了。吴碧倩听了大笑，那笑声大方而爽朗，让J想起了多年前自己对吴碧倩怀抱的那份敬畏，至今依然不变。吴碧倩不是一个美人儿，可是J始终觉得自己在她的面前渺小得无足轻重，茫茫然始终如一具水面的浮尸。

J不知道自己哪来的勇气一如初恋的少女，让J完全没有后悔的余地。

当然，J提早上山了。

他们约了中午十二点在前山公园见面，那是他们大学时代常一起消磨时光的地方。公园里春天有繁盛的杜鹃，夏天有油绿的樟树，秋天有诗意的山枫，冬天有白色的山茶。J喜欢和吴碧倩在公园消磨一个下午，他可以在篮球场上和陌生而友善的人打打篮球，吴碧倩可以到处看树、看花。她从莲花池畔心满意足地走回来找他时，偶尔会端来一碗热腾腾的番薯汤给他吃。

吴碧倩不会来的，J其实昨天打电话的时候就知道了。这是吴碧倩的弱点，当她不知道该怎么拒绝别人的要求时，就会很极端地反而立刻答应下来，然后接下来再慢慢想办法扭转情况。J其实还是蛮了解吴碧倩的。

昨天，J在电话上提出泡温泉的建议时，心中其实是很后悔，也很诧异的。后悔的是，吴碧倩已经告诉J她在美国已有关系稳定的男友，目前同居在一起，打算两人都拿到博士之后就结婚，而J竟然还提出了这样的建议，的确是很不得体的。而更令J诧异的是，J从这一通电话之后了解到，他其实是深深渴望着女子的身体的，这个渴望曾经被蒸腾的水池给遮掩了，但是并未消失。

现在，J坐在公园的石椅上，看见自己的欲望仿佛在满屋热气的温泉浴室角落里跌倒的老人，想要努力地靠自己的微弱力量再站起来。

在氤氲的水汽中，J看见自己正想象着吴碧倩朝他走来了。吴碧倩成了一个想象中的女子。这样也好，J觉得这样省却了很多无法避免的尴尬，反而更能感受到重逢的喜悦。

J看见吴碧倩来了，就像大学时代那样摘来一朵小花，坐在 J 的腿上，让 J 抱着她。她的发香从耳根传来，比朝雾薄阳还要令人陶醉。

J 牵着吴碧倩的手走出前山公园，感觉轻飘飘的，没有过去，也没有未来，整个世界都失去了重量，没有任何一点负担。他们从公园旁的小路走向国际旅舍，两旁是百年以上的高大枫香树，掌状的树叶像是一只只善意的手，为他们遮去那些多余的世界。

大学时，他们曾经想要到国际旅舍住一晚，那是一间日式的温泉旅馆，吴碧倩喜欢它的石板地，和石墙上的青苔，以及掉落一地的枯叶子。她也曾多次想象自己在铺满榻榻米的房间内，温泉洗浴过后，穿上日式的浴袍，坐在和室的小茶几旁用毛巾擦干头发。

J 最喜欢听吴碧倩说这个梦想，那种柔软而女性的景象，仿佛一种美丽的仪式般令人忘我出神。

吴碧倩不会来了，这样反而好，J 想。

坐在前山公园的石椅上，J 看见自己悄悄走近吴碧倩，从身后一把抱住她，亲吻她的湿头发。然后，生命变成一场单纯的嬉戏。

他们在榻榻米上推挤、拥抱，脱了浴袍做爱，再穿上浴袍泡茶吃饼；吴碧倩娇柔地抱怨着 J 弄乱了她的头发，她坐起身来，对着小茶桌上的银镜梳发，J 看傻了，那美丽的背影，又黑又细的发丝，不知哪来的疯狂，J 又扑上前去，狠狠地糟蹋了那头乌黑的秀发……

J睁开双眼，对自己刚才的这幕绮想感到心满意足，并且全身疲乏，一种充分满足之后才有的松弛和微微的酸痛。

　　看看手表，已经下午一点多了。吴碧倩不会来了，J昨天就猜到了。

　　他往公车站牌走去，该下山了。

　　J觉得今天过得好极了，他走在满是花木的山路上，感觉自己像一具灵魂，轻飘飘的。只有历经一场极度的欢愉之后才会出现的忘神之感，现在意外地降临在J的身上。

　　公车来了，J熟稔地走上车，挑了一个后排靠窗的位子。车上没几个乘客，感觉干干爽爽的。

　　这一天，J独自上山来洗温泉，虽然没洗成，可是却比之前任何一次泡汤还要充实。他看着车窗外飘逝而过的树木和人家，瓦片和电线杆，大学时代的生活一幕幕从窗玻璃上映现，又消失。

　　J想起多年前自己到文化大学来报到的那一天，下了公车，觉得山仔后的湿冷空气闻起来真舒服，美军眷区里的枫树像月历画片一样美好，J带着简单的行李，和一个模糊的梦想。穿过校外的自助餐厅和便利商店，J买了一个菠萝面包边走边吃，跟在一群学生后面往校园内走去，上坡、左转、再左转。大义馆前面的布告栏上有一些社团招新的海报，热热闹闹，他看着登山社的那张，心想："这不是已经在山上了吗？"

　　初来山上，一切都新鲜有趣，J又跟着一些学生不知不觉来到陈氏墓园，一个谈恋爱的地方。白色的云纹勾栏边有一整排的情侣，他们细小的动作看在J的眼里如此甜蜜，J觉得自己应该离开，可是却反而走近他们，一起凭靠在石栏上，望着台北盆地、剑潭、石牌、圆山⋯⋯

来了一阵扫兴的雨，情侣们都走了，只剩下J一个人，和正在走过来的一个园丁，他的眼神，仿佛J是一个刚刚失恋的人。

后来，隔了一年，J认识了吴碧倩，初次相遇的那一天，也是在陈氏墓园的联谊会上，J看着这个单眼皮的女孩，忽然发现她有一种特殊的美丽令他无地自容；J觉得，跟她比起来，自己应该躺在病床上。

公车往山下开去，一路上车行顺畅，乘客稀少。

J再次闭上眼睛，希望能走进刚才和吴碧倩独处的那间日式温泉的小套房。

这次，J仿佛用尽了最后的力气，才从吴碧倩的身后悄悄走近。吴碧倩答应他了，可是J的想象力也已经筋疲力尽了，他勉强让自己像一头雄性的动物埋首贪欢，不知餍足，了无新意。

吴碧倩累了，倒在榻榻米上睡着了，身上盖着那件她心爱的日式浴袍。

J也累了，可是他睡不着。

J坐在公车上，闭上双眼。他看见自己穿上浴袍，扎上腰带，从吴碧倩的身边轻轻走出小套房。J浑身酸痛，两眼干涩。他走出欢爱的空间，趿着拖鞋从门外的走廊往前走，走到旅馆另一头的大众温泉浴池。

温池里都是带了病痛的老人，二十几颗苍老的头颅浮在水面上，室内蒸汽迷蒙。

J脱下浴袍，用一只水瓢舀水冲身体，吴碧倩的味道从他的毛细孔里激发出来，烟消云散。

走进浴池，J学那些老人将整个身体浸在池面下，闭上双眼，只留出下巴以上的头颅。身边的那个老人转过头来。他问J，在水龙头上方有一个澡盆似的扁圆弧线，上方升起三条S形的，热乎乎、雾蒙蒙的水蒸汽，那个符号代表什么意思。

J想了想，那不就是代表"温泉"的符号吗?

老人摇摇头，表示J有所不知。

J睁开双眼，赫然发现身边的老人竟然是父亲。父亲这两年来用温泉养生，显得非常健康，红光满面，反而是一旁的J显露出一个纵欲过度的惨白面容。

"那不是温泉，那是什么呢?"J问父亲。

"那是灵魂，人死掉以后的样子。"父亲说。

J还想问，可是父亲并无回答的意思，他站起来跨出水池，走到一旁取出牙刷和洗面皂，准备刷牙、洗脸，接着还要刮胡子了。

公车停站了，J睁开眼睛，车行到半山腰上，窗外是一座天主教堂，在教堂入口前有一片铺满了韩国草的花园，在一片绿茵之外，还有一条麻石片铺地的休闲步道。

J没来由地想起了班长老和路长老。他从公车的窗户看出去，仿佛看见班长老他们就在那条石板小路上稍做休息，准备继续踏上下午的旅程。

班长老从上衣口袋里取出一条口香糖，自己嚼一片，然后递了一片给路长老。他们从越野自行车的车架上取下水罐，很帅气地喝了一口，嘴唇抿一下，用手抹掉额头上的汗珠。

不知为何，公车就这样停站不动了。J坐在后头，脸贴着车内，看见班长老和路长老把自行车推到马路上，跨上车，顺着蜿蜒的山路轻松地往下滑去。

他们一前一后，车速在斜坡上越行越快，渐渐变成了两个小黑点，最后在一个大弯道前重叠在一起，缩小成一个远远的、不规则的形状，好像一片遗失了很久的、找不回来的拼图，消失在J的视线里。

公车依然停在原地不动。

J看得眼眶潮湿了起来。

白色的光

　　医生关掉照射灯，诊断室内突然暗了下来。他沉默了一下，把目光转移到其他地方之后，才低下头来说，母亲因为糖尿病导致视网膜剥离，必须住院开刀，但手术的效果有限，也许只能看到模糊的影像。母亲表情平静，仿佛正在聆听别人的病情，或是坐在饭桌旁看电视一般，完全不似刚才眼睑被撑开用强光照射时所露出的惊恐模样。

　　办理住院手续时，我问母亲想不想喝鲜奶，母亲摇摇头，然后立刻像是想起了什么重要的事情，问我想不想喝，催我去买。我告诉母亲我想。我恨自己这么说。

　　等候电梯时，我回头看了母亲一眼，她安稳地坐在候诊区的塑钢椅上，矮胖的身体塞满了圆弧形的座位。我想起几天前带母亲去看电影的情景。开场之前，我去贩卖部买东西，母亲当时也是独自一人坐在这样冰冷的座椅上等待着，远远看过去，就像一个不确定自己是否已经迷路了的老妇人，孤单地在角落里从头推想着来时的路径。

　　我在医院外边大马路的摊贩上买了一盒鲜奶，蹲在人行道上剥开纸盒，往嘴里倒了一小口。乳白的液体冷冷地滑进喉管，舌底传来的，是一种水泥漆被稀释之后的怪味道。

　　我抽了半支烟，把烟屁股塞进鲜奶盒里丢进垃圾筒。

夜里，陪母亲住在眼科病房，梦见自己失明而惊醒，一身冷汗。无边的恐惧袭来，我躺在角落的黑色胶皮长椅上，闭着眼睛，想象自己失去视力的滋味。四人病房内老旧的冷气机发出沉闷而稳定的颤抖。我听见自己规律起伏的呼吸，和病床上此起彼落的老人鼾息声，在黑暗中交织、重叠。

寤寐中，我又看见今年和母亲一起去扫墓的影像，母亲的话语如沙漏坠下。

"草又搁[1]发甲这迟[2]高啊！"母亲站在父亲坟上的那片芒草前，语气如同在怜惜着一群干巴巴的野孩子，眼睛眯成了两条细缝。近几年来都是相同的景象：在我挥臂除草的同时，母亲便将墓碑前缘的落叶和尘土扫去，清理出一小方空格，铺上碎花塑胶桌布，将白水煮过的全鸡和猪肉、水果排设妥当。

"卡早[3]恁阿公死的时阵[4]，要，入土啊，恁老爸就黑白[5]讲话；讲啥么伊要和您阿公同款[6]，要活到六十五岁就好啊啰，搁讲啥么卡早死卡快活，才狯坮没路哦，唉——按

· · · · · · · · ·

1 搁：再、又。
2 这迟：多么、这么。
3 卡早：此处意思为以往、以前，下文出现第二次时，则是指"早一点、提早"。
4 时阵：时候。
5 黑白：乱来、随便。
6 同款：同样、相像。

迟¹黑白乱讲啦，结果真正活到六十五就跟恁阿公去啊，唉——"母亲对着正在收草的我说，"要入土的时阵讲的话最灵啦，后摆²你就会记得，呸通³黑白讲。"

我转过身去收拾刚刚割下来的芒草，潮腐的湿土味从新割的草叶缝隙里冒出来。

"恁老爸回去的时阵，我有叫伊要保庇你后摆事业顺利，身体健康没待志⁴，煞忘记叫伊甲我做伙⁵带走，昑嘛⁶就呸免按迟拖老命啊哦……"母亲笑了，开始帮我一起收草。

父亲的墓旁为母亲预留了一格位置，母亲细细地收拾着自己未来的长眠之地，仿佛在打理一件少女时代的旧衣裳。刚刚割下的青叶梗子在干枯的旧叶上慢慢地烧起来了，白色的烟徐徐升起，朝母亲站立的方向飘去。母亲守在父亲的墓碑前，浓烟逐渐将母亲覆盖。在烟幕的空隙间，我仿佛又看见母亲伏在父亲的棺木旁，一手轻抚在父亲的额头上，嘴上喃喃低语着，不知说了些什么。

有人下床，推开浴室的门，开灯、关上门。一片白色的光亮起，转瞬又消失了。

．．．．．．．．

1 按迟：这样、如此。
2 后摆：下次、下回，或是将来、未来。
3 呸通：不可以、不要，是一种语气较委婉的劝说或请求。
4 待志：事情。
5 做伙：一起、一块儿。
6 昑嘛：如今、现在。

冷气机呼呼吹响，伴随着此起彼落的鼾声。我蜷缩在胶皮椅上，感觉到一条长方形的冰凉，不敢睁开眼睛，害怕发现自己突然失明了。

"失明或者死去？"我闭着眼，伸手到长裤口袋里摸索手帕。我可以擦汗，闭着眼睛我也可以擦汗。

我慢慢睁开眼睛，从胶皮椅上坐起来，覆在身上的被单掉落在磨石子地板上，一袭白色的光让病房内显得更加寂静，好像所有的话都已经被说完了。

眼睛渐渐适应黑暗之后，我走到母亲的病床边，看见母亲并不在床上。

在母亲的病床上坐了一会儿，我走回自己的长椅，躺下，将地上的被单捡起来，覆盖在身上，闭上眼睛。

浴室的门被拉开了，一片白色的光亮起，被一团黑影遮去之后，暗了下来。

关灯的声音。

一双病房拖鞋的沙沙声从我躺下的地方经过。

我睁开眼睛，在心底唤了一声："妈。"

黑暗之中，我的眼睛暂时还不能适应，只能模糊地看到一团矮胖的黑影正在走近病床，蹑手蹑脚地钻进一袭白色的光里去了。

名字

　　他不知道今天该不该去上班。

　　昨天傍晚的时候，维修组的荣仔把他叫过去，然后支支吾吾地告诉他说，刚才开会的时候，林经理和周仔他们决定要裁掉一些人，其中也包括他。他知道荣仔是好意才预先偷偷告诉他，但是，除了一声冷静的"谢谢"之外，他一句话也说不出来。荣仔抽出上衣口袋里的香烟来递给他一支，自己也点上一支。他吸了一口之后，便看着纸烟卷上的一小块黑色指纹发呆。荣仔去饮料机投了两罐咖啡，塞一罐到他手上，便转身回到自己的工作岗位去。临走前，荣仔安慰他说："看破啦，要做牛免惊没犁通拖[1]。"

　　荣仔走了之后，他坐到一台泵浦上继续抽烟，握着那罐冰凉的咖啡，一口也喝不下。

　　快下班的时候，周仔把他叫过去，他以为要告知他裁员的事，结果是拿了夜间值班的轮勤表给他签名。他的手指有些僵硬，签名的笔画抖动不安，在那一堆人名之间，变得非常突兀。签完名，周仔不像从前那样细心地再检查

- - - - - - - -

1　要做牛免惊没犁通拖：只要肯做牛，就不怕没犁可拖。引申为人若肯吃苦，便不怕没工作做。

一次，也没有和他说话便走开了。

今天清早，吃过早点之后，他还是照常穿着昨天就该换洗的脏衣服走出家门。在暗淡的楼梯间往下走的时候，他想着，再过一会儿，母亲便会一如往日地到广德祠前面的小公园里跟一伙老人闲聊，或者是坐在凉亭内的石椅上热心地帮一群妇人做家庭代工，修建凉亭的乐捐名单上，还可以找到他的名字；在送儿子上娃娃车之后，妻子也会日复一日地准时步行到附近上班的地点，罩上一条深红色的围裙，开始一件一件地把各式货物归类、上架……想到这里，他觉得自己好像变成了一个隐形人似的，正站在离妻子不远的地方，看着她默默地拿起一罐奶粉，用一块灰扑扑的抹布把盖口上的沙尘擦掉。

昨天下班时穿过的雨衣还没干，但是，他还是像以前一样把它折拧成一个小方块，然后用力地塞进狭窄的置物箱里去。他想起妻子时常叨念他这个坏习惯，她说穿过的雨衣要带回家晾干之后再收拾起来，否则会有令人作呕的霉味，而他总是嫌烦，不以为意。雨天不时出现，既是雨衣，何必在乎水呢？过去，每当妻子啰嗦时，他总是这样不耐地回答着。收起雨衣之后，他顿时难过起来，虽然妻子已经很久不曾责怪他了。

马路上的人、车还是一样地多且拥挤，他骑在机车上努力地在车辆的隙缝间向前钻去，迎面而来的阳光和微凉的晨风令他觉得好过一些；他想让自己专注在骑车上面，不要分心去想工作的事。但是，顺着笔直的马路骑下去，看着一路熟悉的交通号志、招牌和行道树，还有路边卖槟榔的妇人的老面孔，在这条每天上班必经的道路上，他的情绪随着刻意加快的车速紧绷起来，渐渐令他觉得空气污浊且呼吸愈加沉重了；路口指挥交通的警员吹出刺耳的哨子声，听来仿佛是有人在尖声叫唤他的名字，或是有什么不幸的意外发生了。

在下一个路口等待红灯的时候，他忍不住把车子骑到另外一条岔路上，或许是因为那条小路比较空旷无人吧。他把车子停在一家便利商店的门口，希望用步行的缓慢节奏来安抚心内激荡的情绪之后，再去上班。他想，即使迟到一会儿也无所谓。漫无目的地走了几分钟，他驻足在一家幼稚园门口，那一张张圆润活泼、正随着老师的风琴声唱着儿歌的童颜深深攫住了他的目光。他想起了此刻正在教室里上课和游戏的儿子，心中蓦然袭来一股想哭的感觉。

他不知道今天该不该去上班。此刻，他只想立刻前往儿子的学校，然后静静地站在窗外偷看他上课的样子。他想看看他是不是记得把那本新买的作业簿交给老师。那是一本很好看的水蓝色本子，封面上有他教他写下的名字。

吵架

本事

壮壮准备招待安安和她的手帕交到他工作的 KTV 来唱歌，借此机会，安安也希望将壮壮介绍给好友们认识。约定当天，安安在便利商店上夜班之前便打电话去提醒壮壮做好准备、注重穿着；壮壮告知已经订好包厢，一切都按照安安的叮咛打点妥当。没想到，下班后，因为距离安安前来还有好几个小时，禁不住同事口头相激，壮壮又与他们前往另一间 KTV 唱歌，未料，席间发生严重冲突，壮壮自己挂彩之后，还得护送另外一位同事去医院急诊室缝针。安安与友人前往赴约，发现壮壮爽约，于是打手机前去大吵一架，不待壮壮解释，便挂掉电话，之后连续数日，手机与家里的电话都没人接，班也未上。

之一

安安：

这个世界上唯一比挂急诊更糟糕的事，就是在急诊室接到分手的电话了。我恳求你，打个电话给我，好吗？

事实上，那天的意外对我来说真是一个灾难，我没有骗你，连保险公司的人都决定要赔偿我的损失了，可是那有什么意义呢? 因为你已经不再听我解释了。

请你相信我，我真的做好了"贵宾级"的准备，而且打算和同事合唱一首《爱拼才会赢》之后就回公司去等你们的，没想到，歌还没唱完，阿源和东光就先拼起来了。我还算好的，只是头上缝了二十几针，东光就惨了，他的一截小指被砍断了……你知道我和东光是哥儿们，我总不能叫他用右手带着左手的手指头坐计程车去医院吧?

我的头真的伤得很重，唯一幸运的是，我还能很清醒地想念你，写信给你。

求求你打个电话来臭骂我吧!

知道错了的壮壮

之二

安安:

已经五天了，完全没有你的半点消息。昨天我接到一通只响了一声的电话，手机上也没有显示来电号码，于是我就安慰自己说那一定是你打来的。是你打的，对吗?

我的伤势已经好一些了，血已经不再流了，但是心里的眼泪却是止不住的。今天早上起床之后，我就站在阳台上看路上的行人发呆了半个小时。我看见一个母亲带着她患有蒙古症的儿子上街去买菜。他们是我的邻居，已经好多年了吧，我经常看到他们一起过马路的身影，可是今天早上，我看着那位母亲一手提着沉重的菜篮，一手却轻快地牵着她的儿子（他年纪也不小了，恐怕跟我差不多了），心中突然非常感动。我觉得很开心，因为我看到了卑微生活中的小小幸福。我又觉得很悲伤，因为我的幸福已经亮起红灯，把我隔绝在阴暗的路口彼端了。

你还记不记得我们一起排队去看的那场《世界末日》？还记得布鲁斯·威利登上太空船的那一幕吗？记得布鲁斯·威利酷酷地跟亲人道别的画面吗？当时我们都忍不住哭了起来，特别是你还哭得好大声啊，隔壁的人都把面纸传过来了，你还记得吗？散场后，我带你去星巴克喝咖啡，你还不停抱怨说这部电影太可怜了，导演太残忍了，你说，那也是没有办法的事，为了拯救地球，布鲁斯·威利只好抛下挚爱的人，航向寂寞苍凉的宇宙。

亲爱的安安，打通电话给我吧，相爱的人不应该分开。如果我是布鲁斯·威利，如果你愿意打电话给我，那么，即使我身在月球，也会立刻返航回到你身边陪伴你看电视、逛街杀价，帮你清洗隐形眼镜，帮你照顾流浪狗，帮你缴罚单，帮你孝顺父母。谁在乎地球毁灭啊，让心中有希望的人去担心吧！

等不到半点消息，我已经开始注意报纸上的寻人启事了。

一天买七份报纸的壮壮

之三

安安：

虽然昨天才写了一封信寄给你，可是今天我又忍不住再写一封，我想我是太紧张了吧，我怕邮局的人把我写给你的信弄丢了，我怕邮差把信送错了，我怕你们家的信箱被恶作剧的小孩子掏空了……我觉得邮局应该为失恋的人设计一种心碎的信封贴纸才对。

我今天去医院看东光，他的情况还好，医生说他以后应该可以正常工作没有问题；东光的爸妈也一直谢谢我，医生还跟他们说，幸亏我处理得当，否则东光就得去申请一本《残障手册》了。我只待了一下子就告辞了，因为我心中一点喜悦都没有。人性真的是很自私的，不是吗? 照理说我应该为东光感到高兴的，可是我没有，我只觉得讽刺，东光的手接回去了，可是我却和女友分手了，想到这里，我实在是高兴不起来啊。

我现在足不出户，连电视也不看了，有什么好看的呢? 看到悲伤的故事，觉得人生只是一连串的不幸；看到嘻嘻

231

哈哈的节目，又觉得全世界都在对我冷笑。现在，我只想写信给你，拜托你接我的电话，因为我不停地打电话，却只听到"您拨的号码没有回应，请稍候再拨"，天知道我还会再"稍候"多少次？

希望你有收到我写给你的信，如果没有也没关系，因为我写给你的信都有存档起来，万一你原谅我的时候，我就可以拿给你看；万一你不原谅我的话，我至少可以安慰自己努力过了。

我妈今天打电话来问我为什么都不跟家人联络，还问我是不是跟女朋友闹别扭了。联络什么呢？我又不缺钱用。

失恋一天，自己知道；失恋一周，家人知道；失恋一年，邻居也会知道。没关系，一年之内，我一定会搬离开这里的，这个房子充满了甜美的回忆，我不想用悲伤来冲淡它，因为那份回忆也属于你，我没有权利擅自破坏它。打电话给我吧，不论搬到哪里，我的手机都不会离开我半分钟的。

永远不换手机门号的壮壮

之四

安安：

谢谢你让我体会到重生的感觉，被人原谅的感觉真好啊! 我现在很能体会上教堂的人内心的喜悦了。

从前在书上看过一句话:"见山格外青,望月分外明。"我想,这就是我现在的感受了。你还记不记得你最喜欢的那个广告? 现在,我想把它的广告词改一下:"女友听你的,世界就会听你的。"当然,以后都是我听你的,你只要这次听我的"说明"就好了,好吗?

事实情况是这样的,我一直很不喜欢写信的,况且,自从你回到我身边之后,我也没有写信的理由了。可是,最近几封信写下来,我觉得有些事情还是用写的比较好。你还记不记得前天你叫我把帽子拿下来,让你看看我的伤口? 当时我说避免伤口感染细菌,所以没有照做。其实我有些事情瞒着你,没有说实话,但是请你先别激动,我向你保证,跟我们最近的快乐相比,那只是一些微不足道的小事罢了。

我要向你忏悔,我向你说了谎。我骗你说东光的手指被砍断了,那跟真实的情况是有一点小小的差距的。事实上,那天阿源和东光在 KTV 的包厢里的确打起来了,不过,东光的手指是被"砍伤了",而不是"砍断了"。但是,那实在是够吓人了,如果你有看到东光的血喷到冒着干冰的芭乐上面的话,相信你也会跟我一样,觉得自己有义务要带他去医院求救,直到一切都没事了为止。

现在,终于轮到我了。我真的很抱歉,其实我并没有缝了二十多针,但那并不代表我心里的伤也是假的。你不接我的电话,让我非常非常痛苦,现在,我们已经和好了,答应我，不要让这"善意的谎言"再破坏我们一次好吗？无论如何，请你原谅我，我保证今年夏天一定带你去日本买很多很多可爱的东西。

最后，请你也原谅东光吧，因为这些谎言都是他想出来的，不要跟他算账了好吗？毕竟，他已经得到应得的报应了，不是吗？

不想再戴帽子的壮壮

鸽子的天空

　　高中联考结束的那年暑假，我突然变成了一个无比善良的人。

　　在我开始憧憬爱情的时候。

　　那时，爱情的圣诞树一夕之间就长得无比高大，还挂满了精致的彩带，每天夜深人静的时候，我都偷偷走到树下仰望许久，希望在七彩灯泡明灭的缝隙里，意外发现一张被上帝挂在树梢上的纸条，上面写着我的名字。我渴望爱情。我猜想爱情的力量必定可以分开海洋，然后，顺便把我卷进幸福的那半边里。

　　四下无人的圣诞树继续长高、长大，我的心是沙洲上的黑土，无比营养，又无限慈悲。我看见几枝新芽伸进了天边，仿佛找到了不为人知的方向。梦想离我愈远，必定就离现实愈近，等待爱情的我如此奇怪地想象着……

　　暑假过去了，学校开学了，我的爱情火车继续向前进，车头还冒着干燥的白烟，然后，它在一个小站停下，上来了另一个乘客，于是我有了一个同病相怜的朋友。

　　这个新朋友是我的同班同学，因为留级的关系，所以这是他第二次念高一。他的人面很广，全班只有他能够跟篮球场上高大的学长们称兄道弟骂脏话而不会被揍。我的新朋友就有这样的地位，因为他的关系，篮球场上偶尔也看得到我在禁区底下大胆跟人抢球的模样。对了，我的朋友叫番薯，要用台语发音：ㄏㄢ ㄐㄧ[1]。番薯这个外号取得很生动，因为没有人会反对我的朋友长得真的很像一颗粗壮的红番薯，特别是当他刚打过篮球汗流浃背、满脸通红的时候。番薯长得不高，大约一百六十公分左右，所以不适合抢篮板球，于是身高一百八十公分的我便成为一个很有用的人了。为了报答朋友的知遇之恩，我努力地挤到篮筐底下跟野兽学长们推挤抢球，抢输了，番薯忙着帮我骂脏话；抢赢了，番薯就更忙了，他接下我快传给他的球，迈开不太大的大步运球过中线，单打独斗切入篮下急停跳投，通常被盖火锅的时候居多，所以学长们都很喜欢防守他。尽管如此，番薯却很有运动家的精神，别人盖了他一个大火锅，他还会在第一时间大叫一声："好球！"让防守的人心里充实一整天。

　　我和番薯很快地就变成了好朋友。番薯经常在上课的时候打瞌睡被老师叫去厕所洗手台用冷水洗脸，我们只对学校围墙外面所有的女学生感兴趣，就像监狱里的囚犯一样，天天打篮球只是在等待假释而已。

　　番薯家住桃园大溪，父亲已经过世，母亲白天在大菜

- - - - - - - -

1　ㄏㄢ ㄐㄧ：此为注音符号，汉语拼音为 han ji。

场当清洁工，晚上在家里做工资微薄的家庭代工，因此，我猜想，番薯小时候一定是个品学兼优的好孩子，所以家里的人，除了母亲，还有大姊、二姊都尽了全力资助他上台北考联考，念公立高中。除了食衣住行，番薯每个月还有一笔房租要付，那是一个二楼加盖的木造阁楼，在一间吵杂的机车行楼上，每次我和番薯一起回到他的宿舍都要踩在黑油油的地板上，穿过机车行黏乎乎的厨房，从小厕所旁边一个大约只有五十公分宽的咖啡色木梯走上去，扭开从来不锁的门把。这是番薯的母亲和姊姊合力帮他租下的房子，我们从来不曾在这屋里好好坐下来读一点书。认识番薯的第一个星期六早晨，我就告诉母亲下午要去一个住在台北的同学家复习功课，不会直接回家。中午放学之后，番薯请我去吃自助餐，然后把我们的书包放回宿舍，换上运动服去附近的台大法商篮球场和陌生人打篮球，互相推挤。打了两三小时篮球，流了满身大汗，番薯又请我吃刨冰，我们到附近菜场里的小摊买冰带回宿舍去吃。番薯付钱的时候，我想起了他在另一个菜场当清洁工的母亲。回到那间站起来走路就会撞到灯罩的闷热小房间，我们挨坐在一张小木桌的两旁吃刚刚开始融化的刨冰，楼下的机车行传来一阵快速扭紧螺丝的马达声，满身的臭汗味在两个盛冰的保丽龙碗之间穿梭来去，我们机械地把冰渣子划进嘴里，圆鼓鼓的汗珠从我们已经开始长出胡须的唇边冒出来。沉默无聊的时候，番薯会从墙角抽出一把破烂的木吉他来拨弄几个基本的和弦。他的吉他和他的生物成绩一样糟。

就这样，我们像是一对同甘共苦的牢友在这木造的监狱里度过了许多憧憬爱情的周末下午，即使是在书店门口匆匆看过一眼的女学生，也能在我们多愁善感的心中分解成一百种漂亮。我们都想牵着她的手，于是，她的手在我们的脑海里变得愈来愈迷人了，今天比昨天迷人，这个月比上个月迷人，到了最后，整个世界都迷人了……在狱中，我们是两株鬼鬼祟祟的爬藤，盘算着总有一天让我们出其不意偷偷攀出墙外。

终于有一天，假释的机会来了。

高一的寒假，我们班的康乐股长和邻近的一间女校办了一次郊游联谊，地点在十分寮瀑布，男生来了十几个，女生也来了十几个。现在回想起来我还不禁哑然失笑，当年的我们多么容易满足啊，只因为男女双方的人数几乎一样，心底就摩拳擦掌地莫名高兴着，而且还在心中认定这一定是上帝刻意的安排，好让我们每一个人都和和气气地交到一个女朋友。

我和番薯都注意到了，在这一群女孩之中，也有一对和我们一样，一高一矮，看起来很要好的女生，高的那个是L，矮的那个是S，两人到哪儿都走在一起。L长得很清秀，皮肤很白，安安静静的，笑的时候也不曾张口，是当天公认最美丽的女生；S是阳光型的女生，皮肤黑但是有另一种好看，而且非常地大方，我们班的同学全都不断找她说话，以

238

便显露出自己心中那点小小的勇敢。搭火车的时候，番薯就在我耳朵边盘算着，他说 S 活泼可爱适合他，L 修长迷人适合我，我听了害怕得不得了，仿佛上帝正躲在一片刺眼的阳光后面，只要我敢轻举妄动的话，祂就会立刻往我头上打下一道闪电来。

后来烤肉分组的时候，番薯软硬兼施，让我们班的康乐股长动了手脚，把我们和 L 与 S 分在同一组。我觉得番薯的手法好像不太光明正大，可是当 L 把宝特瓶里的黑松沙士倒进我手中的免洗杯里时，我又不禁对番薯充满感激，我心想，这沙士真好喝啊，其他的同学都下地狱去吧！

现在回想起来，我还会为当年那个洋洋得意的蠢样感到开心。那天郊游过后，我和番薯回到我们的牢房，背着其他同学偷偷展开我们美丽人生的蓝图。番薯说他要追 S，这我没意见，可是他叫我去追 L，这还得了，除非我的头顶上可以装一支避雷针，我心想。可是番薯变得无比勇敢，他决定由他负责打电话给 S，然后把她们两个人一起约出来。我觉得合情合理，因为在那个年代，要一个高中男生单独约一个女生出来是何其恐怖的一件事情，我没有理由不帮番薯壮壮胆。接下来的几天，我们都陶醉在一股节庆的欢乐气氛里，不断推想着各种可能遇见的难题，以及三百种"如果……"，然而，就是没有再提打电话这件事。假释的希望好像愈来愈渺茫了，终于，我开口提醒番薯该打电话了，要不然，S 接起电话的时候，可能已经想不起来我们是谁了。

我们站在巷口的投币式公共电话前面快一小时了，番薯手上的那个铜板还是投不下手。不知道打哪儿冒出来的勇气，我跟番薯说："我来打吧。"然后从他手上摘下那个沉重的铜板，投进去，开始用发抖的手指拨那个我们早已背得滚瓜烂熟的电话号码……

接电话的人大概是 S 的母亲，她竟然没有问我是谁，于是，我出奇顺利地跟 S 闲聊起来，最后也跟她约了见面的时间、地点，当然，我没忘了请她代约 L。

挂上电话之后，我和番薯疯了似的在宁静的巷口发作起来，我们一面鬼叫，还一面往彼此身上捶打着，不知道挨了对方多少拳，可是奇怪得很，竟然一点都不痛。好险啊，当时如果我们再快乐一些的话，可能就会同时被对方打死了也说不定。

约定的那天是一个周末下午，见面地点是中正纪念堂大孝门的牌楼下，我和番薯都换上了新洗好的卡其制服，早上上课的时候，还特别小心不要把衣服碰脏了，上完厕所也都分外认真地洗手。大概是番薯一直在看手表的关系，我们早到了半个钟头。我们两个穿着笔挺的制服分立在牌楼两侧看着从我们眼前走过的情侣们。

已经过了约定的时间十分钟了，人行道上还是不见 S 跟 L 的身影。番薯说没关系，不用紧张，女孩子都喜欢故意迟到。

我看着不远处的天空有一群鸽子飞来又飞去，看着看着，不知不觉我也加入了它们飞来又飞去。那些鸽子真能飞啊，不一会儿，我就飞得手心冒出一层汗水。我心想这真糟糕，万一今天有机会牵手该怎么办?

距离约定的时间半个钟头后，S独自一人朝我们走来，她告诉我们L不会来了，因为她爸爸要她去补习班上课。我听了非常失望，却也松了一大口气。我故作潇洒拍拍书包说没关系，我正打算去重庆南路逛书局买参考书呢。

番薯说，现在要去哪里?

我说，你们去荷花池喂鱼吧，公共厕所旁边有卖饲料的投币机，一包五块钱，我要去买参考书了。

S低着头看地上。

番薯的脸上出现一抹奇怪的表情，好像是说哥儿们一起走吧，有福同享，有难同当啊! 我赶紧挥挥手，要他快走。

就这样，我站在牌楼底下看着番薯和S并肩走进中正纪念堂里，难得的冬日阳光下，番薯的卡其制服闪闪发光，上衣的背后还烫了三条现在回想起来觉得很老土的直线。走出大概二十公尺，番薯回过头来，偷偷跟我比了一个准备牵手的手势，我看了差点笑出声来，连忙伸手回他一个胜利的V字……

番薯第一次约会成功的那一天，也是我第一次约会失败的同一天。我站在中正纪念堂大孝门的牌楼底下看着番薯刻意抬头挺胸走在女生旁边的背影，心里高兴极了，感觉自己突然变成了这个世界上最善良的人。当时，我想到，如果人生可以永远停留在那一刻就好了。

　　对了，那一天，我在围墙外看了一会儿鸽子，后来就真的去重庆南路逛书局了。

火车快飞

　　很多人都不知道自己的童年是在什么时候悄悄地结束的，但我记得可清楚了，就在私立高中联合入学考试的那天早上八点零五分。

　　就在胖德问我福建闽江以南盛产什么东西的时候，我爸爸出现了。他看起来非常疲倦，而且衣衫不整；也就是说，他看起来和平常一模一样。胖德看到我爸爸的时候吓了一跳，我觉得很奇怪，应该吓一跳的人不是我吗？

　　胖德在小学三年级的时候也被吓过一次。有一天中午，我和胖德正努力地把餐盘抬回厨房去的半路上，我爸爸出现了。他问我，放学了为什么还不回家，害他在校门口等了很久。我说，我们现在升上三年级，要上整天了。

　　我跟我爸爸要买字典的钱，他把手伸进裤袋又伸了出来，说："我帮你抬餐盘吧。"然后他就把竹篮子抬得高高的，结果重量都跑到胖德那边去，害我很不好意思。更糟糕的是，我爸竟然从鼻子底下找到了一个芦笋寿司来塞进嘴巴里。胖德一直用力回过头来跟我吐舌头，他的压力真的蛮大的。

　　我爸去上厕所的时候，胖德问我："他真的是你爸爸吗？"我说："应该是吧。"

说再见的时候，我提醒我爸明天要交买字典的钱——四百八十五块。我爸的眼球突然之间变大了，我赶紧跟他说，还可以打九五折。我爸问我买字典要做什么？我说上作文课要用的。我爸想了一下，说："不会写的字问老师就好了。"胖德提醒我爸，下个礼拜还要买自然实验要用的显微镜和体育课的跳马护膝。我爸瞪着胖德的全新耐吉篮球鞋说："你是白痴啊！"胖德又吓了一跳。我爸是真的生气了，每当他生气的时候，就会骂别人白痴。

这是胖德第二次被骂白痴了。一开始，我爸把胖德手上的地理课本抢过来，然后问我们"黄河总共流经哪些省份"，还有"季风"是什么。过了五分钟，我爸问了一个课外题："第一节考什么？"胖德说："考国文啊！"结果胖德就被骂了。我爸问我说："为什么你的朋友不是大白痴就是大胖子，总是和一些白痴交朋友，从前小学的那个叫什么的也是！"

胖德的脸变得很红。

我爸问我们为什么不准备国文，我说国文的题目我们比较看得懂，所以才准备别的。

又过了几分钟，气氛变得很无聊，我爸跟胖德说："小胖子，弄几瓶饮料来喝吧。"胖德说："看我的。"就立刻跑去买了。

胖德去买饮料的时候，来了一个补习班的女工读生，她跟我爸介绍她们的"第一志愿初四保证班"，平均每个月只要缴两万九千块就一定可以考上公立的高中，不过第一个月还要缴讲义费、制服费、理发费和营养保健费。我爸的脸变得很红。他问我为什么不考公立高中，我说因为我们老师说我们一定考不上，所以就帮我报私立的。然后，我的童年就正式结束了。

"考不上就算了，回家吧，我们不考了。"我爸说这话的时候，倒是非常地冷静。他拉着我的书包带，正准备离开的时候，那个女工读生又追了上来，塞了一份招生简章给我。我爸把简章抢过去，用力撕了六次，然后往头上一抛，撒了满地的纸屑。很多考生和家长都看着我们，我心里想："我完了。"

其实我觉得蛮高兴的。一直等到我们走出校门，穿越第一个十字路口的时候，我才有点难过起来。至少，我应该要跟胖德说一声我不考了吧？我很担心我永远都看不到胖德了。

初二升初三那年暑假的前两天，我也以为我永远都看不到胖德了。

那时候，胖德每天都要交一百块给三十七班的灌强，灌强是全二年级的老大，所有的男生和部分的女生都是他在管。每天早上打扫整洁区域的时候，我都会陪胖德去木工教室那边交钱给灌强。灌强拿钱之后，就会跟我们说："如果有事就报我的名字。"

胖德每天的零用钱两百块，每次交完钱，他就会跟我说，如果不用交钱给灌强的话，我们就可以过得很好了。我没有说话。听到胖德说"我们"的时候，我觉得很高兴，还会有一点想哭的感觉。

放暑假的前两天，灌强跟我们说，因为放假不用来学校，所以叫胖德明天要带两个月的钱来。灌强身边有一个叫白猴的在一旁搭腔说，灌强昨天数学考零分，所以最好不要惹他生气。

胖德很害怕，就问灌强明天总共要交多少钱？灌强一巴掌打在胖德的脸上，说："你不知道我数学很差吗？"白猴说："别怪我没警告你哟！"临走的时候，灌强说，如果明天没有看到钱的话，他就会用十二支扁钻来插在胖德的手指头上。我心里想，灌强大概不知道一个人只有十只手指头吧。

那天晚上，胖德害怕得要命，一直打电话给我，说他只凑到两千多块而已。胖德问我有没有办法救他，我说我有二十六块钱。等他打到第八通电话的时候，我已经凑到八十九块了。我们讲电话的时候故意把声音压得很低，我妈妈一直问我是不是交女朋友了。

隔天，胖德不敢去上学，我们约好放学后在我家门口碰头。那一天，灌强也没有来上学，因为他妈妈昨天晚上被他爸爸从十三楼的阳台上推下来。

我把这个消息告诉胖德，胖德过了好久，才把口袋里的三千多块钱都掏出来，结结巴巴地说："我们去看电影、吃炸鸡。"

那个暑假是我们过得最好的一次。

穿过十字路口的时候，我就一直想到胖德那次从口袋里掏出钱时，高兴得不停发抖的模样。

"要去哪里？"我问我爸。

他抬起头来，看着"心心盲人按摩院"的压克力招牌。"去按摩吧，"他说，"我觉得好累、好累啊。"

我说好。我能说什么呢？我可是一点办法也没有啊！

蜡 像 馆

学校放暑假了，不管我愿不愿意。

同伴们都去参加课业辅导，为升上初三预做准备，只有我不那么关心英文文法和数学习作。我有更重要的问题。假日始终令我迷惑，就像地球有白天和夜晚一样。暑假像是个漫长而刺眼的白昼，使我汲汲于寻觅一个藏身之处，好重回地球上属于黑暗的那半面。

一个周末夜晚，我一个人到老街的夜市闲荡，在武圣庙口前面，无意中遇见我过去的一个男同学，他背对着我站在一个烤肉摊子前面，手上拎着一塑胶袋的漫画，另一个更大的塑胶袋里塞满了蚕豆酥、红土花生和豆腐干等零食，两个胖胖的、红白相间的大塑胶袋就勒在他的手指头上推来推去。我躲到庙口大石狮子的屁股后面，静静地看他从小贩手上接过一袋烤肉串，付钱，敏捷地跨上他的变速脚踏车。踩了两下，他倏地站立起来，划过人潮间的空隙。一眨眼间，就像一个强盗似的快马加鞭而去，只留下一阵烟尘向我飘来，好像准备逮住我的衣领，问我为什么畏畏缩缩地躲在这里？

那天晚上，我躲在房间里计划一件事。我计划将我渴望已久的愿望提前实现：一次真正的远行，即使是短暂的脱离也好。我准备了水、饼干和地图，又找到一个还剩下几张底片的简陋相机，把它们装进一个红白相间的塑胶袋里，然后等待天亮。

登上公车，坐到司机背后的独立座位，我忍不住笑了。我从后照镜上看见自己的笑容，我笑得很自然、很真诚。我以前没有过这样的笑容，以后或许也不会有，但我并不难过。看着车窗外的公寓、学校、市场、广告看板、行道树飞快地向后退去，我高兴得用手抿住嘴唇，像一个心满意足的小偷。我轻轻地从一个大白天走进黑夜里去了。我紧紧握住地图，掌心冒出细小的汗珠。

很久以前我就想要自己一个人去逛中影文化城。在外双溪下车的时候，我的心中充满感动，因为我马上就可以走进历史，走进地球的阴影里去了。我想，我再也不能躲得比这次更好了，在假日的人群中，我像是一个没有生命的道具，一道僵冷的门槛，一座空寂的天井，或是一卷漏光的竹帘。我轻轻抚摩着一扇花窗，像是正在抹掉我身上的一层灰尘。我买了一串糖葫芦，嚼着酸苦的果核，沉浸在朝圣的光环里。我度过了生命中最透明的一天，在这时空融化了的迷宫里。

那天，文化城园区的一处设有很特别的古代人物蜡像馆，我因为错过了开放参观的时间，所以没能进去。我从一堵白墙上的石窗格凝望过去，只隐约看到一些角落里的人物，还有盆景、假山、鸟笼等等全都纹风不动，红色的夕

249

照从窗格渗透进去，把所有的东西都糅合在一起，我注视许久，直看到它们融化成一团焰火，不留一丝灰痕……未能进蜡像馆里去参观，我并不难过。我在门口吃了几片饼干，喝了一口水，然后取出相机架在一座花台上，按下自拍器。

　　这张照片一直小心翼翼地躲在我的抽屉里，经过这么多年，照片上的我依旧笑得很自然、很真诚，一点都没有改变，就像一尊蜡像。

贰

我的维他命时光

最近，一位和我同年（三十有六）的好友深受打击，事情发生的经过是这样的：一位美丽的高中女生面带羞怯地向他走来，然后停在友人面前，状似欲言又止。朋友身上的雄性激素开始警觉起来。高中女生不敢直视前方，额前的刘海垂到了鼻尖上，她说："叔叔，请问旧火车站怎么走？"

其实，这种苦头我也尝过。十八年前，当我还只有十八岁的时候，一位与我同年的邻居就抱着他刚满一岁的儿子走到我面前，"叫阿伯。"他说。这位邻居实在是个好人，但我不知不觉与他保持距离，渐行渐远，因为，掐指一算，他老兄的儿子今年也满十八岁了。

时间一定是鬼，因为我已经怕成这个样子了。

关于被定位成"五年级"这件事我是无话可说的。我出生于1966年，往"四年级"或"六年级"哪边靠过去都一样遥远，所以最好乖乖承认。

其实，我并不讨厌这样的分类法，至少，我觉得"几年级的"比用"X、Y、Z"世代来得清楚一些。过去，听说凡是"曾经在电影院里看过《星际大战》的人"就是 X 世代的，我并没有看过，所以有点失望。然而，我可是在电影院里看过《梅花》《醉拳》和《火狐狸》的，难道这些电影票钱都白花了吗? 现在好了，用"五年级的""六年级的"这种方法可以将人一网打尽，疏而不漏，于是，感觉自己就像超级市场里的苏打饼干，至少还分到一张新鲜的标签贴在身上了。

那么，五年级的人到底是什么德行呢? 这个问题实在太大了，幸好，这个专题的名称是"五年级纪念册"，既然是纪念册，意思也就是说，每个人都贴上一张照片，然后说几句互相敷衍的话就可以了。我的纪念册在哪儿呢?

我就读的小学并未制作正式的毕业纪念册，所以，一直到中学毕业那年，我才拿到一本红色硬壳封面，又大又重的毕业纪念册，心中觉得真是充实。第一: 这无疑是我生命中的第一部大书，它比电信公司发的黄皮电话号码簿来得有趣多了，而且还是精装的。第二: 我的照片像义士一样被印在书上了，这真是一件令人骄傲的事情，况且，除了大头照之外，我(真的是我!)的脸还出现在一张大概有三十个人的团体生活照里面，就在便当保温箱的左上角。因为无知和虚荣心，我空前绝后地尝到了"不朽"的滋味。第三: 那些朝夕相处了三年的女生，现在全都有了名字，不但有名字，连住址都有，我心想，如果学校能再附赠一些信封和邮票就更完美了。拿到毕业纪念册的那个下午，我一口气认识了七八百个女孩子，她们全部一反常态地，对我发出友善的微笑。抱着厚重的纪念册，我觉得这真是一份"迟来的正义"。经过三年的严密隔绝，学校终于对我做出补偿了，毕竟，这种男女分班的悲剧，就连走入历史的圆山动物园里也不曾发生过啊！

说起毕业纪念册，就不能不提到"毕业感言"，也就是每个人玉树临风的大头照底下的那一小方白格子。我觉得，这一小格只能塞下短短一句话的空间，真是对个人文采最残酷的考验。想想看，就这么有限的一句话，如何能够让自己在这茫茫人海中出类拔萃、摇曳生姿呢？难怪当年革命先烈秋瑾女士会写下"秋风秋雨愁煞人"。

然而，就有一个令人气结的家伙办到了。

我这辈子看过的毕业感言也算不少了，至今还没有一个人能够写得比这令人咬牙切齿的东西还要高明的。这位仁兄长得普普通通，顶着一头校方规定的三分头，戴着一副厚重的学究型黑胶眼镜，看起来倒与我颇有几分神似，相貌在伯仲之间，只能说是初具人形，稍有灵性而已。然而，相片底下的那一句毕业感言，却能力挽狂澜于既倒，如果在古代，这人必定能获御笔钦点为状元无疑。

他的毕业感言是："本人比照片好看。"

服了吧！

就在我们这群灵长类还煞有介事地写下"勿忘影中人""珍重再见""学海无涯唯勤是岸"的麻瓜句型时，人家老兄早已擦板得分，先驰得点了。

我原先一直不知道该如何谈谈像我这样的某种五年级生，然而，想到这句闪闪发亮的话语时，顿觉豁然开朗。

原来，我所印记在心中的"五年级生"，是一群不断在极有限的空间里努力美化自己的人。

因为很想美化自己，所以必须先否定自己（或别人）。

这就是我心目中的"五年级生"，因为不能满足于基本的糖类、脂肪和蛋白质，所以很想弄点维他命丸来吃吃。

这些维他命丸有时是挺有意思的。我曾经和一位大学同学为彼此脚上的球鞋争论不休，为的只是想要较量一下谁买的仿冒耐吉比较接近正牌的；一群朋友从金马奖外片观摩展的戏院走出来，盛赞某某导演运镜功力之高明，然后回家在日记里写下："早知道就去吃火锅……"和外校女同学郊游联谊的时候，康乐股长把人家漂亮的女班代整哭了，因而喜不自胜，他说："留下坏印象比没有半点印象好太多了！"

我觉得，五年级生并不特别聪明，然而却很擅长做计划，因为我们是考试的高手。我们写过的考卷比我们用掉的面纸还多，我们的计划一砖一瓦，清清楚楚，即使不能盖成坚固的堡垒，至少可以改成收纳失败的仓库。我们渐渐变得小心翼翼，因为上一代认为我们不能吃苦，而下一代嫌我们迟钝迂腐，然而，这能怪我们吗？我们小时候烧煤球，长大了用微波炉，现在的小朋友成天唱歌跳舞，我们过去可是穿上雨衣骑野狼125……

拉拉杂杂写了这些，无非是想说明其实"五年级的"自有他的一点辛苦，虽然我一时还讲不清楚。那么，我的维他命丸又是什么？

我很想说"是文学"，可是又说不出口，因为我有点悔不当初。

事情的经过是这样的……

刚上大学的时候，我也和大家一样，误以为考上大学之后最大的好处就是可以不用再上学了，于是开始结群游荡。我们就像水族箱里的热带鱼一样不会迷失方向，可是，某一天，有一尾不自爱的热带鱼破坏了我们平静美好的生活，他说了一句非常不应该的话："你们将来打算做什么？"顿时，我们辨认方向的雷达就忽然失灵了。我记得孔子好像也干过类似的事情，一伙人正开心的时候，他老人家说："大家何不谈谈自己的志向呢？"可是，我这位大学同学并没有受到孔子一般的待遇，当他发出相同的问题时，我们并没有容许他成为最后再做总结的那个人。于是立刻有匹夫跳出来说："你管我？你将来又要做什么？"现场气氛虽不庄严，但颇有几分肃穆。

这个同学倒是破坏了我的生活，因为我果真开始思索"将来要做什么"了。（当时我还没听过"人们一思索，上帝便发笑"这句名言。）

终于，我走进了书局，糟糕的是，二十年前的书局卖的可都是文学书啊！于是我拿起其中一本，开始阅读折页上的作者简介："×××是当今文坛公认的大师，对人类精神的剖析，精准一如外科手术医师……"下一本："×××是六〇年代地平线上升起的最耀眼的一颗明星，对摆荡在物质与精神双重困顿的现代文明，有着绝对不容漠视的清澈洞见……"

我站在冰冷的书架前感到全身发烫。这些作者出书时也不过大我几岁而已啊，我想，我肯定是白活了。然后，果然祸不单行，我从架上选了一本小说买回家。我想，在我走出书局、迈开坚定步伐的那一秒钟，地狱里一定传出了一长串的鞭炮声。

接下来十几年"否定自己"的日子，我想，一定有很多人跟我有相同或类似的遭遇，所以就不再赘述。

我的感想是，维他命丸也不可随便服用，轻微感冒时，记得多休息，多喝热开水就好。

最后，我的毕业感言是："本人最好不要看自己的照片。"

分我吃一口

　　按照流行的说法，我是五年级生。我小的时候，台湾社会还处于一个物质较为缺乏的状况。（请注意，我说的是缺乏，而非匮乏，以免三、四年级的学长姊们头上冒烟。）也就是说，我们有幸穿过黑豹球鞋，至于"中美合作"牌面粉袋内裤则缘悭一面。奇怪的是，小时候并不会觉得生活中有许多欠缺，或许，那是因为童年时光就跟丛林里的黑猩猩一样，每天睡醒了，除了游戏，就是觅食的缘故。

　　大人和小孩都要游戏和觅食，不同的是，小朋友会把这两项工作结合在一起。

　　很荣幸地，小时候家住台糖小火车铁道旁，我也跟人家"抽"过几天甘蔗。说来奇怪，台糖小火车不知为什么好像故意开得很慢，好让附近的居民可以从从容容地把货台上成捆的甘蔗给抽出来。不夸张，那火车的速度可真够人情味的，致使我们这些排成一列的小朋友不得不仔细选上一根"很中意的"再下手，以免暴殄天物。不过，甘蔗最大的缺点是，吃了几次之后也就腻了，只好再找些别的东西来甜甜我们的小嘴。

　　记得有一年过农历春节的时候，母亲从街上买回了一种外形像是个小小金元宝的可可糖，我费了九牛二虎之力杀进又杀出抢到了好几颗，藏在新买的夹克口袋里慢慢吃，吃到最后一颗舍不得吃了，一直珍藏在暗袋里准备当标本，然而，好景不长，有一天，我在花生田旁边遇见了我幼稚园中班的同学王大头。事情就坏在我当时年纪虽小，可是却已识得了虚荣心为何物，于是便喜滋滋地从夹克口袋里掏出那一丸金元宝，然后叫我的同学站远一点，才安心地把手掌摊在阳光底下，让他看看这金光闪闪的好东西。果然，不出我所预料，王大头的眼珠子差点从眼眶里弹出来，我赶紧合上手掌，将小元宝收回口袋里去。

没想到，我这同窗是个雄才大略的家伙，他并没有跟我要这压箱底的金元宝，只见他不疾不徐也从新夹克的口袋里掏出一丸皱巴巴的半透明塑胶袋来摊在阳光底下。王大头并没有叫我站远一点，所以我立刻就凑上前去看看那塑胶袋里一颗颗晶莹剔透，同样金光闪闪的是什么好东西。"这是什么？"我问王大头，他摇摇大头，表示不知道。接下来，令人惊讶的事情发生了，只见王大头伸出食指，往小塑胶袋里一沾，沾上几颗细小透亮的晶体，往大嘴巴里一塞，那脸上露出的满足表情，一看我就了解为什么食指要叫作食指了。原来是可以"吃"的东西，开玩笑，可以吃的话自然是鲤跃龙门今非昔比了。

"分我吃一口！"我说。

"嗯嗯嗯。"王大头正在享受无上美食，所以还不舍得打开他的大嘴巴，不过他的意思我完全听懂了。

"再让我看一下？"我退而求其次。

不说还好，这一说更糟，说完，王大头立刻收起皱巴巴的塑胶袋塞回口袋里去，连正眼也不再让我瞧一眼了。接下来，经过几番激烈的拉锯战后，我终于痛下决心：用我的金元宝来换王大头的塑胶袋。交换的仪式隆重而迅速，换过之后，我立刻摊开那丸皱巴巴的东西，让我的食指也过过瘾。当时，我心想，这宗买卖还真不赖，我用一颗小糖果换他几百颗更小的糖果，说什么也不算吃亏了。

后来，我才知道那东西叫作红砂糖，在我们家厨房的克宁奶粉铁罐里头就有一大袋。更糟的是，上小学之后我才知道原来红砂糖就是蔗糖，是从那随手可抽的破甘蔗身上榨出来的，顿时无比怀念起我的金元宝来了。王大头，有种别让我再遇见你！

稍长，我们也开始在村子的大马路上学红叶少棒队用木棍和小石块来练习打棒球了。一个人投，另一个人打，打出去的高飞球也没有人冲过去捡。谁要捡一颗破石块是吧！所以，打棒球看似热闹，也不过就两个人一投一打而已，那么剩下的人干什么？偷偷告诉你，其实他们在当交通纠察队。偶尔有一辆老爷吉普车远远地开过来了，就有希区考克型的小朋友冷冷说一声："车来了。"车来了就车来了，谁理他啊？有什么好紧张的，投的照投，打的继续。"车来了。"这次换另外一个副导演说话了，依旧没人理他。吉普车算个什么东西，满街到处都是，况且，火车都能刹车了，吉普车就不能停下来吗？

　　果然，吉普车就停下来，驾驶座上从窗户里拐出来一张老 K 脸破口大骂起来。这会儿红叶少棒的选手才懒洋洋地靠边站去，等到车开走了，那当投手的立刻凌空抛出一颗小石块，干打击手的自然是用力一挥，瞄准了老爷吉普车的后车灯……可惜啊，十打九不中。

　　吉普车没人理，可是有一种三轮车就不一样了，才远远露出一个车头，所有的人就立刻转过头去，然后争相走告："卖叭ㄅㄨ¹的来了！"卖叭ㄅㄨ的大家都知道，就是土制的冰淇淋，可是我们这位骑三轮车的退伍士官长除了叭ㄅㄨ之外，还兼有打香肠的珠台，我们最喜欢看那小铁珠在密密麻麻的铜钉子间弹来弹去了。每次士官长来了，就有眼尖的小朋友开始惊呼起来，人缘更好的就赶紧冲回家去拉出一个和蔼可亲的大人来出钱打香肠。可惜大人们并不很欣赏打香肠的珠台，他们喜欢博一搏运气，跟士官长掷骰子。

　　大人们掷骰子，小朋友们也没闲着，连忙在一旁摇旗呐喊啊。我方掷骰子时，大人拿起四颗喜巴豆仔²在手掌心搓来搓去，然后鼓起腮帮子吹一口气，这时，我们再也沉

· · · · · · · ·

1　ㄅㄨ：此为注音符号，汉语拼音为 bū。

2　喜巴豆仔：一种在台湾常见的赌博游戏，由一位庄家与几位闲家参与，用四颗六面骰子进行。开始前，闲家各自下注；之后，庄家先掷骰子，闲家再轮流投掷，以各自的点数与庄家比胜负。计算点数时，若有两颗的数字相同，就要扣除。最大的点数为十二，最小的点数为三。

不住气了，开始鬼叫着："喜巴¹啦，喜巴啦……"轮到士官长掷了，我们立刻咬牙切齿起来："BG²啦，BG啦……"那副模样，想必是面目狰狞、极端可厌的，所以，到了后来，连出钱的大人们偶尔都过意不去了，于是拉下脸来训斥我们一番，叫我们闭上乌鸦嘴。

其实这有点小题大做了，大家出来混嘛，求财而非求气是吧，像我们的士官长就沉着多了，或许是大风大浪见惯了，什么样的鬼叫没听过？你喊你的，人家士官长气定神闲，捞起骰子就撒，一点也不啰嗦，还不照样杀他个慈眉善目，干干净净？有时，大人们教训得凶了，人家士官长还会好言相劝："没关系，小孩子好玩嘛，喊喊没关系嘛，要是喊得准那反攻大陆早就成功了是吧？"看看人家这气度恢弘，不愧是见过世面的。不过，现在想想，在那戒严年代，我们这位士官长的确算是不怎么爱惜生命的那一种人啊！

小时候，什么都好吃，什么都好玩，要是童年时光永远都不会结束那就更好了。谁记得它怎么结束的呢？

偏偏我就记得。

事情发生的经过是这样的：大约在小学三四年级的时候，某个夏天傍晚，村子里的男女老幼照例在一棵大榕树底下乘凉闲嗑牙，你一句他一句的，聊着聊着人就渐渐少了，

· · · · · · · ·

1 喜巴：投出最大的十二点。
2 BG：投出最小的三点。

每个人平均分到的蚊子也就渐渐多了，到了后来，莫名其妙地就只剩下两个老兵和我一个小孩子了。不知为什么，我们三个其实无话可说，可也都没走开，仿佛撑到最后的那个人便有奖金可领似的。突然，其中一个老兵甲看了我一眼若有所思地说："还是当小孩子最好。"另一个老兵乙则是冷冷地搭了一句："那还用说，人生的黄金时代嘛——"

说完，两位不自爱的前辈就闪人回家了，留下我一个人像个呆瓜似的。树下的蚊子全都开始专心地攻击我了，我觉得苦恼极了。我想到了"黄金时代"，继而又想到了当年那个与我擦肩而过的小小金元宝，于是，好像突然领悟了什么，我了解到我的童年就和当年的金元宝一样，都是稍纵即逝的。这个想法实在太早熟了，所以，我的童年只好提前结束了。

变成大人之后的生活当然就不好玩了，因为我们把游戏和觅食这两桩重要的事情分开了，而且觅食的时候多，游戏的时候少。

前几天，我突然心血来潮，觉得自己成天死气沉沉的也不是办法，于是便想动一动，但是怎么动呢? 很可悲地，我和许多前贤一样想到了慢跑。那就跑吧，跑啊跑啊，辛辛苦苦跑了一圈回来，巷子里有几个小朋友正在玩跳橡皮筋、踢毽子，见我匆匆跑出，又匆匆跑回，心里很是纳闷。其中有一个长得很可爱的小女生终于忍不住开口了，她仰起红红的小脸蛋看着满身臭汗的我说："叔叔，你怎么一直在跑啊?"

童年结束之后，人生真是够悲哀的。

酒 墙

1995 年岁末我在基隆码头搭"人员运补舰"前往外岛服预官役，一晚上风平浪静，如卧滑板，想了几个没头没尾的心事，隔天清晨在船上买了两个包子，喝了几口矿泉水，便看见有人开始收理行李了。

下了码头，依序排队受检，灰蓝的雾气随一股晨风飘来，湿而且凉。搁下黄埔大背包，极目望去，岚烟茫茫，异峰凸起，几分雨意再加上拍岸的涛声，很有一些金瓜石的味道。对于一向生活在都市丛林的我来说，外岛真是一点也不小。前来带人的辅导长一路上向我们介绍人文风土和战地险要，我贪看远山，没听进几句话；只记得半途上爬了许多陡峭的石阶，还有经过酒厂时，闻到一股热腾腾的，谷物发酵蒸散出的酒香。

过了三天，散雾之后，才搞清楚原来之前看见的远山棱线位在海峡彼岸，外岛瞬间变小了。

防区水质不佳，且水源匮乏，酿酒用的高粱，据说也是远从海外"进口"而来；外岛酒业不衰，我想是"冷"出来的。

冬天东北季风确实是冷，冷到人的耳朵像豆苗似的抽长、变色，终至泛黑、枯萎，到了连钢盔也戴不下的时候，只有就医包扎一途。两只耳朵像打了石膏似的屹立不摇、纹风不动，自己看了伤心，别人看了也难过（因为得忍住不笑）。任谁到了这个地步，只有举手报病号、躺上床、拉上棉被，虽不致终日以泪洗面，却也见人不得、吹风不得、翻身不得，戴耳机听音乐更不得；只得仰天长叹、辗转失眠，镇日听涛声、雨声、答数声，声声刺耳。

当兵的人找酒喝就像小和尚逛妓院，同样得顶着头皮壮起胆子，同样找不到理由。防区禁令首忌酗酒互殴，然而朔风野大、乡路迢迢，喝酒一事，对战力有碍，却对灵魂有益；喝与不喝，存乎一心。人说东北有三宝：人参、貂皮、乌拉草；外岛也有三宝：圆锹、水泥、十字镐。在寒风像砂纸一样磨在人脸上的天候下构工、出操，就算滴酒不沾，照常冻得满脸通红，索性喝吧！

入伍经过一个冬天之后，才发现喝酒真是一门学问，想要练就"不择地皆可喝"的最高境界，可不是轻易能达到的绝学，必得天时、地利、人和皆备，方能功德圆满。所谓天时者，年资也。菜鸟固然与酒无缘，甚至公开抽烟亦不可得，原因无他，其吞云吐雾之陶醉表情碍了老鸟的眼，于"军容"不符。所谓地利者，掩体也。老鸟们善于利用地形、地物寻找隐蔽，并且兼顾风向、方位，除了"视觉"上的考量外，还须注意"嗅觉"上是否会造成事迹败露。而所谓人和者，情报也。教战守则曰：作战制胜之关键，七分在情报。老鸟们喝酒必有三两斥候在外"把风"，于"制高点"或"重要隘口"担任警戒与扫荡，且定时交接、换班不爽。只有把握了这三大前提，方能"槟榔、香烟、酒"三宝俱足，全身而退。

我在外岛服役期间有两次较特殊的喝酒经验。

第一次是孤独的个人之旅。下部队不久后，按规定开始轮值担任夜间查哨的军官；彼时我与弟兄们驻守在坑道和碉堡之中，人说军队阳刚气重，到了晚上可不是那么回事，一个人三更半夜走在相思林夹道的山路上，那种滋味，怎一句"走着瞧"形容了得。白天一望无际的碧海蓝天，到了晚上全糅成一团乌漆鸦黑的幢幢魅影，远处浪涛拍岸的海潮音，到了这时也变得凄凄惨惨，好似冤鬼磨牙呼号之声，身历其中，不寒而栗。身为少尉军官，总在这时候深深羡慕起小兵来，因为站哨虽苦，至少还有安全士官为伴，这种"个人独享"的夜游，除非逃亡，可说绝无仅有。

初次查哨，我打起精神，强装镇定，把口令用原子笔抄在手腕上，以防忘记被人当成了活靶。穿戴整齐之后，肩上斜挂着一支强光手电筒，告别了据点内当班的卫兵和班长，百般不愿地走进远方蜿蜒死寂的黑暗里。

只有独自走过夜路之后，才知道军阶的沉重所在；一路上，偶尔传来野犬"吹狗螺"的嚎声，这时却是备感可亲，因为其声虽然凄厉，却也远远地捎来一股"从无到有"的生命感，虽然微薄，却如雪中送炭般弥足珍贵。

我把手电筒的灯光开到最强，心情随着徐行中的光束高低起伏着，一方面希望借以驱散黑暗，一方面又怕照得太清楚了，一些"走避不及"的"物体"因而原形毕露，只得把光照向前方，眼睛低低地看着脚下，这么一路朦朦胧胧，既敏感又麻木地走着。远方山谷底下的民家窗口偶有几扇透出昏黄的灯光，我无端地感伤起来，猜想着他们也许正在看录影带或是摸麻将吧。那几个小黄点里的人抑或已沉沉入睡，他们与我之间，仿佛正可用来定义天堂与地狱之间的差别。

那夜查哨回来，踏上自己的据点，心情有如成功盗回本垒一般。和当值的哨兵闲扯几句，所有劳顿尽除，睡意全消，只觉得人是世界上最可爱的动物。安全士官殷勤地为我取碗、洗菜叶，准备热水和泡面；当热水冲入塑胶碗里浮上一层油光之际，我几乎舒适得想要流下泪来。我回到才离开数小时的排长室，扭开桌灯，让我的木窗缝隙也透出昏黄温暖的光束，就这样，我回到了属于天堂的那半边。我深深意识到：这样充实的幸福，人的一生可能难得几回。据点的弟兄们大都已进入梦乡，我关上房门，用竹筷子夹起热腾腾的面条和据点自产的小白菜叶，一股扑鼻的汤汁香味充塞在我的小房间里。取出部队拨发的邓丽君《君在前哨》CD放入随身听里，戴上耳机，按下播放键，霎时一串幸福甜美的软语回旋耳畔，那妩媚的歌喉浓香柔软如一片起司蛋糕。我点起一支烟，白烟徐徐袅绕盘旋，清新如晨雾透窗而入，安详而宁静。在这方花岗岩石的小房间里，我尝到了一种前所未有的"透明感"，它不是快乐，也不是感伤，我觉得我化成了一缕微尘扩散在空气分子的空隙里，不知过去，也没有未来，我感到清明而知足。

吃完泡面，我取出一瓶陈高倒在玻璃杯里，又从饼干盒子里找到半包巧克力糖来下酒。玻璃杯折射出浅黄的光晕，就这样，我在一间只有我自己一个人的"前线酒吧"里品尝着一份充满光明的寂寞。

另一次难忘的喝酒经验，则是发生在快退伍之前。一天，别的单位跑掉一个兵，指挥部下来电话记录:××连，二兵×××，身高一百七十二公分，小平头，左腿略跛。连长集合了各据点的排长，兵分三路，要大家做地毯式的搜索，在预定的时间之内回到连上即可。连长宣布完毕，我领了十几个士官兵，往分配的路线出发，才出连部不到一箭之遥，老兵林佳民便开始起哄，说他昨天晨跑时脚踝扭伤，走起路来一摆一摆，其他特征也与逃兵×××相仿佛；虽然他们一个跛的是左腿，一个是右腿，不过难保不被其他连队的弟兄当成逃兵拿下，所以不愿再找。这话听了也不无几分道理。老兵林佳民平日摸鱼成性，刚才连长分配搜索路线时，他便喜形于色，对我挤眉弄眼的，因为我们分到的可是公认的"黄金路线"，途中会经过民家村落，是"打茫（打混也）者"的天堂。我在心底暗忖，平日据点弟兄们任劳任怨，现在我快退伍了，正是多放点"福利"回馈大伙儿的时候，于是便"不同意，也不反对"地跟着大伙到杂货铺里歇脚吃喝。其实我早知道，大伙儿对寻找逃兵这档子事根本兴趣缺缺，而且在心理上，或许根本就是站在逃

269

兵这一边，就像电影里狱室囚犯对越狱同伴的那种微妙感情。要不是有若干不得已的理由，谁会在这样的小岛上干出那样没有胜算的傻事呢？

找到了心理上的借口之后，我们一行人便心照不宣，极有默契地鱼贯溜进小铺里去，小铺里的退役老士官长早已混熟，林佳民拉了大伙儿往屋内另隔的小间里去，那厢老士官长早已抽了一支 A 片送进录影机里，口里还不住喃喃自语着："死囝仔，死囝仔……"

那天大伙儿先是吃了水饺面食，喝了几瓶红茶、果汁，小房间的三夹板也蹭得热乎乎的；老兵林佳民借口大伙儿提前为我欢送退伍之由，便又交代士官长切了一大盘卤菜，开了两瓶特级陈年高粱酒，说好算是为我饯行；我们一伙人有吃有喝又有得看，早把搜索的事情抛到九霄云外。大伙儿有说有笑，不一会儿都喝红了眼睛，独独老兵林佳民愈喝愈闷，一会儿嫌 A 片女主角"唱作不佳"，一会儿又开骂连长刻薄寡恩。人说老兵最怕看人退伍，这我也是过来人，于是便任他骂去。回营归队的路上，我和林佳民走在队伍最后面，经过废酒厂的时候，我们站在水泥墙根上撒野尿；老兵林佳民余兴未尽，心有不甘，撒完尿，随手捞起地上一块碎砖在偌大的水泥墙上涂写起来，我上前一看，写的是：

老鸟有交代，中鸟要等待，菜鸟要忍耐，
我干你娘咧——去死啦！

270

林佳民酒意未消，把几个字写得咬牙切齿似的入木三分，写完，煞有其事地把逃兵×××的单位、级职、姓名签在墙上，另外又画了一把刺刀，刀刃上还淌下一道血流。

　　隔天部队集合早点完毕，连长宣布逃兵尚未找到，今天继续加强搜索；又说昨天傍晚有人发现在废酒厂的水泥墙上有疑似逃兵的留言，列为重点区域，加强搜索。晨跑的时候，老兵林佳民喜出望外，脚也不跛了，一路上健步如飞，比返台休假的时候还要新颖焕发。

　　用过早餐，依旧兵分三路，大伙儿带着连庄自摸的心情直趋士官长的小铺，有人道出了大家心中的话：希望逃兵×××永远不要被逮到，那么就可"天天星期天"了。有人忘形地大喊×××加油！甚至开赌下注起来，彼此为了正确的赔率争执不休。有人说不出三天一定抓到；有人说至少可以搞掉一两个礼拜，说归说，酒照喝，我心想，再这么下去，口袋很快就要见底了。

　　接近中午的时候，消息透过无线电手机传来，逃兵×××已在岛北边的废猪圈里被人押回，任务解除，部队即刻带回。大伙闻讯不语，难掩失望之情。途经废酒厂的时候，我再一次看着林佳民昨天写在水泥墙上的字句，没有了早上的得意之形，酒意乍退，人清醒了，欢乐也消失了。

　　之后，直到退伍前一天，我还不时会路经那面泛着酒味的水泥墙，墙上老兵林佳民的留言逐日褪色了。退伍之后，直到今天，我还会偶尔想起它——特别是在生活变得像是一杯苦酒的时候。

271

我的铁达尼

【记者朱兰香基隆报道】海军编号523万安舰，28日凌晨一时许行经台北县石门外海北方五海里处时，与韩国籍阳光号瓦斯轮碰撞。军舰右后舷破洞达三层楼高，大量进水，舰上官兵发挥团队精神，下锚稳住船身。保七总队警艇紧急赶到，以跳船接驳方式顺利救出舰上五百六十八位军民，没有人员伤亡……万安舰受创后，机舱大量进水，富贵角的海浪又大又长，海浪一来，海水就灌进机舱，致所有装备全部泡水，船舰失去动力、电力，陷入漆黑，情况危急……

这张1997年3月29日的剪报我一直保留在一本档案夹里，因为，非常荣幸地，523出事的那个航次，我也在船上准备返回东引外岛服役，也因为这次的船难，我的军中回忆镀上了一层厚厚的金箔，日后在与人比画服役经历时，只要搬出这一段月黑风高的海上历险，便立刻登上卫冕者宝座，其他参赛者只能张大嘴巴干咳几声了。

523万安舰是海军北运外岛运补支队中的一艘，任务是运送外岛防区官兵、民众及物资。28日凌晨一时许，舰队在通过石门外海北方富贵角时与韩国籍瓦斯船阳光号发生巨大碰撞，万安舰右后舷破了一个三层楼高的大洞，韩国瓦斯船则是船头凹陷。别人尖尖的船头撞上了我们的船肚子，就像是一把斧头往树干上猛劈一家伙，结果可想而知。剪报上的标题说得大致不错："军舰被撞 破了大洞 五六八人惊魂——石门外海出意外 机舱进水一度告危 保七驰援幸无伤亡"。可是因为报馆里的编辑先生当时并不在船上，所以事发之后的现场实况，恐怕还是得由我来补充一下。

一般人对船难的印象大概都停留在电影《铁达尼号》[1]的悲壮景象里，但是，很荣幸地，就我个人亲身的经历来说，事情并没有那么戏剧化，而且，如果把我的左手按在《圣经》上的话，我必须承认，事发之后，船上的气氛并不怎么愁云惨雾。当然，在危急的情况下，许多人性中平日深藏不露的情绪都会蜂拥而出。大家不要误会，我不是说那天船上五百六十八位军民同胞都表现出了自私自利的人性黑暗面，因而使我对人生充满了负面的看法，从此希望独居深山，再也不愿与人来往。不是的，情况并不是这样的，其实，那天撞船之后的所见所闻，现在回想起来，还是妙趣横生，其乐无穷啊。

话说当日在基隆码头和一个个面如死鱼的阿兵哥登舰准备返东引服役之后，大伙儿按照船票上的号码在上中下三层的吊床百无聊赖地躺下，有的吃了晕船药脱得只剩内裤钻进潮湿的棉被窝里巴不得忘了自己还活着这件事；有的衣冠楚楚坐在不怎么舒服的床边心事重重——这种看起来

. . . .

1　大陆通译为《泰坦尼克号》（*Titanic*）。

几乎可以确定是女友兵变的人除非拿钞票出来撒，否则是不会有人主动接近他的；有的竟然还有心情打开上船时军方发的易开罐米饭罐头（我们称之为宝路干狗粮，还是热的呢，阿门），用白色塑胶汤匙无意识地一口口挖出来往嘴里送，任何人从任何角度看去都会判断这人智商绝对没有超过七十。就这样，船起锚了，在混浊得如一口浓痰的船舱空气中往外岛慢慢接近，通常是开到目的地之后停靠码头，死鱼们又会一个个钻下床来，提着行李下船，准备接受收假前的服装检查。

这天，船才开出不久，死鱼们突然提前活转过来了！

当时只觉得船身被猛撞了一下，什么东西力量这么大？莫非是打仗了？真是祖上缺德啊，我心想，我还只剩两个多月就要光荣退伍了……这一震的确非同小可，上中下三层吊床上的鱼肚全部一起应声翻面。说时迟，那时快，一股浓烈呛鼻的柴油味立刻灌进船舱里来，外边黑暗的走道上，值夜班的海军弟兄鬼哭神嚎般惊叫逃生，这才知道撞船出事了。

撞船和撞飞机的差别在哪里？答案是：撞船的人还会考虑要不要拿行李的问题。

有人大喊要沉船了，好多弟兄都只穿着一件内裤而已，所以尽管害怕，并没有人互相抱在一起，大家都只是瞪大了眼睛面面相觑，好像答案都写在别人的脸上似的。时不我与，有人开始带头往舱门外冲了，大概是想要冲上甲板尽量离开海面远一点，心里舒坦一点。这时，手脚快一点的人已经穿好草绿服还打好绑腿了，于是，要不要带行李的问题就浮上台面了。若是带了呢，好像显得太从容了；若说不带呢，多出来的时间又不知道该干什么。（我还看见一位胖胖的炮兵连弟兄从棉被底下揪出一包军用口粮饼干塞进行军背包的前口袋里，这幕"民以食为天"的景象永生难忘。）

上了甲板，一位海军弟兄从船尾不断大声报出现在船尾距离海面还有多少公尺，每隔几秒钟就报一次，才一分钟左右，船尾就下沉好几公尺了，大伙儿的心也跟着一路下沉，特别是这位海军弟兄好像事前练过似的，报出来的声音凄厉万分，现在回想起来，大概是因为他是全船距离海面最近的那个人吧！当时是三月天，天气还凉飕飕的，船已经没有电力了，黑漆漆的天空竟然开始飘起细雨了，海风冷冷吹来，好像赶来奔丧似的，五百多个军民或蹲或站在最上层的甲板上一筹莫展，远远地还能看到基隆岸边的夜市灯火通明，闹哄哄的，好像还听得到蚵仔煎翻面滋滋响的声音，大伙儿嘴上不说，但是心里多半想着：怎么自己就这么倒霉今晚要死在海上了？

接下来众生的死相可就精彩了。

有的弟兄冷得发抖，一只手抖啊抖地插进军外套口袋里掏出一包上船前买的槟榔来分给大家吃，我也三生有幸分到了一颗（当排长还是有点用的），放进嘴里嚼几口把火红的槟榔汁全数吞下（这时候谁还舍得吐啊），身体于是开始从胃底烧了起来，从那一刻起，我就再也不曾说过"吃槟榔的人没水准"这种没水准的话了。

杵在船尾的海军弟兄继续用他的铁嗓子鬼叫着，不一会儿，船尾又下沉到只离海面五公尺了！

甲板上细雨如泣，一片死寂。

黑暗的沉默中，突然传来一位女高音嘹亮的嗓音，她说了一句注定名留青史的话：

"请、不、要、抽、烟！"

要不是死到临头了，我真的很想笑出声音来。我心想，这位女高音莫非是董氏基金会的执行长吗？都什么节骨眼了，还在厉行"公共场所请勿吸烟"？况且，海上风大又下着斜雨，这位弟兄还能在危急存亡之秋凭一己之力用塑胶打火机点着一根香烟来送自己一程也不行吗？

船继续往下沉，我开始后悔自己不会背"大悲咒"了。这时，离我不远处有两位陌生弟兄的对话让我非常开心，他们两个看起来很像是堂吉诃德跟商丘。

商丘："惨了，离岸很远了。"

堂吉诃德："拜托，哪有多远？"

商丘："看起来不远，其实很远。"

堂吉诃德："你嘛拜托咧，我游（台语发音：ㄒㄧㄡˊ[1]）嘛要游回去，你迈怀疑……"

· · · · · · · ·

1　ㄒㄧㄡˊ：此为注音符号，汉语拼音为 xiú。

说来也奇怪，那天我变得非常容易被说服，听到堂吉诃德说不要怀疑，我也就不再怀疑了。我看着基隆港口的渔火点点，心想，至不济，今天就当一次义士给他游到台湾去吧！这样想着，心里就踏实多了，堂吉诃德可说是黑暗中唯一的一盏明灯。

　　又过了约一刻钟，大概是船内封舱成功，船尾不再下沉了，五百多人的倾斜甲板上竟然慢慢透出一股"海上夜市"的闲嗑牙气氛，要不是因为远在海上的关系，恐怕打香肠的小贩也会赶来凑点热闹的。人类果然是无法记住痛苦的，前半个小时还悲从中来，不知道自己还有没有机会被人打捞上岸，这会儿，已经有不少阿兵哥在讨论这航次返台假期是否会因为"交通工具抛锚"而延长的问题了。是啊，我也兴味盎然地加入了讨论的行列，出了这么大的事儿，部队指挥官也不能怪我们未准时归营吧？撞船了嘛，这是老天爷要继续放我们大伙儿的假，让我们晚几天。（运气好的话，也可能耽搁个十天半个月的……）再回去东引岛加入跑步答数的行列，我们也不愿意这样啊，可是……聊着聊着，雨也快停了，浪也小了，船身平稳妥当，不知不觉，甲板上的军民各自围成了一个小圈圈摆起龙门阵，远远看去，很像某个自强活动的小组自我介绍时间，而且因为时间非常充分，所以显出了一种令人愉快的悠闲之感，这时，如果大家再合唱一首救国团点歌率极高的《萍聚》，那么就更令人依依不舍了。（不管以后将如何结束，至少我们曾经相聚过……预备，唱！）

算吧算吧撞船后不过一个小时左右，已经物换星移，人事全非了。这会儿，已经没有人觉得自己会死了，所以，到了海军弟兄辛辛苦苦地不知从哪儿翻出一大堆带霉味的救生衣时，已经没什么人领情了。救生衣的数量不太够，也不见有人争先恐后上前去抢。我排上的一个平常办事不力的班长上前带了一件给我，我还嫌他多事呢。

果然是个多事的家伙！

后来保七总队的小艇像一群飞鱼赶到，在船边窜来窜去，就像电影上抓人蛇集团的画面朝我们打着强光，破坏了原本祥和的气氛。海军弟兄开始安排船上军民跳到保七的小艇上，次序是：妇孺优先，然后是没有救生衣的先走。（当然，有救生衣的就殿后了，人家不好意思说得太明白。）此话一出，我看了刚才拿救生衣给我的班长一眼，这班长也善解人意得很，他回看了我一眼，那眼神好像在说："救生衣穿着保暖也好啊……"

就这样，一艘保七的小艇一次大概可以搭救三四十个人，然后把我们接驳到在外海停船等候的另一艘526运补舰上，继续航向外岛东引。小艇开得飞快，大伙儿还依依不舍地回头看着基隆港边夜市的灯火越退越远，从所有人脸上飘着细雨的黯淡表情看起来，大伙心中都想着同一件事情：返台假期因故延长的美梦泡汤了……

恭喜你，外岛！

原本两个陌生的男人聚在一起时，如果想要打破沉闷，那么，聊聊当兵的时光便很容易有意想不到的神奇效果。譬如，在楼梯间里，先是各自抽着闷烟，这头忽然打量对方一下，说："从前年轻的时候，每天一包烟照样跑五千，好像没心脏似的……"那头也打量对方一下，吐一口烟说："什么跑五千而已，扛重机枪打野外走十二个小时你试过吗? 跑五千算最凉的啦，你几梯的?"这头说："我拐幺的。"那头烟灰一弹精神一振："丫´[1]，菜B吧[2]，我五两，海陆仔的……"这算破题了，于是时空顿时转换，互不相让的两造突然变成了一对绿皮肤的外星人，用一种兄终弟及的神秘语言互相角力起来。

台湾的男人喜欢谈论政治，也喜欢谈论当兵。喜欢谈论政治不难理解，因为政治攸关身家前程，所以聊起来特别容易上火，推断起局势也格外凶猛，君不见黄河之水天上来，总听过每逢选举期间，少不了有些摩拳擦掌者因为发言不慎而闹出几条人命来; 轻者杀人，重者被杀，到了法

. . . .

1　丫´: 此为注音符号，汉语拼音为á。
2　菜B吧: 指别人资历浅，又很瘦弱。

官面前，却不知为谁而杀，为何而杀，忠烈祠主平添几条英魂，想来实非社稷之福。喜欢谈论当兵就更容易理解了，主要原因大概有二：其一，某人当兵，真的很苦，所以回味起来滋味特别香甜，如沐春风；其二，某人当兵其实也没那么苦，所以夸张起来分外过瘾，一种不劳而获的畅快之感油然而生，对心理健康非常有益，轻者生津解渴，重者豁然开朗，甚且重拾人生信心也未或可知，善哉善哉。何况，谈论当兵比谈论政治更无害得多了，试问，初次见面的一群人，有谁会因为"坚持自己当的兵最苦"而被扑杀的？又有谁会因为在巷口面摊上"回忆自己身强体壮时一段非常人所能忍受之操练"而被路人甲给格毙的？没有吧！那么我就放心来谈谈当兵吧。

话说至此，本人似乎也不方便再谈论个人的军旅生涯说多苦就有多苦了，否则恐有老王卖"苦"之嫌，不如，我就扎扎实实说一次真话，坦白告诉大家，想当年我在部队里日子可乐着呢！

过来人都知道，当兵的日子好不好过，签运至关紧要。那年，我在凤山陆军步校接受四个月的预官训练，自然也是天天祷告上苍，祈能蒙主垂怜，抽得一支上上好签。到了抽签当天，更是遵古礼沐浴更衣，洗手再三，希望衰运都跑到别人身上去。抽签的队伍排得老长，大伙儿的心也悬得老高，终于轮到我抽了，还不忘先贤的教诲，改用左手去抽，结果呢？借问外岛何处有？答曰：就在小哥的手上啊！

彼时，回首望断天涯路，排在我后面的弟兄们各个引颈探望，好像我已经踏上甲板，向他们挥挥手了。

古人说咫尺天涯，这话我算是听明白了。更糟的还在后面，自我开张之后，仿佛推骨牌似的，排在我后面的同梯接二连三开出头彩，拉出一片长红；还未抽签的弟兄则是欢呼连连，赞叹声此起彼落，令人不禁感到人性本善的说法可能并不十分准确。这下我成了罪人了。跟着我抽到外岛签的弟兄嘴上虽未抱怨，可是他们看我的眼神，却分明射出一股"劝君更尽一杯酒，西出阳关无故人"的盎然诗意。我心虚地走回自己的座位，一时百感交集。人说："我不入地狱，谁入地狱？"我当时想，说这句话的人，大概是抽到在军队福利站里卖汽水的吧。

若问：在外岛当兵到底是什么滋味呢？我立刻想到的是"花果山福地，水帘洞洞天"。别的不说，就说行军吧，一个连红绿灯都看不到的小岛能走多远呢？了不起一整天就逛它个一圈半了。于是，乐不思蜀之余，我不禁多愁善感起来了——不知道预官同梯的本岛弟兄们现在过得可好啊？

为了避免伤害我所敬爱的部队长官，在此我并不打算说出这个海外仙山的名字，至于在据点担任排长的那段甜美时光，倒是令人回味再三。我驻守的据点坐北朝南，背山面海，不但有五万坪社区公园，而且百分之百由上帝精选花岗岩打造。此外，警卫森严保全完善，房租水电全免，日用百货更有小发财[1]宅配服务。小小中山室内，电视机有之，录影机有之，微波炉有之，小冰箱有之；军营外，小吃摊有之，MTV有之，KTV有之，甚至保龄球馆亦有之。坦白说，这样的日子，想不适应都有点困难呢。据点驻防以排为单位，我因此意外地成为最高行政首长，也就是这据点指挥官。但有什么好指挥的呢？这儿鸟语花香，阡陌纵横，鸡（附近有养鸡场）犬（哨所母狗小莉）相闻，夜不闭户，是谓大同。

刚来据点第一天晚上，我入境随俗，跟几个老兵在山室的铁皮桌旁看电视。肚子饿了，拿出一包泡面，便有菜鸟级新兵趋前："报告排长，要不要加葱？"我一时反应不过来，经老兵解说，方知据点上方覆土的部分有野葱冒出，源源不绝，若要小白菜，也是伸手可得。我暗自称奇，连连叫好，于是不到一分钟，菜鸟已将野葱采好洗净折成葱段放置碗中，供人取用。我目瞪口呆，就像刘姥姥进了大观园，念了好几声佛号。

吃完泡面，才去上个厕所回来，泡面碗已被人取走洗好，还整整齐齐地倒扣在碗架上滴水风干。接下来抽烟，烟灰缸里的烟屁股一过三根，便有侍应生走过来换新，不

· · · · · · · · ·

1 小发财：早年台湾"三阳工业"与日本"本田技研"合作生产的TN360小货车，是一种摊贩常用于载货的轻型商用车，被认为是生财的工具，因此有"小发财""发财车"之称。

282

消说，这又是菜鸟先生干的好事。我心里不禁犯嘀咕：我说这是怎么着，我这是到了凯悦饭店还是六福客栈来了这是……老兵说，这是传统。哥哥爸爸真伟大啊。没话说，这一夜好梦，隔天早上六点，排长室房门咯咯响："二兵报告排长，现在时间六点整，请排长起床。"我赶紧道声谢，端了脸盆茶缸去洗脸刷牙回来，噫，没走错房间吧，这地方还挺眼熟的，但是怎么瞧着怪怪的哟，原来是棉被已经有人抢先折好了，拉角折线方方正正像块水泥似的。菜鸟先生，您就饶了我吧，算我怕你可以吧？（在此附带说明，"菜鸟先生"指的是"一群人"，而非"某个人"。阿弥陀佛。）

在这个祥和的据点住上十天半个月，再迟钝的人也会了解当年班超为何要投笔从戎了。我们这个海防据点管一门57战防炮，据说是二次大战之后从美军的老旧军舰上拆下来的，而我们整整一排的弟兄只要顾着它别再莫名其妙被人拆走就行了，剩下的重要设施就是那十来个机枪射口和弹药库了。机枪射口朝海，天天吹咸风，射口有个小铁门，定时上点黄油，别让门栓生锈就行了。至于弹药库，只要枪弹不少，别爆炸就行了；话说回来，它真想不开自己要爆炸我们也没办法啊！当然，我们还有一个神圣的使命，那就是保卫疆土，严防敌人来犯。但说实在地，根据我个人观察，站哨士兵心中的假想敌似乎是查哨军官而非海上舰艇，要不然，为什么各据点的卫哨犬全都背海朝着自己人的方向高度警戒呢？

现在回想起来，当年抽中外岛，真是三生有幸。在外岛当兵，早睡早起，吃香喝辣，近两年兵当下来，身体也结实了，邮局存款也增加了，心中实在纳闷，为什么电视广告上会把铁牛运功散给寄到军中来……临退伍前，还真是有点依依不舍的，怪的是，怎么就没有半个长官拿着志愿留营的申请书来找我呢？

　　天下没有不散的筵席，时光匆匆，不知不觉已到了退伍的日期了。退伍当天早上，部队指挥官来码头送我们，是日也天朗气清，惠风和畅，海鸥在船舷旁飞过去又飞回来，似乎在暗示着我们：别退伍吧，此处才是久留之地啊。船终于还是起锚离岸了，我们同梯十几个预官围在船舷边不断朝岸上挥手，比船尾打出的浪花还要热烈。一阵海风吹来，把指挥官的小帽吹到地上了；指挥官弯身去捡，捡起来在腿上拍了两下又重新戴上。就这么一转瞬，他脸上的表情就远了、模糊了，只看到码头上还有一群绿色的身影在不停向我们挥手着，都还没有转身离开的意思。

　　当时，我倚在生锈的铁栏杆上，心中又是一阵百感交集。望着前方这个闪闪发光的美丽岛屿，我汹涌的脑海里忽然冒出了一句葡萄牙文的古老名言，那句内行话好像是这么说的：

　　"啊，Formosa！"

我的狗脸岁月

　　小时候，我从来没听过"流浪狗"这个特殊名称，天下之大，狗狗之多，可就没有一只流浪在外的。那时，有一道谜题是"一家有七口，自吃都不够，还要养条狗"，打的"猷"字；也就是说，一般人家几乎自顾不暇了，如果能养上一条狗便可喜可贺了，又如果是纯种狗的话，那简直是双喜临门了。那么，万一某人家里养了纯种狗，而且一家伙养了三条的话，大概就可以卖门票开放参观了。那年代，流浪狗听都没听过，流浪儿童倒是不少；你们家的小朋友到寒舍来流浪一下，礼尚往来，我们家的小朋友也到府上消耗几片饼干，做点业绩。

　　王大头家养了三条纯种狐狸狗，自然是我的重要客户。

　　大概是王妈妈认为养两条狗不吉利，像个"哭"字，于是一不做二不休，一口气养了三条雪花白的长毛狐狸，我没事的时候就喜欢上他们家去看狗洗澡、梳毛、吃饭、尿尿。然而，或许是我没事的时候实在太多了，所以变成了一个不受欢迎的对象，到了后来，连狗狗都对我有些冷漠了，特别是当它们吃饭的时候，我只要稍微靠近其中一只狗，便遭龇牙咧嘴口中念念有声以对，原本父慈子孝犬友弟恭的美好气氛立刻消失无踪了。可越是这样，我就越好奇，狗狗到底在说什么呢？于是我又冒险往前靠近一丁点儿，狗狗又说了一次，而且说得比先前还要清楚，可惜还是听不懂。

幸好不一会儿，王大头的妹妹王巧比就替我翻译出来了。

夏日炎炎的午后，吃什么最能消暑解闷呢？当然是吃西瓜。这个道理真是非常简单，连我这个毛头小子都想得出来，王妈妈自然也想到了。不一会儿，西瓜被装在大托盘里端出来了，黄澄澄透心凉的小玉西瓜对半切开端出，东家好客之情一目了然。我当时望着托盘里的西瓜，忽然觉得苹果西打算是个什么东西；再看一眼慈眉善目的王妈妈，那怡然自得与世无争的优雅风采不知强过我妈妈多少倍，肯定是大家闺秀，系出名门无疑。可惜王大头他妹妹王巧比的基因可能有点问题，当我以很低调的动作趋上前去准备与君同乐的时候，王巧比也龇牙咧嘴地对我说："你回家去啦！"这宛如午后惊雷的一句话来得正是时候，早一秒则太快，似乎防人之心过重；晚一秒则太迟，迟了西瓜就进我口中去矣。然而，这话实在说得简单扼要，再清楚不过了，连那三只原本有口难言的狐狸狗都在一旁表现出知我者王巧比也的模样，就差没抬起前脚来鼓掌而已。

这下该怎么办呢？这小玉西瓜到底是吃还是不吃呢？

吃了有辱清白家风，扭头便走又怕思瓜频回首，正是进退维谷之时，女菩萨王妈妈说话了。现在回想起来，那话说得真是得体，余音绕梁，而且网开一面，机锋处处，肯定有其家学渊源。就在我即将恼羞成怒、望瓜兴叹之际，王妈妈叫我坐到王大头身边去，然后由我掌匙，负责用那铁汤匙挖西瓜来喂王大头吃，这么一来，王巧比就无话可说了吧！我只是"挖"西瓜，而非"吃"西瓜，这总行了吧？当然，以我早熟夙慧，要趁王巧比不注意的时候转运一点小玉西瓜到自己的嘴里，那只不过是反掌折枝般的小技而已。（幸好狗狗不会说话，因为我几乎可以确定其中较年轻的那只狐狸狗发现了我的不法之举，证据是它走到了王巧比旁边却一直看着我。）

现在回想起来，或许是这事给我的刺激不小，又或许是因为太常接近那条狐狸狗了，造成我往后有很长的一段时光对来访的客人都不太友善。经过一段长时间的观察，我发现，出现在我们家的客人可以简单区分成两大类：其一，带了礼物的；其二，没带礼物的。不幸的是，十有八九属于后者。关于这事，我并无太多抱怨，因为据我长期观察，家父也很少到别人家送礼去，所以怪不得别人。好不容易家里来个自投罗网的客人，我必定先观察来者手上带了礼物没有，若有，则强装镇定而心中窃喜不已；若无，则闷闷不乐，失望之情溢于言表。即使偶有备礼上门者，如果送的是糖果、饼干、苹果、水梨之类可立食者，则属上品；罐头、腊肉等须交付母亲保护管束者次之；至若金门高粱、风湿药酒之流由父亲一人独享者，概属下品无疑。小时候，我并没有听过"把人给物化了"这种非常专业的说法，却已经知道要这样做了，英雄所见略同吧！

在我不知不觉竟然摆出一副狗脸的岁月里，其中有两件事至今印象深刻，令人啧啧称奇，应该算是我的代表作吧。这第一桩事情发生在郝团长身上。郝团长是我们村子里素负众望的人物，一头银发，面如朗月，据说年轻时便见过不少大场面，为人谦冲平淡，看得出是个文武兼备的世家子弟。平日里，郝团长深居简出，不随便跟人串门子、摆龙门阵，倒是跟家父还颇投机，偶尔来家里坐坐，两人可以手握一杯清茶，一聊便是一整个下午。那天，我不知是心血来潮还是吃错药了，郝团长来我们家的时候，刚巧我正准备出门赚点外快去，心情好得不得了，临出门前，还记得跟郝伯伯行礼问好，为父母争光。后来，出门绕了一大圈，到底发生了哪些事情我已经忘记了，或许是业绩不好抑是遭人排挤了，过了一下午，我两手空空饥肠辘辘回到自家里，见父亲和郝团长依旧人手一杯那冲得快要透明无色的茶水分坐茶几两旁，若心事重重彼此无言。（后来年事稍长我才知道那是君子之交的最高境界。）当时，我大概是在外体会了人情冷暖心生不爽，也可能只是动了恻隐之心，想要为父亲打破沉默，于是才一进门便脱口而出："郝伯伯，你怎么还不回家啊？"此话一出，郝团长原本坐得像尊蜡像似的，闻言不觉眨眨眼，放下冷冷的茶杯起身告辞。父亲非常诧异地看着我，却也知大势已去，只好起身送客。郝团长走后，父亲立即去跟母亲告状，并未跟我算账，或许是哀莫大于心死吧?

第二桩事件则是发生在我阿祖,也就是母亲的外祖母身上,距离上一桩惨案似乎也没隔太久吧。

那年,寡居多年的阿祖来家里小住几日,一时和乐融融相安无事。阿祖生于宣统年间,是清朝人氏,生得非常矮小,但眼神如鹰,头脑清晰异常,虽未上过学校,但却自创了一套算数的方法,又快又准,而且健步如飞,即使到大马路上跟小朋友们玩骑马打仗也非难事。就在这原本平静无波的日子里,一日,好像是阿祖的寿辰吧,家里又来了许多客人,包括阿祖的小孩,小孩的小孩,反正族繁不及备载。母亲在厨房里忙得满头大汗,我看苗头不对,于是闪人,拿了一把自制的剑到外面找人玩杀刀去。小孩的身体里面都有一个时钟,知道家里什么时候开饭了。到了开饭的时间,我自然就赶紧回家去了,以免错过了一顿好吃的。那天晚餐时分回到家里,时间拿捏得刚刚好,正是大伙儿准备开动之时,阿祖见我玩得满头大汗回来,好心地叫我赶紧去洗手准备吃饭,我当时已经穷凶"饿"极了,哪里顾得上先洗手再吃饭,于是突然福至心灵,摆出了一招蜻蜓点水的功夫架势,手中木剑还往老人家的项上人头比画着,口中大喊一声:"乎你死!"在场的家人与众家舅公、姨婆等等莫不瞠目结舌,直叹后生可畏……

这次我可要悲惨了吧?妙的是,并没有。或许是人多口杂的关系,大家七嘴八舌的,不一会儿,大舅公为首的陪审

289

团便做出了决定:"童言无忌。"客随主便,说得好啊,所谓两岸猿声啼不住,轻舟已过万重山,我那天又安安稳稳大吃了一顿好的。

其实我也很够意思的,我还先去洗手呢!

楼上的父亲

我在楼上等待父亲向我挥手。

隔着邮局二楼厚重的大玻璃窗，我努力朝楼下停车场上的父亲挥手。父亲看见我了，他没有举起手来，只是面无表情地抬头仰望着，一双瘦弱的手掌还无助地攥在我的机车手把上，好像若不如此，眼前的机车就会立刻被人偷走了。

小时候，父亲载我到邮局领钱时，我总是就站在现在他的位置上。没有例外，父亲独自上了二楼之后，便会从大玻璃窗内朝我用力挥手，看看我是否听话守候着在他心中属于贵重财产的脚踏车，而我总是愤愤不平地从四下无人的停车场抬起头来，好像一个不甘被责罚于寂寞之中的小孩，拒绝跟楼上的父亲挥手。一次也没有。

我很想念过去那个不断朝我挥手的父亲，可是却说不出口，因为昨日已经走得太远，而父亲就在楼下……

偏远的哭声

国峻选择提早离开这个令人烦忧的尘世，我感到非常讶异，因为，在我心中，他并不怕劳烦，而忧心原本就是他的早晚课。我心中的国峻是一个文学的苦行僧，勇猛精进令人汗颜，看到他在那么短短几年之内写出了那样多的作品，我想，这一定是个意志坚强的人，因为，稍稍从事几年创作的经验告诉我，关于写作，灵感得之不易固是苦事，然而，为了将乍现的灵光浇灌出一朵小花，每天晨昏定省琢之磨之的消耗直至无感而沮丧更是苦中三昧，不足为外人道矣。因而，国峻在我心中是一个勇敢的人，只是没有想到这份勇气竟然一直以来是那般地用力，以致它的断裂，也像金属疲劳那样来得突然。

现在，国峻走了，许多往事都回来了。

他是一个很仔细，又很爱面子的朋友。国峻第一次到我家来，穿着洗烫整齐的白衬衫、西装裤，还有规规矩矩的吊带扣在腰上，我当时心想，吃个便饭就穿得如此正式，那万一是去相亲的话，不知道还有更好的方式可打扮吗？我想着想着本想脱口而出跟他开开玩笑，可是当天有黄春明老师以及师母在场，这一句玩笑话在嘴里转了几圈，还是没敢说出来。我想，这人如此严谨，改天混熟了一定要找机会在他身上找点乐子，否则实在太暴殄天物了！可惜我终究没有机会好好他玩笑，之后不论是见面，还是书信的往返，国峻都认真得像是木十字儿童合唱团里穿着一袭圣袍的小朋友，让人不知不觉也严肃了起来。

国峻啊，你知道吗，你实在是太认真了点，认真到当我和你闲聊时都会疑心刚刚是否听到了一阵管风琴的伴奏声呢！

你的信写得那么小心，就像你的为人，一笔一画用力很深（用情也深），用铅笔写信是为了修改方便吗？可是好像也不见你用橡皮擦涂抹修改的痕迹，只有一次，唯一的一次，你在信尾的日期部分修改了一个数字，我心想，终于被我抓到涂改了吧？可再一想，那必定是因为这封信写了不只一天，写完了又摆着看了几天，临寄前才发现日期已变，所以又改了那个尾数吧？你真是太小心了，我的朋友，如此小心，是否也是因为十足地好面子，所以才会细心呵护至此？我没猜错吧？你寄给我的新书题字不直接写在扉页上，而是另外用一张不起眼的纸条写好夹在书里，我想想就不觉笑出声来了。你这傻小子心机很深啊，赠书的话语不直接写在书上，而是写在一张很容易就弄丢的纸条上，为什么？为的就是怕日后万一这书流落到旧书摊上，会被某个陌生人看到你恭恭敬敬的签名落款，我没猜错吧？如果我没猜错，那你就大大失算了。告诉你，傻小子，你愈是如此，我愈是不中计，那张纸条我硬是给它保存得好好的，而我的书架再怎么挤，也不会把你呕心沥血的小说给挤到旧书摊上……

我知道你很好面子又脸皮薄，所以当我偶有新书出版时，总是一式两份寄到你士林的家里，一份写了"请春明老师、师母、国珍兄指正"，另外一份则是单独给你的。其实我一点也不大方，单独寄一本给你，是因为我知道这买卖太划得来了。我知道你会不吝惜你的时间，把我寄给你的书看完，对于一个写作者来说，没有比这更令人惬意的了。果然，才过几天，你的信就来了，又是一番激励与恭维，你看，我多划算？我知道你有面子问题，在你老爸面前更是如此对不对？所以我不能只寄一本，害你得去跟春明老师讨书来看（你会怎么说？"我先看吧，反正你又不看？"多尴尬啊，你说对不对？）

国峻，你知道吗？其实你是那种最容易交到的朋友啊，请原谅我的心机也很重，我早就看出来，像你这种潜心写作小说的傻小子，我只要故作惋惜地在你面前挑出你作品里一个被我扭曲过的小毛病，就可以让你坐立难安，继而忧心忡忡。然后，你就会把我的十句好话中比较不好的那句话放在心上，最后的结果就是你会不知不觉地把这句话塞在口袋里，然后我就成了一个如影随形的好朋友了，对不对？哎呀，这朋友我交得真容易啊，十两就可以拨千斤，真是打着灯笼也找不到了。但是，你并不完美，你不守信用，明明昨天才说好了，不管隔天的大考结果如何，我们都要厚着脸皮一起面对难看的考卷，就像我们在一起举办的新书发表会上厚着脸皮对在场的记者小姐先生们说:"我写这本书的用意是……"那时,我们像是两棵傻瓜树,你的声音是颤抖的,而我已经开始落叶了。但是,你没说过你打算要枯萎了,不是吗?我有点生气了,未来的日子,你将永远地缺考了,你不够意思,考题已经很难了,还要同学看着你那空空的座位和抽屉……

更不够意思的是,你让所有的老师和同学都无法责怪你。那我们的心情要收拾到哪里去呢?

国峻啊,就像一场壕沟激战之后的人员清点,不可避免地,我们即将在一面摧折的军旗后方,或是三五公尺外的下一个散兵坑里,发现我们年轻、善良,然而已经离我们远去的弟兄们。这一次,终于轮到我们这一连,这一班,这一伍来品尝这杯饯别的苦酒了。敬完这一杯酒,我们的队伍更加孤单了,更糟的是,未来,我们不知要使用多少次的沉默来面对失去弟兄的那格空白。沉默是战后的通行证。他们说你是自己选择离开的,但是,对于我们这些曾经长期埋伏壕沟之中的兵士来说,那样的解释仿佛也没有太多意义了,因为,激烈的肉搏战后,已经没有人说得清楚,到底我们的弟兄是因为别人或自己的子弹而倒下的。现在,我们只知道刚刚失去了一位弟兄,我们选择麻木,因为,在烟硝弥漫的浓雾里,悲伤、恐惧、怀疑,甚至思念都会令人软弱。国峻,相信你也体会过的,悼念战士的哭泣声,往往是在下一个偏远而宁静的壕沟理,才突然发出它哀哀的悲鸣的。

你说过："时间如此真实，真实如此短暂。"现在，我无意责怪你让这短暂戛然而止。就像春明老师说的，你的生命虽然短暂，但是，你留下来的欢乐却是如此漫长。我不会忘记你那见不得人在你面前畅谈文学超过一个小时而不邀请你加入的焦急模样，好像所有的人都背着你在计划着一次到儿童乐园的远足，独独把你排除在外。那天，我为了一篇杂志的采访稿去你家找春明老师，看到你们父子俩共处同一屋檐下的模样，心中暗暗觉得这真是北台湾的文学奇景之一了。春明老师像一个温暖的太阳，非常热情地准备他那名不虚传的炒米粉和咸菜鸭汤，还有他从外面买回来的热烘烘的肉桂卷；而你则像一团寒冷的北风，默默地为我们摆设餐盘碗筷，擦拭红酒杯。春明老师戏称你是家里的菲佣兼泰劳，因为你不但洗衣拖地，连屋顶漏水的修缮工程也自己包了（对了，你真的会修屋顶吗？我一直想问你呢）。看得出来春明老师不止一次在人前这样介绍你了，更看得出来，你也不止一次在人前露出一副"我不是菲佣，我是管家"的模样了。吃饭聊天时，我像观看世界杯乒乓球赛似的脑袋瓜子转到左边又转到右边，上一秒冷，下一秒又热得不得了，仿佛洗三温暖般非常过瘾。我心想，这火与冰共处一室的父子作家不正是文学地景上的奇观吗？

国峻，自你走后，我才真的相信朋友是不可以乱交的。我觉得很彷徨，甚至不知道在什么样的地方、什么样的时间比较适合想起你。但是，我的生活中充满了这样的时刻，在某一天下午雷雨过后五花十色张开碰撞的雨伞遮蔽下的人群中，在某一个晚起的假日早晨骑着摩托车去住家附近自助餐馆的炎热柏油路上，来不及防备地我就想起了一些不甘沉淀的往事。我该如何同时记起你认真生活的勇气，又忘掉你匆匆结束生命的决定？我要如何提醒自己人生在世追求的是爱，同时又不会偷偷地想到或许恨的力量更大？

　　暂时再见了，我敏感而善良的朋友。或许真如你说，我们应该发笑，好让上帝开始思考……

叁

付费说书人

我的查某祖（外曾祖母）没什么钱，但她很喜欢给我钱，就像嗜好一样，令我非常激赏。拿钱没问题，但你得听她说故事，这就有点吃力了，因为她只有一个故事。话说大约一甲子前她实在很有钱（看不出来），只好到处乱藏，终于藏丢了一大包龙银（双手作掬水轩广告状），那一块龙银可以买多少东西你知道吗？讲出来你不爱信，可以买尖尖一洗澡盆的鸡蛋和两大条虱目鱼。你不爱信啊？猴囝仔[1]……（时间到，给钱）我拿了一千块到西门町看电影、买唱片、吃谢谢鱿鱼羹和炭烤鸡腿，度过了一个高中生的罗马假期。现在回想起来，那故事说得真好，它很像一个神奇的放大镜，把我的一千块又放大了一千倍，吃起东西也特别饱。

我说，那澡盆尖上的虱目鱼铁定很大，每条怕有三四台斤吧，撑得我……

不敢入宝山

最近最惊讶的事，是发现住家附近不到两百公尺处竟然有一个抽糖果的小铺，每到下午放学时刻，里面就挤满

---

1 猴囝仔：臭小子。对小孩子戏谑轻视的称呼，有时用在对自己子女之谦称。

了许多松鼠一般的小毛头儿。之所以惊讶的原因在于：这小铺看起来已经存在很久了，而我直到前几天才"发现"了它。如果是在童年时期，这必定是不可能发生的事，糖果铺是小学生的金银岛，谁会错失，并三过其门而不入？那些双号、单号、白马、黑马，猴、豹、狮、象的签牌曾经是我们心中的"天机"，得失在小小方寸之间……后来，我终于还是没有勇气走进去抽糖果，因为害怕进去之后，蓦然发现里面已经没有一盒能令多年后的自己感到雀跃的糖果了。

知　己

偷得浮生半日闲，对大部分的人来说大概都有不小的魅力吧？每当想起这一句话，我的脑海里就会立刻浮现一幕童年时巧遇的景象。那是某个小学暑假的下午，我闲得发慌在住家二楼公寓的阳台上往下望，看见卖卫生纸的欧吉桑刚好从巷口弯进来了。他骑着一辆老旧的三轮板车，弓着背慢慢地朝我骑过来，卫生纸虽然不重，但是堆得那么高，想必分量也不轻。骑着骑着，三轮车愈来愈慢，欧吉桑的头愈来愈低，不偏不倚，刚好骑到我面前的时候，三轮车完全停下来了。过了大约半分钟，欧吉桑开始钓鱼了，我才确定他是睡着了，就在马路中央。他睡了大概三分钟，之间没有任何车辆经过，整个巷子，也只有我一个人看见。

流浪狗

小王是一只流浪狗，本来叫作小黄，因为楼下一个可爱的小女孩叫它的声音听起来像小王，所以大家也就从善如流了。小王刚来几天就深受大家喜爱，它一下就记得了所有从这公寓红铁门出入的住户，熟的，就摇尾巴（虽然它的尾巴断了，只剩一小截）；不熟的，就吼两声通知大家，但不咬人。小王不挑嘴，人家吃剩的半个保丽龙盒子自助餐，它一定帮忙收拾得清洁溜溜，而且从不在自家附近上厕所，这巷子有这么多公寓，大家都很庆幸小王选了我们这个大门口待下来。小王唯一的缺点就是它很老了，头低了，牙短了，眼珠子灰了，我也很担心它不知还可以住多久。

我并不知道小王住了多久，因为后来我比它先搬家，流浪到别处去了。

书局里的小眼睛

周日的下午，有时，我会很想到住家附近的小书局去逛逛。隔天要上班了，心情有些木然，到小书局去看看那些可爱的小学生吧！小书局里什么都有，大张的海报纸，铝制的短球棒，可以送给好同学当生日礼物的小汽车，卡通造型的削铅笔机，妈妈再三警告不准买的漫画书，没事可以涂一层在手上风干再当假皮撕下来的南宝树脂……可惜我不像那些专心的小孩子们，他们口袋里钱很少，但是说什么也要买到店里最好的那一件，所以挑得格外专心。我就是去店里欣赏那一双双专心的小眼睛。

在一大墙各色原子笔前面反复斟酌犹豫半天才挑中一支的孩童背影常常令我感动莫名。

眼前的世界

王小毛走路从来不看前面，他觉得好玩的事都不在眼前。他喜欢低头看地上，看路边五颜六色可爱的小花，除了看，还要摘一朵，一路上低着头闻那花香，愈闻愈高兴。王小毛也喜欢抬头看天空奇形怪状的云朵，一会儿像龙，一会儿像甜甜圈，愈看愈开心，身体也跟着轻快起来，所以，跑步的时候他一定把头抬得高高的，谁也跑不赢他。有一天，学校举行运动会，王小毛抬着头跑第一，可惜撞到了电线杆才停下来，流了一脸的鼻血。王小毛不摘花了，因为他闻不到花香了；王小毛也很少抬头了，因为路上还有很多电线杆。

大家都不太喜欢看着前面的王小毛，所以经过他的时候，要不是低下头去，就是假装抬起头来看天空。

素人画家

　　老黄只有一只手，可是他非常喜爱画画。一般公寓住家最讨厌自己的信箱被塞进满满的房地产广告，这些广告印刷虽然还颇美观悦目，可就是惹人嫌。老黄六十岁了，是独居老人，他最爱收到这些新盖大楼的广告，特别是有庭园造景的。他到文具店买了小图画纸和水彩、调色盘，见到喜欢的装潢或景观一角就画下来，颇有残角山水的味道，但是坦白说，画得真差啊！不过，老黄还是挺爱把自己的作品拿出来给人看，不论对方是大人还是三岁小娃儿，老黄的眼神，就像一个小学生在排队交美劳作业给老师打分数的模样……

陶　醉

　　最近经常想起小学课本里面的那个卖牛奶的女孩，我还记得那幅女孩头顶木桶牛奶的水彩插画，一年一年过去了，我依然没忘了她。课本上说，女孩想着头顶上的牛奶卖掉了可以换鸡蛋，鸡蛋再变成小鸡，小鸡大了可以卖掉，圣诞舞会的时候，她就有钱可以买一件漂亮的亮晶晶的礼服，迷倒许多年轻人，然后她会摇摇头，一个个地拒绝。想到这儿，卖牛奶的女孩不禁得意地摇摇头，结果木桶掉落，洒了一地的香醇牛奶……我愈来愈想念那双颊圆润如苹果的卖牛奶女孩了，她那么地健康、有活力，或许，能够陶醉的人最美丽，也最令我羡慕了吧？

搬不动的行李

之前有一个很温馨的广告，大意是说一个人搬愈多次家，就愈知道自己想要留下的东西是什么。我的经验刚好相反，我觉得搬家能令智昏；搬愈多次家，失手的可能性就愈高。原因无他，多搬几次之后，每次觉得重要的，一定得带在身边否则无以为人的物件，就在一次次的匆忙、疲累与失神之中，渐渐模糊、飘逝了。到了后来，毕业纪念册、老照片、日记本、旧书签、手稿等等全都可能一咬牙就往大垃圾袋里扔去了。我不知道别人感觉如何，但我觉得搬家是一场小型的灾难，因为我总是在必须搬家之时，才发现最搬不动的行李就是自己。

坦白说

假日到外四处乱逛，走进一家卖民艺品的店家里，因为喜欢它浓浓的木石气味，石狮、石臼、石灯、木桌、木几、木椅。最吸引我的是各式木椅，太师椅、官帽椅、贵妃椅等等，古人的智慧真是令人惊奇，原本不过是一棵树，然后是一根木料，变魔术似的，不用一根钉子就组合成了一张张温润朴质的木椅了，看那圈椅靠背的弧度，美得好像可以让人坐一整天而不欲起身。这是古代人的乐高积木游戏？真是不可思议的巧手，我看得心生一闷，终于忍不住开口问了一个傻问题："老板，请问哪一种椅子最好坐？"老板想都没想："沙发啊！"

时间感

最近忽然想起一件小时候的事情来了，应该是小学三年级时的事吧。那时整个世界都渐渐不再新鲜了，每天上学放学走的都是同一条路，同样枯燥的水泥墙和铁门，连污渍的痕迹也都看熟了，脚上踢的石块搞不好还是昨天就踢过的。唯一新鲜点的是商店的招牌，原本上幼稚园时看不懂的字，渐渐认识了，看懂了，心里有点小小的欢喜。直到小学毕业，差不多已经没有看不懂的了，除了离家两百公尺左右的一个横式压克力招牌之外。那字是认得的，并不难的四个字"臭狐皮包"，不知卖什么样的包包？一直过了好久之后，我才懂得从另外一头念过去。

大麻没关系

不知道为什么，每年都会有几个初次见面的朋友对我说出同样一句话："千万别碰毒品，但是大麻没关系，因为他完全无害……"真巧，连标点符号都一样。接下来，这些语重心长的新朋友必定还会用"天然药用草本植物菁华"的术语来加强他们的专业形象；更妙的是，这番对话永远准时结束在当我开口问说"你手边有吗？"的时候，仿佛我的脸上写着"线民"二字。到现在，大麻的叶子都印在 T 恤上了，我却还是无缘得见。大麻真的完全无害？我不禁怀疑。在这些朋友口中，大麻毫无缺点，就像一场完美的恋爱。

不过，令人疑心的是，通常只有深陷苦思其不可多得的人，才会忍不住向点头之交转述它的美好……

隔　山

看人挑担不吃力，看人画画也是。总觉得还是拿画笔的人快乐一些，画出来的作品自己挂在房间里也好看。而写稿的人呢？写完了，有什么"好看"的？于是，我买了一盒雄狮二十四色粉蜡笔准备大展宏图。先回味一下小学的美术课吧，我拿起绿色画了三个连在一起的大馒头，一气呵成，线条活泼，不赖，这山很稳。山谷间加一弯橘色弧线，涂满格，这是夕阳，上面当然少不了几只黑色 M&M 飞鸟，怪有童趣的，画画真好玩。

一切都出奇地顺利，直到我想要在山下画人为止。我想，山下应该画一个人（就是我）和他的狗在沙滩上跑才热闹，没想到我的美术生涯这么快就出现瓶颈了。"画面要有留白"大概就是针对我这种人说的，明明想画个人带着狗在沙滩上跑，画出来却像一个迫降在海边的异形正被一只海龟追着咬。怎么会这样呢？

隔行如隔山，聪明人画到山就该回头了。怪我当时没听懂文具行老板的话，他说："会画的十二色就很够用了啦……"

冷笑话

今年冬天真是冷，冷得像一把鱼鳞刀，刮人不眨眼。上班时间，一个失业的朋友到办公室来找我，我请他到公司楼下喝下午茶，咖啡厅挺大的，人却少得出奇，气氛当然也就热络不起来，加上我们两人都有些无话可说，所以冷上加冷，一壶茶也转眼就凉掉了。忽然间，朋友笑了起来，有些诡异。我问他笑什么？他说这地方空空荡荡，所以冷清，令人发寒，可他刚才去了一个地方，那里却是人挤人，热得他把外套都脱了。这有什么好笑？

"我刚才去申请失业救济金了。"朋友说。

爱在夕阳下

这几年伟士牌机车几乎快看不到了，我突然想念起这句非常经典的标语来。还记得吗？在那个琼瑶式三厅电影长相左右的年代，我们的伟士牌大兄们，在还看得见稻田的街道巷弄里窜得正凶。蹬蹬响的打洞排气管、前置物箱盖上两个黑色网纹圆喇叭传出江玲清甜的歌声："小妹啊伊呀小妹，真水[1]啊伊呀真水……"当然，还有注册商标的引擎室弯弧大屁股上红色喷漆的椰子树下，一对俊俏的情侣剪影拥吻在那句永垂不朽的"爱在夕阳下"标语旁，唉，如果时光能够倒流，再看看那群剪了一个上鬓下直浪子头，穿上三枪牌洞洞白背心，歪着脖子，肩带上还夹着一包黄色长寿香烟的伟士牌大兄们该有多好！

现在的飙车族比较不亲切了，不过他们的标语也偶有佳作，譬如"另类无情"就很有人情味。

匹夫有责

尾牙的阵仗看过不少了，也曾经跟当年人气少女阿雅一起跳过"锉冰舞"，红豆、大红豆、芋头……印象最深的却

· · · · · · · ·

1 水：漂亮、美丽的。

308

是前年那次，公司老板悬赏现金六万，征求一位现场穿了红内裤的员工（我想他是指女的）上台验明正身即可独得。说时迟，那时快，一位男同事用跑百米的速度冲上台去，边跑边脱皮带，甫就定位，裤头已拉到膝盖底下三公分处。女同事一片哗然，怨的是这男同事的六万块给得太不值得了，换句话说，谁想看啊？老板悟性高，又悬赏了一次，女同事摩拳擦掌者不在少数。此外，我想台下还有许多红男绿女也在心底"演习"了好几回。

我最害怕的一个字

干编辑的人，最害怕听到的一个字大概就是"稿"吧，"约稿""催稿""拖稿""缺稿""抽稿"，甚至出刊在即，作者去峇里岛度假狠心关手机却临时出现"丢稿"的灵异现象该如何是好？放诸四海而皆准的标准答案是：自己"稿"定，要不博杯[1]也可以……是的，跟"稿"有关没好事，更可怕的是，如果习惯使用注音输入法的编辑，更要担心千万别把深恶痛绝的"稿"字打成了恶名昭彰的"搞"字，譬如征文启事上打了"欢迎来搞"，或是发给作家的电子信写着"久仰美名，冒昧约搞，敬希首肯……"，那就只能说

. . . .

1 博杯：掷筊。丢掷以木头或塑胶做成二片半月形状的杯筊求神问卜，借此与鬼神对话。

309

各人造业各人担吧。君子固本，编辑固稿就可以了，现在电脑荧幕上的字经常比手写字更令人不察，巨龙巨龙你可擦亮眼啊！

鬼不理

最近认识一位新朋友，他有一点点"特异功能"，就是眼睛和一般人不太一样，时常可以看到"灵界的朋友"，我闻言心想机不可失，今天大概可以好好听一些第一手报道的鬼故事了，于是开始追问这位朋友。没想到，并无什么恐怖故事可听，因为他是那种"连鬼都懒得理"的人，只是经常看到一些半透明的影像，偶尔还对他笑笑，如此而已。我听了原本有些失望，后来朋友又说："其实活见鬼也没什么，久了就习惯了，反而人比较可怕，你永远不知道别人心里正准备对你做什么。"他说这话时忽然瞪大了一双小眼睛看着我……现在回想起来，真是一个怪可怖又莫名其妙的第一手"鬼"故事啊！

牵自己的手

日前采访了一位耕莘医院精神医师，对现今文明都会非常流行的精神疾病有了一些了解。医师说，台湾社会原本需要更多的精神医师才够，可是因为台湾人对精神科门诊的态度还很封闭，甚至忌讳，所以目前的精神科医生数量也差可应付了。医生又告诉我，其实，人的一生难免遭逢重大难关与沮丧痛苦，这个时候，求助于专业的协助以求降低和缩短心理病苦，是非常值得鼓励的自救方式。但是这个观念转变不易，老人比年轻人难说服，男人比女人更不易就诊。"人皆血肉之躯，没有道理说谁的身心永远坚强乐观，"医生说，"如果一个人一生都不曾遭逢一次重大的精神苦恼，那么他就该赶快去买彩券了。"

唤起服务

有一种人很讨厌别人在他面前讲话夹杂英文单字，当你不小心犯了这个禁忌时，他极可能会用一种你是"爱现""半瓶水响叮当"，甚至"假洋鬼子"的眼光来扫你一家伙。你想，或许他是民族自信心不够，防御过当，但是很抱歉，偏偏这位仁兄或仁姊的英文好到可以当白宫密使，让你无话可说。下次遇到这种机会，麻烦务必帮我请教一个困扰许久的问题：请问，morning call 的中文怎么说？"电话叫醒服务。"他说。哈哈，换你嗤之以鼻了，这话你请他自己去跟饭店柜台说去。要不然，"唤起服务"够简洁了吧，他又说。这是指教区的牧师来做家庭团契吗？还是暂且说 morning call 吧，要不然，至少请极力避免下列经典句型:"小姐,明天早上麻烦你帮我叫床一下好吗?"是为至嘱。

提错壶

这几年健身中心愈来愈流行了,贵宾卡、金卡、白金卡、永久会员卡……一卡在手活力无穷。健身中心变成了都市的心房与心室,都市人就如成群结队的红血球、白血球、血小板流到心脏里,再生龙活虎地回到马路血管壁上,真是好样的。我也一直偷偷羡慕着那些在健身中心里跑步、踩飞轮的男男女女,或许我实在是太羡慕了,所以,有一天,有一位持有白金卡的同事忽然请长假时,我竟忍不住说了几句话,希望这段期间,他的会员卡可否让我借用一下。可惜我开口的时机不太对,那几句话我是写在一张慰问卡托人带去给正在住院的他,现在想来实在过意不去。

计程车演讲厅

我的同事说,每逢选举期间愈迫近的时候,他就愈怕搭计程车,因为一上了车,司机大哥便开始一连串的疲劳轰炸、意识形态洗脑,搞得他不胜其扰,甚至还有恶言相向,差点大打出手的记录哩!我的经验正好相反,我最喜欢在竞选期间搭计程车了，这时候的司机大哥们都很健谈，个个辩才无碍，听得我频频点头击掌，时有妙语佳作如余音绕梁。这几句话，可都是别人用几十年换来的宝贝啊！要避免口角冲突，其实也很简单，我的方法就是上了车之后，首先感叹选期将近，而自己心中依然六神无主，不知该投给哪一个政党或候选人才好。这招屡试不爽，接下来的路程，我只需放松心情，准备好好听一场大鸣大放的免费演讲就可以了。

说 骂

骂人是一种艺术，骂人不带脏字则是一种技术。

台湾文明日益精进，从骂人的遣词造句里可以看出端倪来。如何骂人最过瘾？有人说还是传统国骂三字经简洁有力，最是疗伤止痛，但其粗鲁不文，君子不取。前几年港片常用"香蕉你个芭乐"来代替脏话，立意甚美，但又略嫌词不达意。我过去认识一位老姊，她经常挂在嘴上给人脸色看的一句话是："你管我嫁给谁！"听起来又好气又好笑，配合上她一双正字标记飞刀眼，真是情溢乎辞，且妇孺皆晓，一时竟无人可敌。但一切技术都有突变的可能，这老姊有一天也莫名其妙就给人一回嘴制住了，那句更有创意的话是这么翻新的："你管我嫁几个！"美中不足者，走的依然是调侃女性的老路子。

这就又有演化的空间了。

服从精神

王大同是我的小学同学，从小就有民主的精神，有一次，他去外婆家玩，不小心迷路了，结果他就选择了中间的那条小径，果然就找到回家的路了。还有一次，王大同坚持五花肉比三层肉高级一点，老板和他吵架，他就说："少数服从多数。"王大同生平碌碌，不偏不倚，唯一不凡者，便是脉搏低于五十之时，就宣布自己已经死亡了，护士小姐问他为什么，他说："因为低于五十，不过半，所以无效。"

淡　出

多年以前在一本杂志上读到一段话，大意是说：我二十岁以前很在意别人的看法；二十岁以后便不在意别人的看法；四十岁之后，我才发现别人根本就没有看过我……这一段话，诙谐幽默之中，隐隐透出一股自嘲的省思，和讽喻的沉重。人到中年，往往多了一份从容和自适，在这个时候回首来时的脚步，便能以超脱的心境，对过往云烟心平气和地审视一番，这也算是一种恬静吧！

仰 望

从那一长条长满紫色九重葛的高墙望出去，在夏日蓝天的半空中，可以清楚地望见几栋耸立的摩天大楼，小小的铝窗格密密麻麻的，玻璃帷幕中好像有一些红男绿女的身影，他们在做什么呢？喝咖啡？影印文件？发呆？吵架？在短暂的休息时间中，我极目远眺，希望可以让自己的灵魂飞入滚滚俗世之中，随便逛逛、吃一碗冰、偷瞄一眼卖槟榔的辣妹，干什么都好。那年，我才刚入伍一星期。

见山不是山

一直比较喜欢山。朋友与我随意走在台北近郊的一条山间步道上，他是一个很温和的听众，然而，他原来比较喜欢海。"海有什么好看的？"我开始批评了，"山上有花有树，有房子有野狗，海呢？一片死寂，顶多有夕阳可看，山上也有啊。"朋友笑着说，山上有的海里都有，山顶就是从前的海底，海底就是未来的山顶，这话有点道理了，但我仍然不愿承认，我说："等海水干了我再去瞧瞧！"

自己盖房子

那个时代是卡通影集《小天使》[1]盛行的时代，所有的童心都聚集在阿尔卑斯山上，大家都希望有一幢那样厚实可爱的小木屋，一个抽烟斗的白胡子爷爷，一个青梅竹马的伴侣，然后奔驰在白云底下的青草地上，变成一个无忧无虑的、放羊的孩子。后来长大了，才知道山上也都是别人的财产，不能随便跑去盖木屋，而那个遥远的、浪漫的阿尔卑斯，竟然变成了马桶的名字，不再是一座神秘的山……

暗　室

有一长段时间，我赁居的顶楼违建是不上锁的，一来屋内没什么好损失的，再来自己进出也方便无阻，可以像野鸽子那样享受一点轻快。某日，外出逛书局遇西北雨，悻悻然跑步回到住处，推门进屋，取干毛巾擦头发之际，突然听到一个熟悉的声音在叫唤我。原本是朋友来访不遇，索性坐在我的书桌前沉思默想起来。"为什么不开灯呢？"我问。"没想到，外面的世界太清楚了，这样挺好的。"朋友说。

· · · · · · · ·

1　大陆通译为《阿尔卑斯山的少女》（アルプスの少女ハイジ）。

暗　房

　　连续三天没有开灯，至少做到了"省电"这件事，不是故意不开灯，而是没有需要开灯：在昏暗转入黑暗的循环中，眼睛逐渐适应了。三天的试验出奇地顺利，大多时是侧躺在床上面对一片白色水泥墙，渴了喝白开水，饿了吃泡面、饼干，闲了就安静地发怔，看自己能不能平白地变成另外一种人。不劳终于无获，三天之后走入户外的阳光里，觉得寂寞使我自怜起来，黑暗对眼球并无助益。

新发现

　　记得从前上英国文学史的时候，教我们班的外国籍老师几乎要拒绝上莎士比亚。他说："莎士比亚应该是一门独立的课程，因为他太丰富了；此外，研究莎士比亚的学者、著作已经这么多了，我还能有什么新的见解？还有什么话可说？"听完老师这表白，教室内的空气突然沉重起来。我坐在后方角落的位子上，心想："既然不上，那就不会考了吧？""还好，我们还有曹雪芹……"

爱的生机

朋友是个坚强的人，以生活俭朴、喜怒不形于色而受到大家的推崇。他在外岛服役的时候，女友写信告诉他要分手，并且很快地搬家了。分手的理由很充分，她说他不懂"爱"，并且寄了一本佛洛姆《爱的艺术》给他。这便是他服役期间唯一看完的一本书。退伍后，朋友和我失去联络，忽然有一天，在上班时接到他的电话，问我要不要投资灵骨塔。"这是一种对亲人的关怀方式。"朋友说。

摇 摆

我曾经搜集过一个鸟窝，对我而言，那是一个既可怕又美好的回忆。那一年，我和隔壁的阿祥哥全力把一段粗麻绳绑在树上，结结实实地做了一个小秋千。做好了，阿祥哥却不让我玩，我在心里狠狠地踢了他几脚，等到他回家之后，我终于可以独享了，于是我站到木板上，忘我地摇摆起来。没想到，树上竟然掉下一个鸟窝来，我害怕极了，小心翼翼地把它掀开来看：还好，还是空鸟窝，真是非常开心。

资讯的重量

古人结绳记事，后又发明文字，刻于兽骨、龟甲之上；更进步的方式，是用毛笔书于简、帛之上。现代一日千里，千头万绪的资讯化作电流在一小方 IC 之中奔腾窜动，电脑，成了攸关人类存亡秘辛的黑盒子。每天上班，打开电脑开关，一间间神秘的屋宇便敞开了玄暗的门扉，内有乐于助人的蓝色精灵，也有冷酷无情的巫毒术士。资讯失去了重量，不可捉摸，因而也更加骇人起来。

人间重碗情

读了廖仁义《饭碗》，令我回想起自己开始搜集老东西的那一天。那时，因为学校在淡水，偶尔便像个游魂似的到老街逛逛，这里看看，那里晃晃；这个时候，专卖老东西的文物店便是最佳选择了，因为那些东西老得非常新鲜，而且老板都好像古董似的，你不说话，他也懒得理你。我的第一个收藏品便是一只老碗，惭愧的是，当时买它，是因为想起了过年掷骰子的清脆声音，那粗鲁的"十八啦……"。

老外干杯！

老姊上大学了，老爸非常得意，动不动就四处张扬，还叫我要"向姊看齐"。老姊更是骄傲得不得了，一下子买衣服，一下子吃大餐，好像我们家中了奖券似的。有一天，老姊带回一个女同学，是老外，真是爱现。吃晚饭的时候，老爸特别取出珍藏的金门高粱来宣扬国威，老妈也一直帮老外夹菜，好像我不是她亲生的一样。后来，老外举起小酒杯，恭敬地对老爸说："我们同归于尽！"换我得意了。

出奇制胜

狗标是我的中学同学，高中开学的第一天，我告诉他我暗恋周××，然后，我的人生就这样毁了。放学之后，狗标押着我去新公园堵周××，他告诉我，把马子最重第一印象。周××耐心地听完狗标的演讲之后，很肯定地说她不想认识我。狗标急中生智，大骂："妈的，你也不想想自己蹲马桶的样子。"狗标告诉我，留下坏印象比没印象好多了。周××有没有印象，我不知道，我倒是一直想把狗标给杀了。

虫

早上醒来的时候，我发现我变成一个人。我太太看见我就惊慌地逃跑了，我手上并没有克蟑。不到一个小时之内，电铃响了三次，其中一个是来收羊奶费的，一个是来断水断电，还有一个是小孩子乱按的。我努力地从床上爬起来，跑到捷运站，差点想钻进一个男人的西装口袋里。我费了九牛二虎之力才坐到座位上，正想去泡一杯咖啡时，看见我的老板走过来，手上拿着一瓶克蟑。

个人兴趣

老人留了一个三分头，瘦瘦小小的，眼睛如钱鼠一般精明，看起来比中学生还健康。自从他搬来社区之后，每天都可以看到他在大门口的警卫室里"站哨"，一待一整天，到了后来，连吃饭时间都不舍得离开，直接从通话总机叫老伴送便当下来，两个。警卫换班时，老人监督他们交接；夜里，警卫打瞌睡了，老人开始看第三份报纸。管理委员会主席商请老人当警卫，他说："我又吥是吃饱太闲。"

勿忘影中人

小时候家住台中，每当有重大事件发生的日子——那种比过年过节还了不起，重要到必须全家出动，并且请出"老爷相机"的日子，我就知道那天又要去台中公园了。到台中公园，为的就是要照相，只要父亲举起相机，大家就很自动自发地站在背景是"湖心凉亭"的地方，一字排开，面带微笑……有一次，父亲无缘无故又召集全家去照相，事隔多年我才知道，原来那年父亲被误诊为癌症患者。

独　居

周休二日的时候，我总是想起一位住在山上的老朋友。自从大学时代，他便住在山上的一幢日式平房里，房东是一位独居的老先生，养了一只凶猛尽职的大黄狗。那天，我陪朋友一起去看房子，房间还不错，有独立的走道、两扇充满绿意的木窗，纱窗外隐隐透进一股阵雨过后的树叶香味。一晃快十年了吧，朋友依然坚持住在山上，独来独往，倒是那条大黄狗比人老得快，而且变得一点也不凶了。

解酒偏方

　　想起一位多年前混在一起的画家朋友，那时离开了学校，原本应该普遍性地为将来苦恼着；而他不然，他为爱苦恼着，于是有了特权。某夜。朋友来到我赁居的住处，照例也带来了可以大醉的酒、菜。原本是打算喝到天亮的，那么午夜之前便算是上半段了。中场休息时间，朋友突然从口袋里掏出一盒槟榔，说是解酒妙方，一次连嚼三粒。结果，五分钟后，朋友呼呼大睡，留下心情不好不坏的我和酒。

收　藏

　　曾经也有一段时间沉迷于逛旧书摊，或许，那时是个孤独的人吧！总喜欢在一个非假日的下午，一个人背着一只空袋子，骑上一台破烂的脚踏车，然后悠悠地骑到附近大学旁的旧书摊去消磨一下午；回程时，满满一袋子装着自以为精挑细选、可遇不可求的"奇书"，回到家里，还要一本本仔细清理、抚平，然后放上书架。书架很快就满了，时间也很快就过去了，那些书，又化零为整地回归旧书摊了。

不朽的苍凉

张爱玲孤独地在蛰居的公寓内逝去，虽然不美，却印证了一份生命的苍凉感，与她作品中一贯的氛围不谋而合。张爱玲留下了许多知名的句子，例如："生命是一袭华美的袍，爬满了蚤子。"近日阅读米兰·昆德拉的作品时，也时常令我想起张爱玲。在昆德拉的小说里，人生宛如一场"媚俗"的邂逅，那些"可笑的爱""不朽的渴望"，仿佛在在说明了世俗红尘不过是场"为了别离的聚会"。

早　场

一夜失眠，竟变成早起的人了。从落地窗外看过去，倾盆的大雨像挂起了一张水珠帘子，山景被隔在更远的地方，只能见着一抹压抑之后的森绿。去看场电影吧，在书桌前枯坐了两个小时之后，这样的念头行过，竟如一个令人意外的新发现。下楼，拦了一辆计程车，司机并不健谈，或者自己并不是真心想说话。视线不良，但车行平稳快速，比预计的时间提前了许多。售票口前面一个人都没有。

打工记

大一暑假，去日式经营的速食店打工，学点经验，赚点零花，一天在职训练下来，心里觉得很累。倒不是工作粗重，而是规矩太多：拖把如何沾水，何时翻面；鸡肉如何沾粉，炸几百度几分钟……回到家，跟老爸抱怨日本人太呆板，老爸骂我活该、没骨气，干吗到日本人的门口讨饭吃；大姊听了不顺耳，说日本人有纪律、讲效果，差点跟老爸吵起来。过几天后，电视重播《梅花》，老爸又占上风。

随　便

放学前，炮祥一再向我保证：第一次约会最好去钓虾，因为钓虾闲闲没事，可以哈啦很久，还可以趁机教她钓虾，摸摸小手，最后，吃完虾子，"身体"会很好……我六神无主地建议去钓虾，她说："随便。"这就是那天她唯一的话语，一共重复了六次。我在钓虾池旁焦虑起来，好像被人抹了盐巴，放进烤箱里。最后，我实在没话可说了，便对她灌输："吃虾子可以补身体。"她说："随便。"

孤　立

"嗯"的一长声终于响起，听起来老旧而充满了痛苦的记忆，更糟糕的是，牙医师虽然长得很富态，可是天生老K脸孔，我心里想，安慰别人必定不是他的专长，转移注意力好了。"这个电动座椅好像有点太老旧了吧？"我说。"不会啊，这台以前是新的呢！"牙医师抽出他的钻孔握柄。"拔牙齿很痛吧？"我开始害怕了。"不会啦，拔的人不会痛。"牙医师说完，电钻声壮烈响起……

天　空

细数过去的学生时代，共有十年亲近山水的日子，我常常觉得这是一份难得的幸运，因为，现今放眼尽是水泥丛林的摩登社会，亲近自然是假日的享受，可得事先安排、预约才行。不过，虽说老天赏赐，让我拥有过十年寄情山水的日子，可是一旦脱离青山绿水，却又忘恩负义地埋怨起老天爷来了。我提醒自己不可太不知足，却不免又想到，失去天空的鸟儿，又岂能谎称无怨无悔。

自来酒

在外岛服役期间，曾经多次被派遣到酒厂去出公差，帮忙将一箱箱的高粱酒从小发财上卸下来，再整齐地堆进仓库里。常常一天下来，整个手臂都僵硬了，而且往后几天还有得受的。"在仓库的算幸运了。"出差回来，听见在酒厂出公差的一帮弟兄说，他们在那里扛的是一袋袋的砂糖，五十公斤装的，不但身心俱疲，一天下来，整个人都像糖葫芦似的黏乎乎的，唯一差可安慰的是：他们用酒来洗手。

天才梦

读高中的时候爱上了音乐，幻想和几个同学一起组一个热门摇滚乐团，大家一下课就围在一块儿兴致勃勃地讨论这个"地下计划"，甚至因为分配各人的职务与使用的乐器而争执不休……后来，像所有的空中楼阁一样，一遇上大学联考的压力，就如泡沫一般蒸散了。我还记得，当时我被指定为乐团的贝斯手，而我其实想学电吉他。实际的情况是，我只买过一把双燕牌的口琴，它的外壳至今还闪闪发亮。

生日礼物

大姊高一那年生日，外公花了做工一个月的薪水所得，买了一台新力牌单声道收录音机给她当生日礼物。外公说，大姊是"大人"了，所以要送一个"大礼"。我听了很不服气，大姊也不过大我四岁而已，有什么了不起。举办初次"录音典礼"的时候，大家都很兴奋。外公对着麦克风讲述自己的一生，没想到，才八分钟就讲完了。"今天记性不好，明天再录。"这是外公留下来的最后一句话。

再过一阵子

大一新生报到的那一天，美丽的学姊也就是长头发、长裙、长脚、长指甲……却竟然没有男朋友的一位同系先进，请我到学校旁边的一间豪华店面吃豆花。吃到一半，学姊拿出一叠像是"选填志愿卡"的东西送给我，上面还有许多方形的小洞。学姊说，那是电脑课会用到的东西，叫我先留着，过一阵子就会用到了。后来，电脑突然不需要用卡片了，更糟的是，学姊突然交男朋友了。

私人音响

那一年我刚升上高中，勉强算是有点长进了，也开始会瞧不起在马路上玩过五关的小毛头了，没想到，这一点点自尊心竟被巷尾的一个朋友给打破了。同样的年纪，人家已经开始自己跑中华商场组装立体音响了。我在他房间里听了半首喜多郎的《丝绸之路》，就决定自己也要来这么一套"克难"音响。和朋友研究了半天，希望找出最省钱的组合方式，然后，父亲一句："到他家听就好了!"令我开悟。

急　雨

从福利社走出来，卖东西的阿姨叫我赶快回教室，上课的铃声已经响过了。我匆匆把刚才买的王子面揉碎，塞进制服口袋里，从厕所后面的小水沟跑回教室。教室里一个人也没有，只有一只蜘蛛从天花板垂下来。老师和同学们都不知去向，他们连垃圾筒都打扫干净了。窗外的天空一下黑、一下紫的，正当我想大叫一声时，打雷了。闪电离我很近。过了一会儿，我才发现写在黑板上的值日生就是我。

午　休

中午十二点至一点之间，是书店的尖峰时段，附近大楼里的员工，有许多人利用吃午饭的时间逛逛书店、翻翻杂志。刚开始逛的时候，我一再告诫自己，不要因为一时的喜好而买书，一个礼拜下来，也的确做到了。后来，我开始逛"杂志"了，特别是各种室内设计的杂志：看着一幅幅名家设计、景致清幽的"模拟空间"，终于忍不住拿起一本往柜台走去。还好，结账的队伍太长，我又把书放回去了。

在海上

想起了从前在外岛服役时，搭乘人员运补舰的情景。外岛的阿兵哥，天天期盼的便是返台休假日快快来到，天天生活在一个物资缺乏、任务繁重的小岛上，日子一久，便有一种被遗忘的感觉。那种被遗忘的感觉是很特殊的，在一片汪洋大海的彼处，有看不见的亲人，也有看不见的敌人，乍看之下，平静的海面上，只有细碎的浪花，和不解人语的鸥鸟。那时节，渴望搭船的心情有如峭壁一般坚硬。

青色的信笺

亲爱的中学英文老师：好多年不见，好吗？还记得我吗？我就是在1980年9月9日上午第三节课偷看琼瑶小说的男学生。想起来了吗？被您没收的那本《燃烧吧，火鸟》是否一直遗忘在抽屉里了？也许您也偷偷地读过了吧；即使您没读过，至少也听高凌风唱过了吧？写这封信，只是想告诉您，青涩的爱情，就像是高凌风手上的塑胶打火机，突然就冒出火来了。还有一件事，那本书我不要了。

飞

小时候喜欢看划过天空的飞机，不喜欢看飞鸟；飞机多么雄壮，特别是尾巴牵着一道白烟的喷射机，好像是上帝手中的一支白粉笔，在天空随意地涂抹；而小鸟呢？即便是老鹰吧，不过像是一张被卷上半空中的旧报纸，阴沉且无奈。于是在美术课上画起华丽多彩的各式飞机，而鸟呢？不过是比笨拙的山峦更小一点的人字形罢了。现在喜看飞鸟了，特别是几乎停滞在远天不动的样子，似飞不飞的。

写　生

　　曾经有一段时期，我也很想当一个画家。那时，我在一所山上的学校念书，成天闲逛，不爱念书。只有纯粹的生活才有纯粹的作品，我心里想，于是索性把住所改成工作室，画架、画笔、颜料、画布都买了，顺便把屋子里里外外打扫、擦拭一番。因为没有石膏像，所以我打算从写生入手，就先画窗口外的风景吧。房间打扫干净了，窗外的山景也愈形秀美起来，好像是一幅画。已经被完成的画。

书街一景

　　从重庆南路的一家书局逃了出来→觉得知识是一种欲望→走进便利商店买冰棒→躲在一根水泥柱后面像一只受伤的流浪狗→北一女的学生像一串树叶从眼前吹过→红灯又变成绿灯→匆匆穿越马路的人群中，只有一个人看起来怪怪的→公车司机打开窗户点一根香烟→卖葱油饼的中年人向隔壁摊的老头买了一条四角内裤→那个怪怪的人走向我，问我为什么不回家→我说你是谁→他打开一罐油漆喝了一大口……

肢体语言

老邱有一只癞皮狗，癞皮狗好像病得很重了，病毒侵入神经，伤了脑子，所以每隔一会儿就抽动一次，摇头晃脑的。老邱跟同乡聊天的时候，癞皮狗趴在一旁摇头，老邱说什么，它都摇头，好像在说："没那回事儿！"老邱骂小孩，癞皮狗也摇头；老邱打老婆，癞皮狗更是摇得厉害，眼角之中，似乎还有一层薄薄黏黏的泪水。有一天，癞皮狗寿终正寝了，老邱一家人围着它，大人小孩都边叹气、边摇头。

"啦——"

高中的时候，说起来自己也不太愿意相信，最怕上的就是音乐课。音乐老师是一位严肃的欧吉桑，常常能把音乐教室内的气氛弄得像是公民课一般。有一天，老师叫一位同学起来试唱一首歌，唱到一个高音的"啦"的时候，那位同学发出了紧急刹车一般的破声音。老师有点不悦，便让他罚站。接着，老师自弹自唱起来，唱到"啦"的时候，竟发出了车辆相撞一般的声音。后来，我一直不敢唱高音歌曲。

关闭的房间

学生时代，曾经独自赁居在一幢海边的老房子里，那房子真是大得令人发指，一百多坪，前院还可以接棒球。我提着简单的行囊住进去，选了一间最小的房间，不到一天，打扫完毕，东西也摆放整齐了。接下来，我提了一桶水，开始用抹布擦拭门窗和桌椅，不到一个小时，全都擦拭干净了，剩下一屋子的寂寞，那是没办法抹去的。我始终没有再打开其他房间的门，怕会因为好奇而引来更多的空虚感。

采　收

因为改建公宅的关系，从小就住着一家六口人的眷舍被怪手夷平了。父亲带着我在一大片瓦砾碎砖上找寻着昔日的家园。"就是这里了，没错。"父亲像是一位印第安人那样，凭着仅存的几棵大杧果树来辨认方位。房子夷平了，才发现原来的建坪其实很小；墙垣拆散了，才惊恐儿时的记忆其实很少。那天，我们像两只被放逐的猕猴似的爬到大杧果树上，贪婪地采摘起树上稀疏的青色酸果。

忘情酒

那年，我和一票弟兄驻守在前线的据点里，最喜欢的是"战备演练"的日子，特别是属于"坑道留守"的那一部分。所谓的静态留守，并不是消极的备战，而是积极的觅食。除了食物，最好还能来点不伤大雅的小酒，那就功德圆满了。那次，说是庆祝某位老兵退伍，大伙都分到了陈年高粱加生鸡蛋，说是可以壮阳。一饮而尽之后，我们便在那个几乎只有阳性的小岛上，悲壮地说了一整夜的黄色笑话。

雀　儿

马巫婆的脸拉长了，她把书本放在讲台上，拾起藤条，从教室前面蹑步朝大头仔钦的座位走去。"我再问你一下，'椅子'怎么说？"大头仔钦脸色铁青，看着前方转过身来的杜骨头。杜骨头用手指着窗外的一只麻雀，用很小的声音吃力地说着："雀儿、雀儿、雀儿……"大头仔钦如获至宝，抬头挺胸，光明正大地对马巫婆说："鸟儿。""什么？""鸟儿。"那一天，大头仔钦发誓永远不看外国片。

"旧"心情

大约从五年前开始喜欢去逛一些民艺古物摊子，民艺品不同于古董，没有那种动辄千金难换，以价格拒人于千里之外的富贵气。通常，我的眼光总是被一些先人日常生活的器物所吸引，一只古意盎然的陶瓮、盐巴罐子，或是曾经被老祖母收在红眠床头柜里的玻璃糖果罐，玻璃上还清晰地浮现一群小气泡……从前用来骗小孙子乖乖睡觉的金柑仔已经不见了，或者是小孙子长大后，老祖母自己吃光了？

看着自己

过年假期，和一位朋友在山上煮茶聊天至清晨。朋友现年三十七，男性，未婚，虽从不自认为单身贵族，却也曾经动过"代理孕母"或是"复制人"的脑筋。"人到一个年纪啊，孤孤单单的，快乐没人分享，痛苦没人分担，想要一个和自己相像，个性也类似的小孩……"语气之中，似乎更倾向"复制人"些。我带着谅解的心情来看待这个事件，人都希望看见"自己"正值青春年少，甚至从头再活过！

余　味

印象中，常常可以在长辈的客厅里看见老虎的肖像，大约都是虎虎生风的模样站立在崖壁上，身后有冉冉的旭日，身旁有遒劲的松干和嶙峋的怪石。在画幅的一角，大多是"威震山河"或类似的句子，或许是进取的气魄吧！我自己其实比较喜爱"鱼"的延伸意象，例如年年有余，给人一种含蓄的感受。另外，我也很喜欢另一个说法，因为鱼永不闭目，所以也象征"精进"，看来鱼也有坚强的一面。

家　书

祭祖时，桌子两旁点着大红蜡烛，鸡、鸭、鱼、肉、鲜花、水果一应俱全，还有一个牛皮纸包扎的方形包裹，上面用工笔的柳体小楷写着一个陌生的地址，里头是准备烧给先人的冥纸。先人都列在墙上的那张红纸上，过年时，家里就变得有点像忠烈祠了。"这样写上地址，爷爷、奶奶还有姑姑就能收到了吗？"我问父亲。"谁晓得。"父亲苍白的短发在熊熊火光的映照下好像正寂寞地燃烧着。

孤　独

一只鹰，精准地切过天空与棱线的交界，如一支箭矢刺入天空，而后，伸展双翼，顺着气流在天际滑翔，那精准与完美，仿佛是不具有重量的。多年前，一座山间的小屋里，形单影只的我，面对一壁青山与淙淙的流水声，一壶芳香甘美的佛手柑茶，独独只有我与鹰对饮，那日子，一如清淡隐微的茶香般静好。那时的我，自觉轻盈而没有重量。自从离开小屋之后，再没有见到一只鹰，同时失去了轻盈与静好。

自助找零

一直想要拍一个这样的公益广告：在人潮拥挤的夜市入口，一个身穿迷你裙的妙龄少女突然被人在大腿上推了一把，她嫌恶地回头看，看见一个没有双脚的人，他用一双只剩半截的大腿站立在柏油路上，胸前挂着一排口香糖。女孩的心情平和下来，她拣了三包口香糖，然后从钱包中取出一张一百块钱。卖口香糖的人用没有手掌的双腕"夹"起那张纸钞，要求女孩自己找钱；百元钞票在一双美腿旁颤动着……

真　相

从前，我也曾经想要当一个画家。我的第一张作品是画我的母亲。回家以后，我遵照老师的吩咐，把作品拿给母亲看，然后跟她要了一块钱去买冰吃。晚上，母亲把我的图画拿给父亲看，并直夸我的天分很高。父亲端详许久，说："这是一只猴子吧？"姊姊看了一眼，说："不对，这是猩猩，猩猩的头发比较长。"我愤怒大叫："是你妈啦！"之后，所有的人都突然变成了我的敌人，特别是我妈妈。

笑　声

高三那年，班长林志诚迷上了尼采，其他的人则迷上了观察他。这是我们导师交代下来的，因为班长变得非常奇怪，或者说，他自有一套抵抗联考压力的方式，让大家觉得很想一探其中奥秘。林志诚大多时沉默不语，老师上课，他看他的尼采，偶尔老师生气骂他，他就说那一百零一句："上帝已死！"有一天，他蹲在厕所大笑，老师急了，正想破门而入，只见他悠然而出，手上拿着一本小叮当漫画……

平常心

假日里，时常喜欢到附近的大庙走走，入境随俗，与众人一般行礼、祈福、掷筊、抽签如仪。抽得好签，不敢相信；抽了坏签，当下奉还。这样的心态，自己戏称为"平常心"。除了抽签，更喜欢看人算命。往往是在大树的凉荫底下，一个莫测高深的白发老者加上一只白文鸟，便可断人一生。卜者言之凿凿，被卜者也虚心受教。算到好命的，面露狐疑；算到歹命的，眼露不恭，也是"平常心"？

续　集

童年时期，大家差不多都曾经有过这样的经验：某一天，开班会的时候，老师介绍了一个世界级的伟人，那个伟人必定还有写日记的习惯，因为……所以，从下个礼拜开始，全班都要开始写日记。通常，这个时候，我们就可以在父母亲看连续剧的时候，理直气壮地打断他们，然后说："我要钱！"那一年，我也这么做了，可是只换来一本"哥哥写过一星期的日记本"，放进"姊姊不用的书包"里。

逃

回想当年当兵的时候，最忌讳的事情之一，就是逃兵。当年身在外岛，几平方公里的小岛上，四面皆海，即使不为别人想，至少也为自己想想，一旦逃兵，往哪儿去呢? 最后终免不了饥寒交迫、灰头土脸地自己走出来。被人发现就更糟了，发现者放荣誉假，被发现者关禁闭，直有天堂地狱般的差别。据说曾经有人逃兵成功过，所谓的成功，也不过是从小岛上消失，并且没有从海面上浮起来而已……

钟 摆

又到了回顾这一年的时刻了，诗人说，冬天到了，春天还会远吗? 远不远，我们不得而知，只是，在这个年度、世纪都即将交替的时候，在一片人心惶惶、终日不知所措，也难以望远的生活氛围中，我们是否真从历史中找到足够的借镜，来让我们"鉴往知来"呢? 有人说，上帝像是一个钟表匠，人世间的一切都是祂的作品，而这位作者，在作品完成的时候便不再插手了。我们的钟摆还能持续多久?

倾 听

石志武总是笨手笨脚的，除了放鞭炮的时候。再有威力，引信再短的大龙炮，石志武都照放不误；用一支香去点，手伸出去的时候，从从容容。有一年，石志武出事了，他把一个大龙炮丢到邻居王婆婆的鸡笼里，那只老母鸡昏迷了一天，从此就不再下蛋了。石志武挨了一个大耳光，像鞭炮一样响。后来，石志武经常躲到后山的防空洞里去放鞭炮，自己放，自己听。那一耳光并没把他打得完全耳聋。

编年史

几乎所有的人都曾经听老师说过，伟大的人物都有写日记的习惯，于是，患了"平凡恐惧症"的小学生们一一回家要钱，并慎重其事地到附近最大的一间书局，挑选一本当时颇为满意，长大后却觉得 SPP[1] 的烫金日记本。我也有这样一本日记，从小写到大，写了二十几年，还写不到四分之一。总在搬家时，才又发现它，然后写了几天又不了了之。如果一本日记可以写五十年，也算不平凡吧？

· · · · · · · · · ·

1 SPP：形容很土、很俗。

哈哈镜

小时候，每年农历大年初一，就是我们全家出动的黄道吉日，一家六口浩浩荡荡步行前往远东百货，途经忠烈祠、台中一中、中山公园，然后挤进百货公司的电动扶梯上，为了什么呢？当然是为了可以吃一支完整的紫雪糕啦，过年耶，一人一支不过分吧？老爸心疼也不敢表现出来，至少，在那一面凹凸扭曲的"哈哈镜"前面；老爸的脖子变得很长，好像在作弊；脸变得很短，小气也看不出来啦！

重　逢

每隔一段时间，他就会打一通电话给我，很客气地问我最近过得好不好，这句话背后的意思，就是说："你最近有空来聊聊吗？"朋友自大学毕业之后就独自住在山上，今年已经三十九岁。去他的住处，必须先经过一大段墓园，我曾经在一个炎夏的午后，在墓园的半途上遇着倾盆大雨，雨珠打在我的身上，也打在道旁的骨灰坛上，一片紫黑色的乌云忽然从天空窜下来。见面时，我们的第一句话都是："你还没死吗？"

压岁书

　　每年过年，最期待的就是爸妈发压岁钱的时候，现在已经不是小孩子了，不过，看见父母在围炉的时候发红包给小朋友们，心里还是不自觉地想伸出手去。小时候，爸妈发完压岁钱，只让我们短暂地拥有一下，年年如此，说是要让我们长大之后用来买书。有时候，我还会梦到爸妈包给我一个超级大红包，那是一大箱书本，用红色的纸包起来的……我想，这或许就是我从小不爱念书的原因吧！

火

　　诗是精致的语言。当然，这样的说法一点也不诗意。诗是美的文字，但，美是什么，证据何在？诗就像火一样，不难被发现，经常被使用，却得不到合理的重视。当诗被扭曲或滥用时，同样会烧掉很多东西。生火很容易，维持却很辛苦——当诗被泼冷水的时候。诗也是弱势的语言，当我们从电脑词库查询"诗意"的时候，会先发现"失意"这两个更常见的字。然而，诗总是会存活下来，像片野火。

隔　离

　　每隔一阵子，便会深深思念起火车。奈何时光分割零碎，那种坐上火车，行李往架上一放便一直睡着等待吃便当的情景，竟已不可多得。有时在工作中，忽然暗暗在心中计划起一个小小的火车之旅，希望能在几个小时之内抛开行动力，把自己安置在一节非常老旧的通勤车厢里，像一只被人绑缚着双脚提上火车的老母鸡那般，有意无意地看看四周：只要火车还未到站，一切都无计可施，也无法可想。

天　眼

　　巷子底的杂货铺老板是个守财奴，偏偏老天无眼，还在他的房间窗户外面竖立了一盏明亮的路灯。自从有了路灯之后，守财奴就不曾开过屋内的吊灯了。有一天，电线杆上的变压器爆炸了，"轰"的一声巨响，惊天地、泣鬼神而民呼万岁，所有巷子里的大人、小孩都跑去守财奴的家门口探头探脑，希望这一次老天终于睁开眼了。过了一会儿，守财奴毫发无损走出来，对大家说："滚开！"

山上的贝壳

海不太喜欢山暴露了自己的回忆，例如山顶上的那些贝壳。海说："还好这个世界的百分之七十都是海洋。"山回答说："我曾经仔细埋葬那些贝壳，不过它们又变成了化石来保存自己。"

流　光

为什么人们喜爱到淡水河边去看落日？盆地边缘的夕阳，仿佛一只即将流泪的红眼睛，终于忍不住悲伤而模糊了……黄昏的余霞沉落盆地，即将被黑暗遮掩时，一盏盏的灯光被不知名的手给点亮了。我们的心里似乎得到了安慰，也许我们并不介意消解，只要我们可以看见事物的流变。

静　默

经常骇异于植物的自觉，在一个阴暗而狭仄的角落里，它们总可以适当地在空间中舒展开来，像是一个准确而悠闲的工匠。在山路的小径两侧，它们拱手相让；在细窄的窗台上，它们深富幽默地堆叠交错着；在一只小小的砂盆里，它们静候时光流逝，像一个漂亮的老者斜靠在藤椅上。

等待果陀[1]

　　一年一度的耶诞佳节又再次降临了，在这个神圣的日子里，不论是教徒与否，大部分的人也随着周遭的氛围，一起祈愿来年的平和、安详。但也有很少数的人，以一种更强烈的意志、更渴盼的眼神，引颈等待着他的救赎。等待救赎的心情人皆有之，原本无可厚非，只是当极少数人信誓旦旦地说他们已经找到获救之道时，我们最本能的反应却是强烈质疑：是不相信少数？还是不相信救赎？

骑　楼

　　秋天来了，卖鸡蛋糕的玻璃柜里摆出了枫叶形的成品。上班的时间，骑楼下没什么行人，只偶尔一群小学生走过，放慢脚步，用眼睛的余光偷瞄一眼。黄澄澄的小蛋糕，冷了，透出一点点橘红；卖鸡蛋糕的妇人在玻璃柜后面打盹，一只虎斑花猫考虑了一下，还是决定越过妇人的遮阳帽，跳到一棵行道树上。妇人醒了，抹掉嘴角的口水，刚被打扰过的树叶掉落在她的脚边，像蛋糕干掉以后的颜色。

・・・・・・・・・

1　大陆通译为《等待戈多》（*En attendant Godot*）。

怀念西门町

虽然家人都不以为然，不过，我认为我进了一所很好的高中，因为它离西门町很近。爸妈都很放心我，不怕我迟归，不怕我学坏，虽然西门町有点"复杂"，到处是黄牛和三七仔[1]，但那些与我有何相干？我又没有钱，贫穷是最好的保姆。我们顶多是在香烟摊子买几支零烟抽抽，阔气一点的时候，整包的三五也买过。我很喜欢泡在冰宫里面，有漂亮的女生，和茫茫的烟雾，既消暑，又不必躲起来"哈草"。

气　韵

中国画讲求"气韵生动"，或许跟绘画工具有直接的关系，毛笔的柔软、灵动，水、墨的饱满、干湿，这些元素的组合，造就了历代画作的民族特色。又或许，是画家本身所欲追求的"画面效果"，才造就了不同于西方的"绘画工具"。不论因果如何，我们在造型线条和画面的氛围布局上，确实是已形成了一股源远流长的特殊画风，在这些流域上，没有油彩和刮刀，却也自成一番神气。

. . . .

1　三七仔：皮条客。为男女双方媒介色情，拉拢不正当关系的牵合者。因为与性工作者三七分账，才有此称呼。

噤声的沉痛

"第一憨，种甘蔗给曾社磅；第二憨，选举作运动……"这是古早的台语顺口溜，意思是说，种甘蔗的蔗农跟为人扛轿的桩脚相比，似乎还更为徒劳、不值。身为日据时代的文学良心，赖和凭着一颗"医者父母心"，见证了时代的不公不义，与广大农民的凄惨世界。在《丰作》这篇小说中，因无力反抗执政者，或预知反抗的结果将加深苦痛的蔗农，陷入绝望而面面相觑地沉默着，读来不禁令人战栗！

不吃豆的原因

中学时代在生物老师的指导下和同学一起参加科学竞赛，选定了一个以研究植物遗传基因的主题，便开始分组种植豌豆。豌豆容易栽培，成长周期较短，极适合当作实验对象，而且还可以食用。除了上课和睡觉，一伙人几乎全待在温室里；从早到晚，眼睛看的、鼻子闻的和脑袋想的全是豌豆。实验完成，科学竞赛没得名，可是鼻子前那股豌豆的气味，久久挥之不去。

我是副刊值日生

我是一个卑微的副刊值日生，长得平凡中见不到什么伟大；我的工作就是培养敏锐的"小人之心"，以无比专业的"敌意"来找碴! 不论是错字、别字、漏句、漏段、地名、人名、书名、译名……全都不肯放过。只要一旦发现文章的一丁点儿小小的"瑕疵"，就要发动毫不留情的攻击：挖字、补字、拼字、造字……务必使出浑身解数，苟有利于副刊，虽千万人吾往矣，因为，我是专找小错的人。

作家的好奇心

今年的作家南投之旅一共三天，26 日大清早从台北出发，本以为这样有些强人所难的集合时间，定会因为种种因素而延误，没想到，才六点出头，所有人员竟已全数到齐。行程中参观香菇产销班时，小说家李潼对于如何以塑胶袋、木屑及菌丝来栽培香菇的方式不断提出问题，产销班班长一一细答，不知他是否误以为李潼有意加入业余的香菇产销行列?

赶赴神的约定

前辈小说家朱西甯先生走了，在 3 月 22 日上午的静默沉睡之后，不再醒来。数月前在一次文学奖的颁奖典礼上，还看见朱先生顶着一头微鬈的银发，以他惯常的谦和口吻，对全场的文艺工作者侃侃而谈；面对人群时，朱先生总是平淡而随和的。但是，创作时的朱西甯总是背转身去，他说，他要将作品呈现在神的面前，像一个祭祀仪典中的舞者。我相信读者不会忘记这样美丽的话语与智慧。

离营教育

难得的放假日，在一整个星期密集严厉的军事训练之后，几位在南台湾训练中心的袍泽弟兄，在例行的精神讲话之后，便拦了一辆计程车快快逃离那个人间炼狱。长官的训诫言犹在耳："不可喝酒、不可出入色情场所、不可逾假晚归……"这番离营教育，倒像是在提醒那些血气方刚的年轻人可以干些什么消遣。于是，这一伙人换了三个地方喝足了酒，进了些个色情场所，当然，他们也忘了收假时间。

真的来了

原来以前 1999 年只是一本书、一部电影的名字，或是一张宣传海报上才有的专有名词，没想到，它竟然真的来了：来了，来了，像火红的夕阳一样从山上滚下来了；来了，来了，像一张身价两百万的统一发票似的，竟然毫无预警地跑到口袋里来了。是喜? 是悲，得过且过吧!

半日闲

上大学的那几年，因为地利之便，时常一个人独自到台北"故宫博物院"去逛逛。我很喜欢在上午没课的空堂时段，骑上摩托车一路从仰德大道往山下滑行，经东吴大学抵外双溪，特别是在初冬的时节，"故宫博物院"古色古香的牌楼，在层层叠嶂的冷凝中，益发显现出一种苍老与坚毅。唯一遗憾的是，在败俗复制纪念品的部分，似乎种类少了一些，因此，某些心仪的中堂或条幅便无法买到了。

温暖的冰

连日的灾难事件加上阴雨绵绵，许多人不禁对自己生存的处所不安起来。科学家在月球上发现结冰层，证实彼处有水的存在。有心之士，随即联想到，既然有水，那么人类移居月球的可能性是否便大大提升了？据说，当地球上的人口达到五百亿时，每个人的生存空间只有一平方公尺，或许，对生态环境问题日益严重的地球人来说，月球上一层寒冷的冰水，还是激起了一丝丝温暖的希望之光吧！

时光短笺

　　近日整理房间时，从书柜里翻出一个牛皮纸袋子，打开一看，里面是几十张各式各样的小纸条。我将这些纸片撒在地毯上，坐下来细细端详，一些零碎而尘封的往日时光，便如细雨一般地飘下来。

　　那是从前求学的阶段，陆陆续续搜集起来的便条纸，每一张小纸片，注记了一次"来访不遇"的浮生掠影。人们常说"无事不登三宝殿"，但是，从这些字条上的留言看起来，却也未必如此。或许就是因为这些纸片上的留言大多是一张无关痛痒，甚或几近戏谑的只字片语，所以才益发显出他们的可贵。

　　"我要回家了，你呢？　　　　　　　　正文"
　　"如果没下雨的话（万一），请浇水　　Johnson"
　　"瓦斯炉又变好了　　　　　　　　　　302室"

我没有写日记的好习惯，一些生活中飘零的片段，往往因此灰飞烟灭，恐怕再也无缘想起。因此，这些当年无心收起，未随手扔进纸篓的短笺，竟成为另一种日记，或是一串记忆的钥匙，让我重温了一些生命中的片段。这些不起眼的片段，因为零碎，所以显得特别亲切，它们像是无疾而终的时光本身，或是那些历史之网无法捞取的细小水珠。

我坐在地毯上，急切地再拾起一些纸片来读，有的字迹潦草，中英文夹杂，字条的主人随意地在笔记纸、红包袋，甚至卫生纸上面留下了几行字；也有的笔笔工整，且引经据典，从一丝不苟的笔画间，仿佛可以看见留言的人正站在我的门外，有板有眼地写字的模样。一张张泛黄的纸片一一从我手中滑过，重新拾回的往事便又溜回我的生命里了。

在这些纸片当中，还有一张是未署名的。

"你的朋友送报生送你一袋报纸"

这样的一小段文字，被写在半张日历纸的空白角落上，形成一个直角的转弯，笔画歪斜，墨迹很轻，顿笔稍重的地方刺出一些小圆孔，看得出留言的人是临时撕下一截墙上的日历，然后随意垫在手掌心上写下的。笔出无奈，署名自然也就免了。

这样匆匆写下的一小句话，带给我许多的臆测和怀想。

我记不得何时曾收到过一大袋过期的报纸，以及何时有过一位送报生朋友或同学。我收到那堆报纸的时候是惊喜或是不知如何是好？我是否好好地把它们读了一回，或是转送给别人了？还有，这些带着点无奈和机智为我留言的善心人士是谁？从字迹上看来是个男生，他当时正在做什么呢？当我的友人气喘吁吁地提着那一大袋"礼物"来给我时，是否因而无心地打断了一位正在写诗的青年？

那些往事的细节，我已无从得知了，一整夜的遥想，依旧还是无声地消失在汩汩流去的时间之河里，河面上稀稀疏疏地漂浮着一群五颜六色的小纸片，向更远处流去。

未命名[1]

我很喜欢算命，只要算的不是我的命，我就有兴趣得不得了。严格说起来，我其实是很喜欢算命的"气氛"，而不是算命的"结果"；因为我觉得看人算命就像逛庙会一样精彩有趣，重点在于"过程"，逛完就完了，谁管他"结果"呢？

有人说"命愈算愈薄"，我觉得一点都不错。仔细观察那些正在算命的人，算到好命的人总是风度翩翩，强忍着

1　此篇作者未命名。

心底的那份喜悦，好像生怕伤害了那些"全世界正在受苦受难的同胞"；而算到命不好的人则是清一色一副"节哀顺变"的表情，令人对他们通达人生的气度肃然起敬；尤有甚者，一些被算到运途多舛，命中注定难逃"英年早逝"或"血光之灾"的天下苍生，在他们脸上霎时烙印出的"庄敬自强，处变不惊"的公民精神，更令人感叹："三人行，则必有我师焉。"我觉得命愈算愈薄的道理就在这里，因为不论算得好坏，我从被算命者的脸上总是看到满脸的"压抑"，久而久之，小则有"算命过量，有碍健康"，大则难保不会"气急攻心"，想想，还是看人算算就好了，我才不干呢！

虽说"予岂好算哉"，但是偶尔心情"郁卒"，念天地之悠悠，独见"算命仙仔"就在那庙口灯火阑珊处时，心中也是蠢蠢欲动，几乎忍不住想要"独上西楼，望尽天涯路"一番。我比较喜欢到庙里拜拜，然后再用掷筊、抽签诗的方式来为自己卜吉凶，因为我觉得这种方式"药性"比较温和一点，对心脏有益。如果神仙们给了一支好签，那我就"暗爽在心内"，庆幸自己果然是"上帝的选民"；如果抽到坏签，我就告诉自己抽签只是"几率"问题，不足为意；如果抽到"模棱两可"的签诗，那么以我的中文功力，一定可以把文解释成一支上签，以展现我们"民智已开"的实力。

辑四　之后——告别的叹息

· · · · · · · · ·

"小说就是告别人世前，一声如释重负的叹息。"

阳光多么充足温柔，怎么能相信人生已不多了？想起少年时谈志趣的伙伴，只希望他即便死了，也不要让自己知道。人生多么短暂啊，好似潮湿的黑屋里才刚切上一盏灯，便立刻断了保险丝，这一眨眼工夫怎么能看得够？

其实，我最爱那"生活中宽广的空白"，虽然我以前已经在阳明山和淡水挥霍了不少，但总是永不餍足的心情，也许用一生来闲混也觉不够吧，一辈子怎么这么地短啊！

念研究所已过一学期，下学期也已开学。

目前搬到向诸逸安借居的公家独户院舍，可爱极了，感谢上苍。

上学期只写一篇《一件急事》，目前已誊好，刚才深夜重看，自觉是好的作品，不枉了上半年的光阴。其中对现代生活的意向撕扯及父子间可贵的"牵动"已有不错的呈现，如此，我便有了两篇不错的作品了（加上《邮票》），×年的写作得到短短两篇约七八页稿纸而已，写作不辛酸吗？

《生命的空寂》所具之强烈内蕴是我的风格，

不枉我七年的偏好文学，希望能不断开出花朵来，一个小小花园即可。

下午是升研二的注册，一年级的日子照例一闪而逝。再一年之后希望可以写成一册小说集，但希望每次出书前都已有一本的存量，那么才不会书一出，心便悬空了，等到真的够稳了，再动手写一个长篇，十年辛苦其实是很平常的。

我现在的希望，就是在充满自然环境的地方，盖一栋美军眷区式的房子，有一个动静皆宜的空间，好好充实我的这一生，多为一切理想尽心。

爱情在我眼中几乎看不见了，时下人多认为爱情是生的哲学，因此多只想别人应怎么活，儿女怎么活，则此人为情字表率，实在爱情乃死之哲学，生殖，生命本身便一直在为死亡铺路，高尚的爱情，应时时相互帮助别人的"死"，而不是用极有限的时光，去筑一个适合忘却死亡的象牙塔。

关华自加拿大来电新庄家中, 谈话约十来分钟。稍动出国之念, 但我更希望从跌倒地方站起来, 因此, 研究所将是我唯一的一条路, 人生尔尔, 不从挫败中取得重生之机会, 那么挫败又有何可取之处呢? 现在不是投降的时刻。

我已经离开太久, 走得太远, 迷失太久了, 以致好像必须崎岖跋涉, 否则便没有回家的感受。

大学中最后的一个暑假已结束了, 在其中, 许多夜晚, 我用来写第三篇小说《蝉》这篇时, (现我已搬离了那个从落地窗望出去, 是一棵高龄而茂盛的香枫的客厅)我守候黑夜, 听到了许多次破晓前的第一只蝉鸣, 现在它已完稿了。(赶在截稿前誉稿的苦处, 我总是重犯着!)奇怪的是, 一反以前, 我常常想到它, 而它也不断涌现一些不同的意义与联想, 我想, 这次我写了篇不错的东西来了。它是活的。蝉嘶对我而言有了一份不可言喻的亲切与会心。这是令人欣慰的收获。

刚躺在床上, 我想到在结尾处我把脱壳而出

的小孩子与坟墓的场景与气氛拉在一块儿，而将蝉在出壳之后便不久于世的嘶鸣与挣扎结系在一块，使我也感染到那种人生的长短与苦乐的暗喻，我想，这样的布局，是有运气的成分的。

这是一种莫名与恐慌的力感，同时希望它也是美。

- -

用白底红边的便条纸在书桌前的粉红老墙上，写下"新学期守则"。

1 让自己在爱的世界里继续付出、享受

2 切忌自暴自弃、画地自限

3 孝顺父母

4 常洗温泉

5 设法与英文热恋

（这是看了《阿默的秘密日记》后仿照的）

- -

我感到无助，当我们娴熟运用语言，辩才无碍；我以写作，来模糊语言，像一个儿童，在大雨天时躲在房间里，以一种不被名唤的窃喜之情。我以写作，来融入时光，希望一笔一画、一字一句，如同沼泽里的萍藻，或是静室内的浮尘，能够

不着痕迹地沉浸在一片未知的世界里。

对我来说，写作就是结绳记事，作品就是一个模糊的绳结，绳结的大小、花样，用以记录曲而复直的心结，关于幻听、幻视和幻想的。写作者和乩童是同一个老师教出来的，昏沉中带着一点机警，主要是等待，然后是运气，最后才装腔作势。作者不一定了解自己捕捉了什么声音，就像一台收音机。

诺亚乘方舟，大水吞没一切，我问老师，那鱼呢？

他看起来很愉快，显然，除了他的手脚之外，如果再添上一条尾巴，他就会更加快乐了。

女人是植物，在某些方面，她们不为人知的根，比她们的叶更剧烈纠结扭打，也扩张得更远、更密。

　　女人特殊的天分：她们让人懒得跟她们说
话，同时令人体会一种被隔绝的愤怒。

　　是宿命。没有任何有利的后援来解决我的苦
恼。如一摊落地的水，只有在四面楚歌的泥土中
顺势而下，只有时间作后盾。

　　我应该记录下来一些我对自己作品有价值的
部分，好留下一些自信，以免日后遭人曲解或贬低
的时候心中没有了主见。

　　死亡的阴影依旧沉沉挥之不去。即使死后是
一种提升的存在，但是现世一生一世的一切难道
只是一个阶梯的价值，而且不值玩味留恋吗？

　　不要害怕拒绝别人要求时心中没理由，如果

习惯用左手擦屁股，那是不需要难为情的。

写短篇较被动，如天赐良缘，无法力求。长篇则需主动，如大禹治水，冷暖自知。

又完成一短篇《除夕》，以二十几岁的阅历来写五六十岁的老景，不知是否会太幼稚。我并不是以旁观冷眼来写的，我认为，我自己以后也可能就是如此的。

现正进行另一篇《一个周末夜晚》，讲的是有关"幸福"这个意识是如何浮现的。在童年时，以极纯净的idea升起的一个初遇。入世的幸福，是由对比而来的，一旦惊觉，却也即将逝去。

寂寞。就是寂寞。凡人所最不能抗拒，圣人所最不愿见到。钱财、怨恨可以使人杀人放火，但唯有寂寞能使人急于毁灭自己。寂寞中唯有慈悲心能抵拒痛苦，慈心使人智，悲心使人勇。慈悲心就是时刻、步步为人着想，不使人因自己的疏失而感到可怕的寂寞，失去生趣，枉来

世上一遭。忍一时风平浪静，退一步海阔天空，对别人尤其有利，义不容辞，当下就忍。

- -

我喜欢倒看日记，回到过去——

- -

存之以不动，养之以湛如。
多优美的对句。

- -

"江郎才尽"的说法在艺术创造是挺刻薄的，因为创作者并不是要永远喋喋不休，作品反映的是思考的结果，而非起点，所以说完了不是很正常吗？

孔子说仁，基督说爱，都是"定型"的东西，难道他们也是江郎才尽吗？

思想是很可能到达结论，如果是指这点，则江郎才尽并不可悲，如果是写一种风格下的许多题材，则当然可以一直作横的"生长"而不停下来，但停下来也不可耻。

- -

立志写作的人，从古到今，加起来排成一列，大概可以绕地球七圈半。

久未写作，果真写不下，没有"气"，持续先不谈，开头总进不去，戒之！

卡缪[1]为我们描绘出了一个荒谬的世界，而昆德拉则揭发了这个世界荒谬合法化的可笑过程。

我打算要写一个（第一篇）长篇小说，它的中线便是谐谑而又悲凉地探索"艺术创作活动的本质"，这是写一个今生及对来生（现代）的妄想之间晦暗又甜涩的交感，它是一个生而为入世的人所做的最真诚、努力的联想。

抒情的成分对我来说一直是（最）重要的，

· · · · · · · · ·

1　大陆通译为阿尔贝·加缪（Albert Camus, 1913—1960）。

诗、小说、电影、音乐……一切都照一个单纯的凝聚力，始于感性，终于神秘。一切作品，只要推至一个撼人的无奈，便是好的杰作。

如果不能倾注全力来过"创作的生活"，是否是一大可惜？或是作品的稀少，是否为一种可悲？我的作品都来自同一池源泉，当我从（有幸）中舀出一瓢水时，便已足够。

天生的小说家想写的总是那些不能解决的问题，而不是他想解决的问题。

我这一生对文学艺术上的努力就是要为"难过"找寻一位母亲。

悲剧的可贵处在于它导出了温柔与敦厚，尤其是后者。

创作小说的活力渐渐停止，我反省到，可能我已逐渐丧失对人的兴趣了，人是烦恼的聚合物，

可能因为我的意志正在萎缩，且只贪图"多一事，不如少一事"生活哲学了。

人生仿佛只像是一张感光的底片了，一辈子中好坏全装进去，但其中过程，谁不希望能将画面处理得美好、和谐。几家能够?

在肉体极为疲劳，在肌肉失去灵活而精神仍醒的时候，我有时经历到一种类似一段死亡前的倒数时光，那时一个人似乎他的灵魂呼之欲出，几乎要完全脱离了我执，而在他一生中第一次那么客观地看着自己，这是他第一次从镜子以外看见自己，而痛苦与忧愁不再烦扰他，快乐也不再滞住他，他深深地体会到这是一个令人欣慰的转换与开始，一次由结束所造成的完美，独一无二的一次经历。

有时渴望自己陷入贫病虚弱中，或许我将因此而迎接着世人。

晚阅毕《夏济安日记》，字字如泣如诉，哀婉

动人，道尽真性情之人的惆怅人生，一世为人，实乃炼狱一遭。

吾今之遇，比起济安，可真是有过之而无不及，然济安所生之时在前，恐亦有苦难言之处甚巨。

世人不幸之性情之人，纤弱之灵始终穿插在时代之中，我须勠力坚持理想，才不辱诸苦命前辈之风骨。

今后当多寻找吾辈失散之族群，以求心灵交通之感动。如济安、赫塞[1]、卡缪……米兰·昆德拉。

我的问题是，身为一个中国人，如何好好地活着。

除此无他。

艺术之于人生，犹如拐杖之于人，虽人工但不造作，虽后天而非虚假，相辅相行，相加亦相减。

· · · · · · · ·

1 大陆通译为赫尔曼·黑塞（Hermann Hesse, 1877—1962）。

对我而言，最深的恐惧不是冲突，而是幽暗的寂寞，只要这种噬人的黑影一笼罩下来，我立刻愿意放弃一切偏见与对立，去寻找救星，倾听任何琐碎无聊的谈话，在尚未了解死后的真相前，任谁也无法摆脱虚无的倾向。何不尽力让人世温暖？

散文，写作者面对新题材心中的虔敬戒慎，类比《长白山夜话》中梅济民描写的"采老人参精"，用红线绑住并磕头膜拜的心情……

文字像是中药，虚不受补。
文字是补药，不是解药。

幽默是悲伤的低音部。

毕竟，不是每次一鼓掌便会出现空中飞人的。

写作和做人一样，要"大事化小，小事化无"。

写作的回报？苍蝇看到狗屎，没有所谓的回报，"啪"的一声而已！

作品要有眼，从眼这个灵魂之窗可以看到太多东西，要像下围棋一样，至少有两个眼才是作品，才能活。

人不怕输，怕的是输了想法。（某人说的）

艺术和宗教皆从死亡开始。

如果一个人生前什么都明白了，阎罗王可能会非常没面子。

写作是一种结绳记事式的文字语言，一种暧昧不明的思考模式（寻找原始的语言）。

我们并不模仿真实，我们模仿虚构。

有些人对自己写作的"位置"非常难以释怀，好像他扮演着如同"中央气象局"的风向球的角色，这是一种影响的焦虑下的产物，何不做一支温度计呢？每人家里都有一个。

一句关于女体的描述：她的美，让人看了之后觉得活着是一种折磨，仿佛无时不在生一场大病。

我为什么写作？因为恐惧。（恐惧生命，恐惧寂寞时找不到自我，所以写作像招魂，招回丑散的魂。）

写作就是"观落阴"，去回顾，去看那些心灵深处放不下的人、事。

写作就是通灵，作家就是灵媒。

为什么写小说？因为自作多情，以为自己可以创造一些艺术，结果是自己一头热，我现在认为艺术是一种过渡性的东西，像恐龙或是公车月票。

写作即是"招魂"，需要专注和第六感，更重要的是"虔诚"。（一切准备就绪之后，便剩下漫长的等待。）

写作也像写书法，不管单纯的字或复杂的骨架，都还要有血肉，用功力把骨架（理性）包含在血肉（感性）之内，如棉花包铁，肌理层次丰厚，即使只写一笔，也要先形成了自己的美学才行。又如珍珠项链，穿珍珠的线决定了架构形式思路，但穿好项链之后又让人看不见，没有痕迹。

小说是对人生的一种猜测。用自己的方式算命。

写作就是一种助念的仪式。写作就是"鬼画符"。

小说家（我）并不关心政治现实或社会正义等等东西，我认为写作是一种较出世的行为，以生、死为基础的正反两面，有的宗教在人将死的时候助念或忏悔，小说便是这种弥留的仪式。不论那个人年纪有多轻，文字作品希望让人在每一秒生活着，也就是一层一层地死去。在我的想法里，每一个作品就是一段往生的咒语，小说家是助念的僧人，或是弥撒中的教士。（渡亡经）

小说就是告别人世前，一声如释重负的叹息。

何谓灵感？灵感就是意外。

我为什么写短篇小说？因为小说（人生）艺术之深奥宛如一块大饼，我只敢切一小角尝尝味道，如果整块吃下，可能并未吃出更多的味道。这么一来，那么我可能别无所获，只留下羞愧懊恼。

写作就是挑坟地，挑一个灵魂的风水之地，（一个）活人渐渐逸离现实，在活着的时候慢慢死去，渐渐远去。

写作就是为自己的灵魂看风水。

写作就是"打造灵魂的棺木"，作家在作品中慢慢地向这个现实的世界告别，向黑暗处摸索而去，寻找自己安身立命之场域，最终为天年所限，一切又沉默下来。

但终究，灵魂还是灵魂，灵魂要求继续超升，从棺木里飞出去，遗留在世上的作品，是一只

棺材和一堆白骨，以及一个灵魂可能飞去的推测，并不是全然了结。

写作艺术的目的，消罪业，增福慧。（就中国人来讲，为什么作品和作者人格须一致相合，才可成为艺术品，因为那是一种净化的渴求的心理背景，也就是买作品时还买到一个人"成长的证据"，那对欣赏者而言是一张"符"。）

写作就是用一种深情的方式跟这个世界说再见。

我们对生活的感受永远有缺漏，创作的目的便是借着新的知识、感性的开启来思索生命全面的可能涵义，这也就是艺术不安的原因，亦是心灵活动的目的。

不要问我们为艺术做了多少，要问经由我们，艺术显露了多少。

文学：没有功劳便没有苦劳。

就文学身为文学语言的艺术这个角度来说，作品的形式可以用下跳棋来比喻，一字一句在朝向目的地的彼岸时，无非（其最高指导）是要让其互相牵连指涉，作有机的律动。

写作时，如果感到自己像拿着一把塑胶刀子来切果冻的话，那么就对了。如果结果不好，那就是天分不够，而不是技巧有问题。

作品中不一定要有冲突，但一定要有"转弯"。当生命安顿时，放弃写作也并非害事。

写作文句要简洁，至少就是当作对自己讲话一样，没人会爱上正在说废话的自己。

用艺术之泉来淋浴冲澡是很容易感冒的。

让定稿像照片上赫然出现的幽灵一样呈现给别人，其他部分，在进入印刷厂之前让它曝光好了。

王文兴的许多文字我是看不懂，但是作品本来就是看得懂的人看的，至少有作者本身一个读者。我们在笔记里写下日记，如果说那不是作品的话，难道是账单？

给角色命名是比较令人迷惘的部分，我通常是当作某个下午在公园里看见一群有趣的人。当我要把它们转述给朋友听时，给它们一个代号，这个代号最好能帮我烘衬出一点情氛来。

最沁心的难过是在某个角落看见的小事情，那些插曲，让人透视一个人的卑微和孤寂的存在，人的永恒的真我——悲悯，便畅快地显现，毫无瑕疵。

躲在棉被里，用手脚撑起，想象死后盖在棺材里的感觉，恐怖极了。那种恐怖的本源，便是时间。

即使是满月的日子，也只能看见半个月球。我们也只能看到月亮的一面。

面对生命是艺术家挂在嘴上的话，它更严肃的说法是"面对死亡"，一个小说家的声音便应如此思索，冷静的，而非愤怒的。

小说中用小孩的观点有一个适当的距离，不似以成人眼光来看，不是太多嘴介入，便是显得容易有偏见。

写作到深夜万籁俱寂的时刻，突然一大列坦克队伍，喧吼，重重地压路而过，一种恐怖的声响。

初学者怕自己不懂理论，而真正的作家则害怕别人说自己是某某主义。

我从清末的前世转到现代的来世，这样的描写有一个好处，读者清楚"现代"，他们会为角色的抉择捏一把冷汗，为角色的彷徨抑郁搁起同情之悲心。一般科幻小说的场景是置于未来的想象，只能让读者感到推论的趣味，并不那么相信或进入。我的写法也可以向前推出一些时间，便可兼纳科幻或未来小说之所长。

清末的场景令我喜欢，或者便是如水晶所说他喜爱那种decadence的东西，一种腐朽而又迷人的气息，美与丑糅杂得那么沉默、悲壮。

　　以前人是失落的一代，现在的人是被绑架的一代，面对日子不是漫无天际的空白与无聊，除此之外，乃是一种处处被恐吓的紧张颠倒。

　　清而远是文字的最高境界。

　　史坦因[1]称海明威他们为"失落的一代"，我尝想，我们现在这个社会产生的一代，它最大的特征是什么呢？我们是什么的一代？我觉得我们是浮夸的一代。郑板桥曾说：少日浮夸，老来窘隘。即使是不自知的浮夸，所有浮夸的人都渐渐感到步入窘隘，陷入恐惧。浮夸人生的特征是，从少年一跃而进入老年。青年时期被省略了，所有浮夸者尽力延长他们的少年时期以符合浮夸的品质管制。当一旦失去了作威作福、意气风发和摆饰幼稚的特权，一旦自觉无脸浮夸示人以自显

· · · · · · · · ·

1　大陆通译为格特鲁德·斯泰因（Gertrude Stein，1874—
　　1946）。

不凡时，那么一切苦心经营的活力供应站便岌岌可危了。属于年轻（青年）时期的特征如立志、奋发扬善、积极已被视为无可救药的乐观。丑化自己成为唯一的创造园地。这便是旧金山迷人之处，在那里人们可以将少年时期延长到六十岁以后，个中翘楚尽可以喧闹至死。人类想象力的作用至此几近穷途末路矣。世界于是充满了追求性爱与迷幻的儿童和变态心理的老人，只此两种，别无他类。

社会将分成上下两种不同的阶层，不再以财富、权势为区分，而以"是否能沉醉于延长的少年形象"作为幸福与否的指标。斗争的内容不再是两种势力的相互对抗、消灭彼此，而是互相干扰嘲笑，以及视而不见。算计失败者的以忍耐为最高的公德心。在未来的丧礼上，对死者致哀的献词将是：这里躺着一个人，他的肉体已经迷路，希望他的精神在另外的世界能够找到出口。

每条街道上都充满一种统一而刺耳的噪音。声音由成千上万的人一齐发出来，大意是：我们活着，还不需要改变。

殡仪馆里的专业献祭词家将成为社会的重心人物，古代（百年前）乩童的地位。社会的发展使得想象力的发挥大大地干涉了意志力，人们不堪负荷，于是再度渴求魔力与统一。

死者不再有亲友在场，因为死亡令他们尴尬，丧礼成为一个剧场，由精神有需要者前来观看灵异法力，聆听献词以涤净心灵，之后再回到生活中。此乃《木马城记事》的梗概，我与灵堂附设的灵媒的交往挖掘过程，直到我挖掘出灵媒将不久人世的前因后果，他说："我知道。"他已然知道不久于人世⋯⋯

没有窗户的房间
——读袁哲生

文/黄锦树

如果说从作品去论证或追踪一个作家的死因大概是不智的，那缘于文学免不了写及死亡，尤其在叙事作品里，死亡往往如同句号那般寻常。况且，如果以死亡为果，所有相关及无关的线索，都可能缘解释之矢，射向那个黑色的靶心。但这篇短文的写作确实肇因于一桩真实的死亡事件，一个作者之死。

这是个瘟疫年、灾难年，从 SARS 到禽流感，政客操作历史加速胎动，昏鸦苍蝇满天飞。而在这样暗晦的历史时刻，从去年 6 月迄今年 4 月 [1]，短短不到一年内，两位年轻小说家自杀了——而且是同一世代的——大概不能算是纯粹的意外了。政治上，同一世代的——所谓的"学运世代"——不少人已晋身大权在握、志得意满、面目可憎的政客之列，不只早已"有资格腐败"，而是正快速腐败中；但文学（尤其小说）的这一世代，是否正如我之前一篇短文里以乌鸦嘴命名的"哀歌世代"（《即将过去的未来》）——一个极其内向、脆弱、经验贫困、耽溺于情感与身体的书写世代？

但这样的论述是否太过概括了？或者还需要等待历史的检验？

以下单就袁哲生个案，就其文学探索之路、精神之旅，做一番简要的讨论。

---

1 本文是作者当年为繁体版而写，故此处提及的年份为2003年6月至2004年4月。下文引用的书名、页数也皆以繁体版为准。

袁哲生不算多产作家，虽然从1996年迄2003年间，他共出版了九本书，但只有五本是小说：五本中有两本（《猴子》《罗汉池》）是以薄薄的半绘本形式出版，严格说来，也只能合并算一本。这其中，个人认为品质最好的仍属第二本《寂寞的游戏》。但从他最早的一本小说集《静止在树上的羊》，可以大略窥见他后来可能发展及没有发展的那些路向——抒情小说、传统说书、台湾乡野、童话寓言、社会写实……如果以重复收入第一、二本小说集，得时报文学奖首奖，深受张大春赏识的《送行》（1995）为里程碑，确可以看出早年袁哲生表现得最具潜力的，还是抒情小说（就如晚一个世代的那些骆以军口中的"新品种赛亚人"），诸如第一本小说中的《雪茄盒子》《静止在树上的羊》《送行》《一件急事》等，以白描的经济手法、字里行间的留白，刻写出近乎静态的世界。不是以情节为主而是以感情收敛的"状态"、淡漠的情绪，推动场景的转换，张大春对《送行》的赞颂大概可以概括这种写作的优势——"《送行》的叙事任务根本不在交代一个什么故事，而在人的处境；从而送行二字形成生命的整体象征，哀而不伤，怨而不怒，平淡中益见深刻。"（《渐行渐远的送行》附录于《静》[1]书，页40至41）张大春引古诗教以嘉勉，论证的其实是抒情传统在袁哲生身上的延续。这种技艺其实是反叙事的，所以在更短的一些篇章里，如《静止在树上的羊》那凝结的场景："树上的羊依然纹风不动，像是停止在半空中的一个白色问号。"于是乎，小说的叙事本身并没有写出比题目更多的东西，题目本身即是一个画面，一种意境，时间停止而近乎冥想状态。这样的取向，发展到一个高度，大概就是短篇《寂寞的游戏》，袁哲生写得最好的小说篇章之一。

以童年为场景的《寂寞的游戏》是人类叙事作品最古老的话题之一，童年往事，成长的生命仪式。但作者的优势在于，他把抒情诗的技艺（其核心：省略）和对生命的思考（关键点：消失）做了本质上的联结，而且以一己特殊的生命思考为叙事的支撑点：

"我想，人天生就喜欢躲藏，渴望消失，这是一点都不奇怪的事；何况，在我们来到这个世界之前，我们不就是躲得好好的，好到连我们自己都想不起来曾经藏身何处？也许，我们真的曾经在一根烟囱里，或是一块瓦片底下躲了很久，于是，躲藏起来就成了我们最想做的事。"（页19）

---

1 《静》书指袁哲生首部作品《静止在树上的羊》。

捉迷藏于是成了存在的隐喻，生命反复的仪式（"人一旦开始躲藏就很难停下来了"），它的成立与时间有根本的关联，存有的时间性让它得以在空间中移位，而体现为存在位置的相对性：在（此），则不在（彼）——一个存在者不能同时显现于两个殊异的空间。如果加以普遍化，则为显现／消失→在场／不在场→存在／躲藏（死亡）这样的结构，在存的消失点上出现的，正是死亡的存在，一个非存在的空间。如此言之，死亡便是存在的阴影部分，如同影子一般，白日因阳光而显现出它有限的形体，无光的夜里，它仿如消失却放大至包天覆地。除非存在可以转化，如同万物有灵论者的信仰，在存在降生之前，形神俱不在，却是无所不在。如果联结佛洛依德关于 Fort-Da 的思考，幼童以线轴投掷的"消失—出现"来尝试掌握原初客体（母亲），一如以语言对缺席的存在行使象征支配，它的另一面即是尝试检测、验证主体自身的存在（灵魂的重量）。于是整篇《寂寞的游戏》便是这样的忧郁文件，在友情与爱情的背后，目光总搜寻向那存在的消失点，"有的时候，我深深觉得，我的所作所为无非都是想要隐埋我在躲藏方面的失落感。"（页 30）小说最惊栗的部分都在开头的几页，譬如父亲的梦游至坟地，及玩捉迷藏被抓到时却被他人"视而不见"：

"他直愣愣地望着我，应该说是看穿了我，两眼盯着我的背后，一动也不动，令人不寒而栗。我从来没有看过那样一张完全没有表情的脸，和那么空洞的一双眼球，对我视而不见。"（页 21）

那正是死亡的凝视：被死亡凝视；被视同消失：位于消失点上的存在。

从这里可以联结袁哲生另一篇以殡仪馆为场景的得奖佳作《没有窗户的房间》（1998），在这篇气氛阴森的小说里，在倦勤的殡仪馆员工喃喃自语（"死亡就跟对发票一样，早晚会中奖的。"）的牢骚中，引领读者进入死亡的幽闭剧场，灵堂、冷藏室、"超级大烤箱"及其中另一位员工把房间布置得灵堂似的，自己盛装扮死尸，"孔雀鱼的房间跟停尸间似的，连个窗户都没有。"（页 137）是袁哲生最极致的"寂寞的游戏"。

写作诚然亦属"寂寞的游戏"——以语言操控缺席者，或不存在的事物。

后期的袁哲生历经了"本土"的转折——如《秀才的手表》中的三个中短篇，及《猴子》——袁的本土题材当然是第一本小说中诸多的可能取向之一，但本土转折却和回返童年或青春期同时发生——拒绝中年后成人的世界、都市场景、父系省籍原罪？——却显然不完全是偶然的事。

《秀才的手表》（2000）的时刻，正

是《寂寞的游戏》的时刻，但场景却改变了，不再是拉链状的眷村，如其序言，而是回到母系，外公家族的乡野奇谈，对话语言也大量地"台语文字化"（如有的论者说的，归向黄春明的世界？）。但这三篇以时间命名的小说连作，触动的时间却似乎是另一种时间：超自然对乡村生活的闯入。《秀才的手表》作为超自然物的手表表征的并非物理时间，其功能还不如"我们身体里面的手表"；《天顶的父》中无视时间流变的鬼魂，到了《时计鬼》，干脆创造出超自然的时间管理者，时计鬼。这里的寂寞的游戏，试探的似乎是透视点之后的时间。

《猴子》（2003）、《罗汉池》（2003）都是说故事，前者是较为"正常"的青少年世界（常见诸于小说）；后者则回返早年的抒情诗手法，更扩大发展至寓言空间，较为精巧地设计隐喻象征，角色寓意与情节的对比，读起来与其说有沈从文的影子，不如说更接近汪曾祺——混合《受戒》与《大淖纪事》，却是台湾前现代的世俗空间——追求诗的审美意境与救赎，接近"京派"的教义，但却有点似曾相识。但这些近期作品（包括那四册"大头春"式的《倪亚达》系列），几乎毫无例外地都不再去探问"灵魂的重量"的问题（那"静止在树上的羊"，那问号），以叙事的假面、类型的习套，搭建了一个没有窗户的房间。

纪念袁哲生 存目

自由时报副刊

联合报

中国时报人间副刊

民生报

袁哲生年表

1966 江西省瑞金县（今瑞金市）人，出生于高雄冈山，曾居于台中竹围和云林虎尾

1984 就读文化大学观光系，1985年转入英文系

1987 《开学》获台湾"学生文学奖"小说佳作

　　《庆叔的脚踏车》获第6届台湾"华冈文艺奖"小说第3名

1991 进入淡江大学西洋语文研究所

1994 研究所毕业

　　《送行》获第17届台湾"时报文学奖"短篇小说首奖

　　结婚

　　赴东引当兵

1995 《雪茄盒子》获台湾"'中央'日报文学奖"小小说奖第2名

　　出版短篇小说集《静止在树上的羊》（台北：观音山出版社）

1996 退伍

　　担任《自由时报》副刊编辑

　　开始在文艺营进行讲座

1998 《没有窗户的房间》获第20届台湾"联合报文学奖"短篇小说评审奖

　　《没有窗户的房间》入选《1998台湾文学选》（台北：前卫出版社）

　　《送行》入选尔雅年度小说选三十年精编《典律的生成》（二）（台北：尔雅出版社）

1999 《秀才的手表》获第22届台湾"时报文学奖"短篇小说首奖

　　出版短篇小说集《寂寞的游戏》（台北：联合文学出版社）

2000 任《FHM男人帮》杂志主编

　　出版中短篇小说集《秀才的手表》（台北：联合文学出版社）

2001 《秀才的手表》获台湾"'中央'日报""出版与阅读2000——中文创作类十大好书榜"

　　出版《倪亚达1》（台北：宝瓶文化）

2002 《猴子》获第33届台湾"吴浊流文学奖"小说正奖

　　《秀才的手表》入选《小说读本》（下集）（台北：二鱼文化）

　　出版《倪亚达脸红了》《倪亚达fun暑假》（台北：宝瓶文化）

在中国大陆出版《倪亚达很不屑》及《倪亚达脸红了》简体字版

2003 任《FHM男人帮》杂志副总编辑

出版《倪亚达黑白切》、中篇小说集《猴子》及《罗汉池》（以上皆宝瓶文化）

《秀才的手表》入选《中华现代文学大系（贰）：小说卷（二）》（台北：九歌出版社）

于《自由时报》副刊"四方集"及《联合报》副刊"五年级同乐会"撰写专栏

《本能》入选《最短篇》（台北：宝瓶文化）

在中国大陆出版《倪亚达fun暑假》简体字版

2004 任《FHM男人帮》杂志总编辑

获选为"五四文艺奖章"小说类得奖人

《西北雨》入选《台湾成长小说选》（台北：二鱼文化）

《父亲的轮廓》入选《联合文学20年短篇小说选（1984~2004）》（台北：联合文学出版社）

《秀才的手表》入选《台湾现代文选》（台北：三民出版社）

《鸽子的天空》入选《作家的爱情》（台北：木马出版社）

4月5日辞世，得年39岁，安厝于台北县三芝乡（今新北市三芝区）北海福座

图书在版编目（CIP）数据

送行 / 袁哲生著 . -- 成都：四川人民出版社，
2019.8（2020.10 重印）

ISBN 978-7-220-11387-1

Ⅰ . ①送… Ⅱ . ①袁… Ⅲ . ①中国文学—当代文学—
作品综合集 Ⅳ . ① I217.2

中国版本图书馆 CIP 数据核字 (2019) 第 093220 号

四川省版权局
著作权合同登记号
图字：21-2018-403

SONGXING

送 行

著　　者	袁哲生
选题策划	后浪出版公司
出版统筹	吴兴元
编辑统筹	朱岳　梅天明
特约编辑	范纲桓
责任编辑	唐婧
装帧制造	墨白空间·张萌
营销推广	ONEBOOK
出版发行	四川人民出版社（成都槐树街 2 号）
网　　址	http://www.scpph.com
E - mail	scrmcbs@sina.com
印　　刷	北京盛通印刷股份有限公司
成品尺寸	143mm×210mm
印　　张	14
字　　数	258 千
版　　次	2019 年 8 月第 1 版
印　　次	2020 年 10 月第 3 次
书　　号	978-7-220-11387-1
定　　价	68.00 元